Der Fall Lena K.

Michael Geigenberger

Der Fall Lena K.

Bibliografische Information der Deutschen Nationalbibliothek:
Die Deutsche Nationalbibliothek verzeichnet diese Publikation in der
Deutschen Nationalbibliografie;
detaillierte bibliografische Daten sind im Internet über
http://dnb.d-nb.de abrufbar.

© 2011 Michael Geigenberger
Satz, Umschlaggestaltung, Herstellung und Verlag:
Books on Demand GmbH, Norderstedt
ISBN: 978-3-8448-6269-0

(www.mallorca-autoren.com)

Lena steht mit ihrer Freundin Isa, das ist die Kurzform von Isabella, im Schulhof des Gymnasiums von Starnberg. Sie warten gemeinsam auf das Läuten der Schulglocke, dann müssen sie zurück ins Klassenzimmer. In Kürze halten sie die Noten ihrer Abiturarbeiten in den Händen. Nur noch wenige Minuten trennen sie von diesem großen Moment. Endlich der ersehnte Klang, schrill, fast angsteinflößend, ertönt die Glocke.

Isa greift nach Lenas Hand und drückt sie, als wolle sie sagen: Geschafft, jetzt kommt es nur noch auf den Notendurchschnitt an. Davon hängt die Zukunft ab, das wissen sie beide. Sie laufen ins Schulgebäude. Bewusst und fest drückt Lena die Klinke der Klassenzimmertür herunter. Jetzt geht sowieso nichts mehr, sagt ihre innere Stimme. Auch wenn sie es beide versaubeutelt haben sollten, nun lässt sich nichts mehr ändern.

Sie sitzen nebeneinander auf der Schulbank wie immer in den letzten Jahren. Es herrscht gespenstische Ruhe im Raum. Alle Schüler warten auf die Lehrerin, die mit ihnen gezittert und die ihnen in so mancher Notsituation zur Seite gestanden hatte. Dann geht die Tür auf. Mit einer Aktentasche unter dem rechten Arm betritt Beatrix Lehmkuhl den Klassenraum. Heute trägt sie mal die Haare offen, was sie viel fraulicher wirken lässt. Sonst hatte sie die Haare zu einem Knoten nach oben zusammengefasst. Sie erhebt ihre Stimme, die allen Schülern so vertraut geworden ist wie die täglichen Nachrichten im Fernsehen. »Es gibt eine gute und eine schlechte Nachricht«, beginnt sie, eine Pause folgt. Wieder diese unerträgliche Ruhe, die sich im Raum breitmacht. »Die gute Nachricht zuerst: Es haben alle bestanden. Die schlechte Nachricht: Für einige hätte ich mir bessere Noten gewünscht.«

Lena lehnt sich zu ihrer Freundin hinüber und sagt: »Ich habe ein gutes Gefühl.« Isa wirft ihr einen hoffnungsvollen Blick zu.

Dann muss jeder, nachdem sein Namen aufgerufen wurde, zum Pult kommen. Wie im Traum warten die Schüler auf den Moment, in dem endlich ihr Name vorgelesen wird. Schließlich ist Isa an der Reihe. »Isa, könntest du dich bitte zu mir bemühen«, wird sie ermahnt. Isa war in einen Traum vertieft, sah sich schon in Gedanken auf ihrer Abiturreise nach Norwegen. Als würde eine fremde Person sie führen, fast geistesabwesend geht sie zum Pult. Dann hört sie ihre Lehrerin die Worte sagen: »Du hast das beste Ergebnis dieses Jahrgangs erreicht.«

Isa nimmt das aber gar nicht richtig wahr. »Danke, Frau Lehmkuhl«, sagt sie nur, mehr bringt sie in diesem Moment nicht heraus. Sie ist wie versteinert vor Freude.

Nun folgt der Aufruf für Lena. Langsamen Schrittes geht sie zum Pult und greift nach dem Papier, das so wichtig für ihre Zukunft sein soll. Sie lässt sich sogar zu einem Knicks hinreißen, was Frau Lehmkuhl ein Lächeln auf die Lippen zaubert. »Du bist die Zweitbeste«, sagt sie.

Bis alle ihre Papiere in der Hand halten, vergeht noch eine gute halbe Stunde. Dann sagt Frau Lehmkuhl: »Ihr dürft jetzt jubeln und ich wünsche euch für eure Zukunft alles Gute.«

Ein Aufschrei der Entspannung geht durch den Raum. Jeder gratuliert jedem, auch wenn das Einser-Abitur nicht in jedem Fall erreicht wurde. Hauptsache, endlich Schluss mit dem Pauken. Allen Schülern steht noch die Anspannung der letzten Wochen ins Gesicht geschrieben. Lena greift zu ihrem Handy und ruft bei ihrem Papa an. Vater Helmut ist gerade in einer Sitzung, aber es war vereinbart, dass sie trotzdem durchrufen darf. »Ich habe es geschafft, eins Komma zwo, ist doch nicht schlecht?«

»Gratuliere!«, antwortet ihr Vater, dann legt er auch schon wieder auf.

Fast geschlossen zieht die Klasse in das nahe gelegene Lokal, um auf die Abiturergebnisse anzustoßen. Die Klassenbeste wird aufgefordert, einige Worte zu sprechen. Isa stellt sich auf einen Stuhl und hält eine improvisierte Ansprache und fordert dann alle auf: »So, erheben wir darauf die Gläser und jetzt ex!« Das waren klare Worte der Erleichterung.

Auf dem Heimweg besprechen Lena und Isa, dass nun dringend eine Fete fällig wäre. Die beiden wohnen Haus an Haus, seit neun Jahren sind sie befreundet, mit allen Vor- und Nachteilen. Gemeinsame Geschichten mit dem ersten Freund und die kranke Katze, die gemeinsamen Grillabende der Eltern und deren Freunde, alles Leid und viel Freude haben sie besprochen und geteilt. Es war eine schöne Zeit. Aber in Zukunft werden sie getrennte Wege gehen. Isa wird in vier Wochen für ein Jahr nach Oslo gehen. Dort wohnen Verwandte ihrer Mutter Hildegard. Hilde, wie alle zu ihr sagen, stammt aus Norwegen und möchte, dass ihre Tochter die Sprache perfekt beherrscht und dort bei ihrem Bruder ein Praktikum absolviert. Er hat im Stadtzentrum eine Buchhandlung mit antiquarischen Büchern.

Lena möchte ebenfalls ein Praktikum machen, für die

endgültige Berufsentscheidung nimmt sie sich ein Jahr Bedenkzeit. Ihre Eltern sagten dazu: »Überstürzen solltest du es nicht, aber im Laufe des nächsten Jahres hoffen wir auf eine Entscheidung.«

Als Lena nach Hause kommt, hat ihre Mutter Veronika natürlich längst erfahren, dass sie einen guten Abschluss gemacht hat. Sie erwartet Lena am Tor des Hauses mit einem Glas Champagner. »Lass uns darauf anstoßen«, ruft sie ihr entgegen. Natürlich bekommt auch Isa ein Glas angeboten. Lena nimmt ihre Mutter in den Arm und sie drücken sich gegenseitig. »Endlich, es wird Zeit, dass du wieder ein Mensch wirst«, sagt ihre Mutter. »Wir haben eine kleine Überraschung vorbereitet, aber wir müssen noch auf Papa warten.«

Vater Helmut sitzt ungeduldig in seinem Büro, aber da sind dringende und notwendige Unterschriften, die noch geleistet werden müssen. Erst danach ist Feierabend und dann hat er nur noch Zeit für seine Tochter Lena. Seine Sekretärin drückt ihm noch einen riesigen Blumenstrauß mit zarten rosafarbenen Rosen und Margeriten in die Hand und dann sitzt er am Steuer seines edlen Vorstandswagens und fährt in Richtung Autobahn Starnberg. In der Zwischenzeit steht Lena unter der Dusche und lässt das Wasser laufen, bis der Wasserboiler signalisiert, dass es mit dem warmen Wasser zu Ende geht. Der ganze Stress muss runter, ab sofort wird es nur noch den Wunsch nach Freiheit geben.

Ihre Mutter bringt einen Aperitif und Lena genehmigt sich den ersten Schluck schon mal vorab. Noch etwa zwanzig Minuten wird es dauern, bis ihr Vater zu Hause ankommt. In den letzten Tagen wurde immer mal wieder über das Geschenk gesprochen, das Lena für ihre geleistete

Arbeit bekommen soll. Der Vater hat sie natürlich ziemlich in die Irre geschickt. Einmal sprach er von einem Sozialen Jahr in Afghanistan, ein andermal machte er ihr Hoffnung auf eine Englandreise. Einige aus der Klasse wussten schon, dass sie ein Auto bekommen würden. Aber Lena macht sich da nur wenig Hoffnung, da ihr Vater immer sagte: »Du wirst dir den Wagen mit Mama teilen.«

Endlich hören sie das Brummen des Achtzylinders. Papa fährt vor. Warum fährt er nicht in die Garage, wie er es sonst tut? Vielleicht fahren sie ja anschließend zum Wirt am Wörthsee?

Ihr Vater betritt das Haus, Lena stürzt ihm entgegen. »Hallo, lass dich umarmen«, begrüßt er sie. »Das hast du ja prima geschafft.« Er überreicht ihr den Blumenstrauß. »Und da gibt es noch etwas ...«, fügt er hinzu. Es ist natürlich alles abgesprochen. Mutter Veronika greift nach einem Schal, um Lena damit die Augen zu verbinden. »So ..., dann wollen wir mal schauen, was wir uns für dich ausgedacht haben.«

Lena ist so aufgeregt, dass sie kaum ein Wort herausbringt. Die Mutter nimmt sie bei der Hand und führt sie in den Vorraum, von dort in die Garage. Nun ahnt sie schon, dass es doch ein Auto sein wird.

»Du darfst das Tuch abnehmen«, sagt ihr Vater.

Dann die große Überraschung: Vor Lena steht ein Fiat Cinquecento. Feuerrot und mit einem Faltdach. Die Sitze sind mit weißem Leder bezogen. Noch hat Lena kein Wort über die Lippen gebracht. Schließlich ruft sie: »Ihr seid ja wahnsinnig, der ist ja richtig süß.« Sie fällt ihren Eltern um den Hals.

»Setz dich gleich mal rein«, fordert ihr Vater sie auf. An einem Kettchen hängt eine Tankkarte.

Lena strahlt. »Das Benzin ist auch dabei, ihr seid ja richtig toll.«

Ihr Vater ist gerührt, als er merkt, was für eine Freude er seiner Tochter gemacht hat.

»Das ist ein Achtundsechziger, der ist älter als du«, bemerkt ihre Mutter.

»Darf ich mal um den Häuserblock fahren?« Lena sieht ihre Eltern bittend an.

»Mach das, aber fahr vorsichtig. Die alten Autos haben ihre Tücken«, nickt ihr Papa.

Schon auf den ersten Dreh des Zündschlüssels beginnt der Motor zu rattern. Lena lässt die Kupplung langsam kommen, dann rollt der Kleine in Richtung Straße. Helmut und Veronika sehen ihrer Tochter nach, bis diese an der nächsten Kreuzung abbiegt. »Ich glaube, größer könnte die Freude nicht sein«, schmunzelt Helmut. »Und wenn sie erst einmal herausbekommt, dass das mal unsere Knutschkugel in den Siebzigern war ... Hast du den Umschlag mit der Geschichte des Autos auch hineingetan?«, versichert er sich noch einmal bei seiner Frau.

»Klar habe ich das gemacht. Aber sie soll sie ja selbst finden. Wir wissen von nichts.« So hatten sie es verabredet. Helmut hatte den Wagen durch Zufall entdeckt. Auf einer Oldtimer-Veranstaltung sah er plötzlich seinen ehemaligen Wagen in einer Ecke stehen. Zu verkaufen war er nicht, aber er konnte den Besitzer überreden. Es waren gute Argumente und ein hoher Preis, die den Mann überzeugten, den Wagen doch an Helmut abzugeben.

Inzwischen sind zwanzig Minuten vergangen und von Lena ist weit und breit nichts zu sehen. »Sie wird ihn doch nicht gleich zu Schanden gefahren haben?« Helmut runzelt die Stirn.

Veronika schüttelt den Kopf. »Nein, sicher nicht. Sie wird bei ihrer Freundin vorbeigefahren sein, um ihn vorzuführen.« Dann hören sie ihn, zu sehen ist er noch nicht. »Hörst du, da kommt sie.«

Lena weiß natürlich, dass sie den Wagen nicht in die Garage fahren darf, da gehört nur Vaters Wagen hinein. Sie parkt den Kleinen direkt vor dem Haus, da gibt es einen kleinen Vorplatz. Auch der Golf von Veronika wird hier abgestellt. So stehen sie vertraut nebeneinander. Ihre Eltern kommen herbei. Lena umschleicht den Fünfhunderter, streichelt ihn, betrachtet ihn genau. »Wo ist eigentlich der Motor oder bekommt er noch Milch?«, fragt sie ihren Vater.

»Der ist hinten.« Ihr Vater zeigt ihr, wie man die Haube öffnet.

»Der ist ja süß«, entfährt es Lena, als würde sie in einen Kinderwagen sehen.

Isa hat das Auto inzwischen von ihrem Fenster aus gesehen und macht sich auf den Weg zu Lena. »Ist das deiner?«, fragt sie.

Lena strahlt. »Ja, meine Mutter und mein Vater haben ihn gerade zur Welt gebracht. Ist er nicht süß?«

»Darf ich mich mal reinsetzen?«, fragt Isa vorsichtig.

»Klar, wir können auch eine Runde drehen.« Lena führt ihrer Freundin nur zu gern den schönen Wagen vor. Sie beschließen, zum Staffelsee zu fahren und dort ihre gemeinsame Freundin Biggi zu besuchen. Am See gibt es ein kleines Restaurant, das Biggis Eltern betreiben. Biggi hat ein Dreier-Abitur gemacht, was ihr vollkommen reicht. »Für die Wirtschaft hätte ich gar kein Abitur gebraucht, aber meine Eltern wollten es einfach«, sagte sie am Vormittag.

Biggi ist gerade im Service des Gartenlokals, hat also nur kurz Zeit. »Und? Wo geht's hin? Ich gehe mal davon aus, dass du damit eine Reise machst?«, fragt sie.

Lena schüttelt den Kopf. »Nein, an so etwas habe ich noch gar nicht gedacht.«

Sie stoßen zu dritt mit einer Weinschorle an. »Alkohol ist ab sofort gestrichen«, lacht Biggi.

Wieder zurück zu Hause kommt Isa noch mit zu Lena aufs Zimmer. »Du bleibst doch zum Abendessen?«, fragt Lenas Mutter.

Isa lehnt ab. »Geht nicht, meine Eltern haben zur Feier des Tages in ein Restaurant eingeladen. Aber morgen habe ich dann Zeit, ich komme euch zum Frühstück besuchen. Schule fällt ja ab sofort aus.«

Aus dem gemeinsamen Frühstück wird dann aber doch nichts, da beide Mädels verschlafen. Veronika ist schon einkaufen, als Lena das Licht des Tages erblickt. In der Küche findet sie einen Zettel mit den Anweisungen für den Vormittag. Ihre Freundin Isa ist ebenfalls noch nicht unter den Lebenden. Sie sieht zwar hinter der Gardine eine Gestalt umherhuschen, aber ob es Isa ist, kann sie nicht mit Sicherheit sagen.

Die Tageszeitung liegt noch vom Vater vorsortiert auf dem Tisch. Lena greift danach. Sie ärgert sich immer, wenn ihr Vater die Zeitung gelesen und jedes Blatt einzeln gefaltet hat. Sie liest die Zeitung lieber am Stück, also mit Umblättern und so. Ihr Vater hat dafür keine Zeit. Er nimmt den Politteil und den Sportteil heraus. Den Rest legt er zur Seite. Es kommt auch schon mal vor, dass eine Seite herausgetrennt ist, das ärgert Lena am meisten.

Jetzt einen starken Kaffee und eine frische Semmel, dafür würde sie sterben. Eine Scheibe Jamon Serrano und dann noch eine Scheibe Käse, mehr isst sie nie. Aber das mit Bedacht. Die Angewohnheit mit der Zeitung hat sie sich von ihrem Vater abgeschaut. Es kommt schon mal vor, dass sie beide gemeinsam ihren Kopf in die Zeitung versenken. Dann aber platzt in der Regel der Mutter der Kragen. »Nehmt sofort die Zeitung herunter«, ruft sie dann fast schon hysterisch.

Nun fällt Lena ihr kleiner Roter wieder ein, sofort schaut sie zu ihm raus. Wie geht es ihm wohl? Hoffentlich war es ihm nachts nicht zu kalt. So denkt sie und muss über sich selbst lachen. Vielleicht sollte ich ihm ein Jäckchen häkeln? Dann geht sie ins Badezimmer, um sich für den Tag herzurichten. Schließlich ist sie jetzt keine Schülerin mehr, da ist ein »bisschen Aufmotzen«, wie sie immer sagt, schon vonnöten.

Sie geht gerade auf ihren Kleinen zu, da öffnet sich die Haustür ihrer Freundin. »Na, auch schon ausgeschlafen?«, ruft Isa ihr zu.

»Ja, es war ein Traum, endlich mal nicht in die Schule. Hast du etwas vor?«

Isa kommt näher und schüttelt den Kopf. »Nein, ich will nur kurz zur Bank. Meine Eltern haben mir das Geld für die Reise in ein Kuvert getan. Ich lege es besser auf mein Konto, sonst gebe ich es noch aus, bevor die Reise losgeht.«

»Wann willst du denn nun starten?«

»In drei oder vier Wochen, dann werde ich zu meinem Onkel fliegen. Ich bin schon gespannt, was für eine Arbeit er sich für mich ausgedacht hat. Aber ich kenne ihn ja, er ist ein ganz Lieber und seine Frau mag mich ganz besonders.«

»Wir werden die Wochen nutzen, um einige kleine Ausflüge zu machen. Was hältst du davon?«

»Prima, wohin soll es gehen?«

Lena überlegt kurz, dann schlägt sie vor: »Zuerst machen wir einen Stadtbummel in München, was meinst du?«

Isa ist einverstanden. Also fahren sie gemeinsam zur Bank, damit sie ihr Geld einzahlen kann. Dann geht's weiter nach München. Von Starnberg nach München nimmt man eigentlich am besten die S-Bahn. Aber zur Feier des Tages entschließen sie sich für den Kleinen. »Wir werden in ein Parkhaus fahren, das können wir uns schon leisten«, sagt Lena.

In München streifen sie gerade durch das Kaufhaus Beck, als plötzlich ihre Lehrerin Frau Lehmkuhl vor ihnen steht. »Was macht ihr denn hier?«, fragt sie verwundert. Frau Lehmkuhl ist kaum wiederzuerkennen. Sie trägt eine Sommerbluse und hat wieder die Haare offen.

»Entschuldigen Sie, warum sind Sie so niemals in den Unterricht gekommen?«, fragt Lena.

»Ich möchte das nicht, ein gewisser Abstand zu den Schülern ist schon notwendig«, erklärt die Lehrerin. Da es bereits auf Mittag zugeht, fragt sie ihre ehemaligen Schülerinnen, ob sie nicht Lust auf eine Brotzeit hätten.

»Wir laden Sie ein, darauf bestehen wir«, stimmen die Mädchen zu.

Frau Lehmkuhl schmunzelt. »Gut, wenn ihr darauf besteht, habe ich wohl keine andere Wahl.«

Lena und Isa nehmen ihre Lehrerin in die Mitte und gehen mit ihr in das Spatenhaus an der Oper. Als sie am Tisch sitzen, entsteht eine seltsame Ruhe. Keine der jungen Frauen weiß, was man mit einer Lehrerin so ganz privat redet. Dann aber ergreift Frau Lehmkuhl das Wort. »Was habt ihr nun vor mit eurer Zukunft?«, fragt sie.

Damit ist das Eis gebrochen. Zuerst berichtet Isa von ihrer Reise und was sie hofft, in Oslo zu finden. Frau Lehmkuhl macht den Vorschlag, einige Bücher über Oslo zu besorgen und darin zu blättern. »Du solltest vorbereitet sein, das ist immer von Vorteil«, sagt sie. »Und was hast du vor?«, möchte sie dann von Lena wissen.

»Ausschlafen, jeden Tag ausschlafen. Und nach vier Wochen beginnt mein Praktikum bei der Versicherung, wo auch mein Vater arbeitet. Er hat mir einen Job besorgt, damit ich sehen kann, was für ein Studium ich machen möchte.«

»Wie wäre es mit Jura? Ich könnte mir vorstellen, dass das dein Fach ist«, schlägt Frau Lehmkuhl vor.

Lena nickt. »Ja, da liegen Sie schon ganz richtig. Das Recht wollte ich schon immer auf meiner Seite wissen.«

Sie sitzen, ohne auf die Zeit zu achten. Dann verabschieden sie sich von Frau Lehmkuhl und machen sich tatsächlich auf, um nach Büchern über Oslo zu schauen. Eigentlich wollten sie sich ja jede ein Sommerkleid kaufen, aber das haben sie durch das Gespräch mit der ehemaligen Lehrerin vergessen. »Das machen wir in Starnberg, da haben wir ebenfalls eine gute Auswahl«, sagt Lena, als es ihr wieder einfällt.

Als sie nach Hause kommen, werden sie schon von ihren Eltern erwartet. Sie hatten sich kurzfristig entschlossen, ein gemeinsames Abendessen zu arrangieren. Der Tisch auf der Terrasse ist bereits gedeckt. Die Weingläser werden gerade herausgetragen. »Das ist eine gute Idee, Durst hab ich ohne Ende«, stellt Isa fest.

Beide Väter schicken sich an, eine kurze Rede zu halten. Zuerst beginnt Isas Vater, erinnert an die Zeiten der

Schule und der gemeinsamen Feste. Lenas Vater streift in seiner Rede seine eigene Studienzeit, dass es nicht immer leicht war und so … Als dann die Sprache auf die Zukunft kommt, wird Isas Mutter traurig. Sie hat wohl Angst vor der Zeit, wo niemand daheim ist. Ihr Mann ist oft auf Geschäftsreise. Bisher hat sie sich die Abende mit Isa gestaltet. »Ja, es wird sich einiges verändern«, sagt Lenas Vater. »Unsere Kleinen sind nun erwachsen.«

Sie sitzen gemütlich beisammen, als plötzlich das Telefon läutet. Veronika geht ran. »Lena, es ist für dich«, ruft sie ihrer Tochter zu.

Lena wundert sich, wer da anruft. »Ja, hier Lena, was gibt's?« Eine Pause tritt ein. Es scheint eine schlechte Nachricht zu sein. Lena wird kreidebleich und sagt nur immer wieder: »Das ist ja fürchterlich.« Schließlich legt sie auf und sieht betroffen in die Runde.

»Erzähl, was ist los?«, fragt ihr Vater.

»Volker und vier andere aus unserer Klasse sind verunglückt. Sie waren wohl auf einer Feier am Kochelsee. Auf der Rückfahrt sind sie von der Fahrbahn abgekommen. Volker und Willi sind tot, die anderen sind in Murnau in der Klinik«, antwortet Lena mit tonloser Stimme.

Isa beginnt zu weinen. »Volker war so lieb …«

Nach dieser schrecklichen Nachricht will keine Stimmung mehr aufkommen, aber Lenas Vater nutzt die Gelegenheit, auf die Gefahren von Fahren unter Alkoholeinfluss hinzuweisen.

Sie gehen auseinander und die Mädels schwören sich, niemals mit Alkohol Auto zu fahren. Zu ihrer Mutter sagt Lena: »Isa und ich werden morgen früh nach Murnau fahren und unsere Klassenkameraden besuchen. Mal sehen, wie es ihnen geht.«

»Macht das, du kannst auch meinen Golf nehmen, der ist bequemer«, sagt ihre Mutter.

»Danke Mama.«

Am nächsten Morgen steht ein großer Artikel in der Zeitung. Der Vater liest ihn laut vor und erinnert sich, als er mal mit Alkohol am Steuer erwischt wurde. »Eine satte Strafe habe ich damals erhalten. Ein halbes Jahr keinen Führerschein. Aber das war mir eine Lehre«, betont er.

Lena findet es toll, dass er davon erzählt. »Hätte ich gar nicht gedacht, dass du so unvernünftig warst.«

»Das ist mindestens zwanzig Jahre her«, mischt sich ihre Mutter ein. »Da gab es dich noch gar nicht.«

Auf der Fahrt nach Murnau erzählt Lena gleich von Vaters Fehltritt. »Ach, denk dir mal nichts, mein Vater war nicht besser. Ich habe mal einen Artikel gefunden, er lag auf dem Speicher, da haben sie meinen Vater zu Sozialarbeit verdonnert«, lacht Isa.

»Warum denn das?«

»Er hat nachts randaliert, angeblich war er betrunken.«

»Ja, unsere Eltern sind wohl doch nicht so harmlos, wie wir immer dachten.«

In Murnau erfahren sie, dass alle drei Freunde noch auf der Intensivstation liegen und keinen Besuch empfangen dürfen. Aber sie treffen den Vater von Herold und fragen ihn gleich, was seinem Sohn passiert ist. »Er hatte Glück, er saß auf dem Rücksitz«, erzählt er. »Wie es aussieht, hat er einen Schulterbruch und wird gerade operiert.« In einer Stunde würden sie mehr erfahren, dann sei der Chefarzt da und hätte Zeit.

Lena und Isa nutzen die Zeit, um ein wenig am See spazieren zu gehen. Sie besuchen noch Biggi, die natürlich auch von dem Unfall gehört hat. »Ihr könnt euch gar nicht vorstellen, wie besoffen die Burschen hier abends oft abfahren. Ich bete immer, dass nichts passiert«, sagt sie nur. Sie bleiben noch ein bisschen bei Biggi und probieren von dem frischen Salat, den sie gerade fertig hat. »Vielleicht mögt ihr ein Schnitzel dazu?«, fragt Biggi.

»Ja, gerne, mach mal«, stimmen Lena und Isa zu.

Eine Stunde später erfahren sie vom Chefarzt, dass es allen dreien den Umständen entsprechend gut geht. »Nach zwei Wochen wird auch der Letzte die Klinik verlassen haben«, sagt der Arzt.

Doch vor Ablauf dieser Frist stehen die Trauerfeierlichkeiten an. Die Stimmung hat den Nullpunkt erreicht. Lena muss über ihre Schulkameraden nachdenken. Wie schnell kann es vorbei sein, auch wenn es noch gar nicht richtig angefangen hat. Auf der Rückfahrt nach Starnberg überlegt sie mit Isa, wie sie die Tage nutzen könnten, bis Isa nach Oslo fliegt. »Vielleicht hast du Lust, zu einer Ausstellung nach Würzburg zu fahren?«, fragt Lena.

»Was gibt es denn dort zu sehen?«, möchte Isa wissen.

»Die Maler der Jahrhundertwende werden ausgestellt und mein Vater meint, das könnte uns interessieren, da wir das Thema doch in der Abschlussklasse hatten.«

»Aber das machen wir dann mit dem Zug, mit dem Auto ist mir das zu weit.« Isa wird in einer Woche die Fahrprüfung machen und dann den Wagen ihrer Mutter nutzen dürfen. So hatte es ihr Vater versprochen. Ob er nach dem Unfall der Klassenkameraden immer noch dazu steht, ist ungewiss.

Der Vater von Lena sitzt in seinem Lehnstuhl und blättert in einem Ferienkatalog. »Ihr wollt doch nicht etwa verreisen?«, fragt Lena. Dann nutzt sie den günstigen Moment und fragt ihren Vater, ob er die Bahnfahrt nach Würzburg bezahlt.

»Natürlich, für Bildung bezahle ich immer gern«, brummt er.

»Erzähl, wo wollt ihr hin?«, fragt Lena. Auf dem Katalog steht »Marokko«.

Ihr Vater schaut auf. »Wir sind uns noch nicht sicher, aber wir dachten an Marokko. Du bist ja da, um auf das Haus aufzupassen?«

»Ja, klar, am besten macht ihr das, wenn ich in der Firma mit dem Praktikum anfange.«

»So haben wir uns das auch gedacht. Dann kannst du in der Kantine essen und verhungerst uns nicht«, sagt er mit einem Lächeln.

Die nächsten Tage besorgen sich Lena und Isa Unterlagen über die alten Meister, um vorbereitet zu sein. Im Internet lesen sie etwas über die Ausstellung und über die Discos in Würzburg. »Man sollte gut vorbereitet sein. Die Ausstellung schließt ja schon um sechs, da müssen wir doch wissen, was sich sonst noch so anbietet«, bemerkt Lena.

Für übermorgen haben sie eine kleine Pension und die Bahnreise gebucht. »Wer hätte gedacht, dass wir mal zusammen eine Bildungsreise machen«, freut sich Lena. Sie nehmen einen Frühzug, sodass sie bereits gegen Mittag ankommen. Isa war fleißig mit den Vorbereitungen, sogar einen Stadtplan hat sie aus dem Internet heruntergeladen. »Wir sind gleich um die Ecke vom Schloss«, sagt sie zu Lena.

»Prima, dann hoffen wir mal, dass das Wetter hält.«

Sie haben jede nur eine kleine Reisetasche gepackt, nur

das Notwendigste, was man eben so für fünf Tage braucht. Vom Bahnhof bringt sie ein Taxi in die kleine Pension. »Wir haben nur fünfzehn Zimmer, das Frühstück gibt es gegenüber in der Bäckerei«, hatte man ihnen gesagt.

Für den Nachmittag nehmen sie sich die Altstadt vor. »Die Bildung muss bis morgen früh warten«, entscheidet Isa. Zum Abendessen gehen sie in eine italienische Kneipe, die im Internet als »Original« beschrieben wird. Sie leisten sich zwar nur eine Pizza, aber »auf die Atmosphäre kommt es an«, wie die Besitzerin der Pension sagt.

»Hier würde ich gern studieren«, überlegt Isa.

Schon in der Pizzeria werden sie von einigen jungen Studenten angesprochen, höflich, aber bestimmt. »Ihr zwei könnt doch nicht so alleine herumziehen«, sagt einer.

»Was studierst du denn hier in Würzburg?«, fragt Lena.

Er lacht. »Ja, wenn ich das so genau wüsste. Gestern war es noch Kunst, aber morgen könnte es schon etwas anderes sein. Eigentlich will ich Schauspieler werden, aber meine Eltern halten das für den falschen Schritt.«

Keiner der Burschen wird aufdringlich, das fällt den beiden auf. Jeder hält gebührlichen Abstand. Das ist in München anders. Da wird schon nach zehn Minuten nach der Behausung gefragt. Mit einem Bussi verabredet man sich für den nächsten Abend: »Also, dann wieder hier so um acht.«

Das Doppelzimmer von Isa und Lena ist ziemlich klein. Wenn man an den Schrank will, muss eine von beiden im Bett bleiben oder vorher ins Badezimmer flüchten.

Tags darauf scheint die Sonne und sie machen sich auf, um im gegenüberliegenden Café ihr Frühstück einzunehmen. Das Café und die Bäckerei sind im selben Raum. Eine spanische Wand trennt die Einkaufenden von den Gästen, die gerade frühstücken. Das Frühstücksbuffet ist vorzüglich. »Wenn wir das alles essen, dann brauchen wir nichts zu Mittag«, meint Lena.

Sie sitzen zusammen und verquatschen sich. Als Lena auf die Uhr sieht, stellt sie fest, dass es Zeit wird, ins Schloss zu gehen. Schnell packen sie ihre Sachen und machen sich auf den Weg. An der Kasse stehen viele japanische Besucher in der Schlange und so geht hier gar nichts schnell. Aber Lena und Isa haben ja Zeit. Sie beobachten die Ausländer. Da kommt ein junger Mann auf sie zu und sagt: »Wir haben uns doch gestern in der Pizzeria gesehen.«

Lena mustert ihn kurz. »Stimmt, was machst du denn hier?«

»Ich bin ein Darsteller. Wenn ihr Lust habt, kommt ihr kostenlos rein, aber ihr müsst ein Kostüm tragen.«

Lena ist begeistert. »Das machen wir natürlich. Kann man da auch noch etwas verdienen?«

»Viel gibt es nicht, aber fünfzig Euro sind schon drin«, sagt er und stellt sich dann vor: »Ich bin Ernesto.«

Isa lacht. »Heißt du wirklich so oder ist das der Name des Kostüms?«

»Nein, ich heiße wirklich Ernesto. Meinen Eltern gehört die Pizzeria.«

Ernesto begleitet sie in ein Nebengebäude. »Schminkstube« steht über dem Eingang. Ein Mann begrüßt sie aufgeregt: »Ach, da sind wir aber froh. Ihr seid die beiden Prinzessinnen, die aushelfen, das ist doch richtig?«

Lena nickt eifrig. »Ja, das sieht man doch, dass wir Prinzessinnen sind.«

Er winkt sie in den Raum. »Dann kommt mal hier herüber, da ist die Damen-Garderobe.«

Nach einer halben Stunde dürfen sie in den Spiegel sehen. »Wow, das könnte mir gefallen«, stellt Isa fest.

Sie bekommen Anweisungen, in welchen Räumen sie sich aufhalten sollen. »Ihr müsst natürlich auch für Fotos bereitstehen.«

Beide tragen ein Kostüm aus der Rokokozeit und Hochsteckfrisuren. Sie sind noch keine zwei Minuten im großen Saal, da kommen schon die ersten Touristen und möchten Fotos mit ihnen machen. Bereitwillig stellen sie sich in Pose und ein Japaner hakt sich sogar unter. Ein Lächeln und Klick. So geht das etwa zwei Stunden lang, dann dürfen sie im Park eine Pause machen. »Das Nützliche mit dem Spaß verbinden, so nennt man das«, sagt Isa. Die Ausstellung dürfen sie sich natürlich auch ansehen und sie bekommen sogar Zutritt zu Räumen, die für den normalen Touristen nicht gestattet sind.

Gegen Abend treffen sie sich wieder mit Ernesto in der Pizzeria. Auch er musste in würdevoller Haltung durch die Gänge schreiten. Insgesamt waren sie acht Personen, die im Schloss an die alte Zeit erinnerten.

Während ihres fünftägigen Ausflugs machen sie ihren Job drei Tage und verdienen damit hundertfünfzig Euro. Das Mittagessen dürfen sie mit dem Personal einnehmen, so dass sie auch das noch einsparen.

Der Tag der Abreise ist gekommen und Ernesto lässt es sich nicht nehmen, sie persönlich zum Bahnhof zu bringen. Schon im Zug werfen sie einen letzten Blick auf das Schloss. »Es war eine wunderschöne Zeit«, sagen sie wie aus einem Mund.

Mit einem Kuvert voller Fotos überraschen sie ihre Eltern. »Was habt ihr denn gemacht?«, staunen sie. Lenas

Eltern sind begeistert und erinnern sich, dass sie einmal etwas Ähnliches gemacht haben, allerdings im Schloss Schleißheim.

Noch drei Tage, dann muss Isa nach Oslo. Sie ist schon schrecklich aufgeregt, obwohl sie bereits einmal dort war und die Umgebung kennt. »Für ein Jahr, stell dir das mal vor. Kommst du mich besuchen?«, fragt sie Lena.

»Klar komme ich dich besuchen, darauf kannst du wetten«, verspricht diese.

Auch für Lena ist die Zeit des Ausschlafens vorbei. Morgen ist der Erste und ab dann beginnt pünktlich um neun die Arbeit in der Versicherung. Sie hat sich für das Archiv entschieden, da lernt man am meisten. Angeboten wurden die Kaffeeküche, die Telefonzentrale und die Registratur. Von diesen vielleicht angenehmeren Jobs nahm sie Abstand. Sie will im Keller nach Leichen graben. Aber das sagte sie ihrem Vater natürlich nicht. Sie meinte nur: »Wenn ich mal Jura studiere, dann finde ich dort am ehesten etwas, woraus ich lernen kann.«

Sie muss die S-Bahn nehmen, da ihr Vater nicht will, dass alle sehen, dass seine Tochter in der Versicherung jobbt. Der Vorstand weiß es natürlich. Sie ist auch nicht die Einzige. Viele Kinder von Angestellten kommen zum Jobben hierher, vorausgesetzt sie sind mit der Schule fertig.

»Hi, ich bin die Lena.« So stellt sie sich im Archiv vor.

Eine ältere Dame begrüßt sie mit den Worten: »Ich hoffe, sie vergessen dich hier nicht so wie mich. Mein Name ist Waltraut. Ich bin seit fünfzehn Jahren hier, sehe nur selten Tageslicht und werde der ›Archivwurm‹ genannt.«

Dann kommt ein junger Mann auf Lena zu. »Hi, ich bin Diri.«

»Diri …, kommt das von Dirk?«

Diri lächelt schief. »Nein, sicher nicht. Ich werde es dir vielleicht später mal erklären. Im Moment muss dir das reichen.«

»Ist ja schon okay, war ja nur eine Frage«, winkt Lena ab. »Wo fangen wir an?«, will sie dann wissen.

»Wir sind hier unten, um nach Fällen zu suchen. Da gibt es eine Nachforschungsabteilung, der arbeiten wir zu«, erklärt Diri.

»Klingt ja recht einfach. Kann ich auch selbst nachforschen?«

Waltraut meldet sich zu Worte. »Wegen mir könnt ihr hier machen, was ihr wollt. Ich sehe sowieso nichts mehr.«

Diri ist seit einem Monat hier und kennt sich schon recht gut aus. Eigentlich ist er ein netter Typ, aber er redet nicht viel. Was ja kein Fehler sein muss. Eine Quasselstrippe nervt eher. »Was soll ich tun?«, fragt Lena.

»Sieh dir doch einfach mal irgendeine Akte an. Fang an zu lesen und bilde dir deine eigene Meinung. Hier drüben sind die Fälle, wo es ein großes Fragezeichen gibt«, erklärt Waltraut.

»Warum Fragezeichen?«

»Da wurde meist gedreht, mal von der Versicherung, mal vom Versicherten«, brummt Diri.

»Sieh doch mal in das Regal dort drüben, unter ›F‹, der blaue Ordner«, schlägt Waltraut vor.

Lena greift nach dem blauen Ordner im Regal mit dem Fragezeichen. Natürlich steht hier nicht wirklich ein Fragezeichen, aber es steht »ungeklärt« am Regal. Sie beginnt zu lesen und muss feststellen, dass es um Brandstiftung geht, angeblich. »Das ist genau zwölf Jahre her«, sagt Waltraut.

Lena sitzt bereits eine gute Stunde über dem alten Fall und fühlt sich wie eine Detektivin. »Da muss ich hin, das muss ich mir ansehen«, beschließt sie nun laut.

»Mach das, am besten fragst du nach Hillermeier. Ich glaube, Bernd ist sein Vorname«, entgegnet Waltraut .

Inzwischen steht Diri hinter Lena und schaut ihr über die Schulter. Er hat ein gutes Parfüm, muss Lena feststellen. Er kommt wohl aus gutem Hause. Aber sie registriert es nur, sagt lieber nichts. »Würdest du mich mitnehmen?«, fragt er ganz nebenbei.

»Ja, klar, warum nicht?«, stimmt Lena zu.

»Wo ist das denn?«

»Hier steht Erding, zumindest ist es dort in der Gemeinde.«

»Ich werde uns eine gute Karte für das Gebiet besorgen, sonst suchen wir uns dusselig«, überlegt Diri.

Seit einer guten Stunde haben Lena und Diri Schluss, aber der Fall fasziniert sie so sehr, dass sie die Zeit völlig vergessen haben. »Wir machen das am Samstag, was meinst du, hast du Zeit?«, fragt Lena.

Diri grinst. »Klar, ist ja ziemlich spannend.«

Lena nimmt auch für den Heimweg die S-Bahn, obwohl ihr Vater gerade an ihr vorbeifährt. Sie hätte ihn ja einfach anhalten können, aber das wollte sie dann auch nicht. Wenn er schon sagt, er wolle das nicht, dann macht sie es auch nicht. Und da gibt es noch einen anderen Grund: Diri nimmt bis zum Marienplatz dieselbe S-Bahn. Schließlich will sie ihn mal bei Tageslicht sehen und kennenlernen.

Am Marienplatz steigen beide aus und gehen noch gemeinsam zum Hugendubel. Diri sucht nach einem Fachbuch über das Versicherungswesen. Lena sucht nach einem

Buch über Brandstiftung. Sie wird fündig in der Krimiabteilung. Eigentlich nicht das, was sie wollte, aber irgendetwas wird sie schon finden.

»Servus, bis morgen«, verabschiedet sie sich nun von Diri. »Wohin musst du denn?«

»Starnberg«, sagt Lena.

Kaum daheim, will Lenas Mutter natürlich wissen, wie der erste Tag war. Lena hält sich mit der Wahrheit zurück, da sie nicht will, dass ihr Vater merkt, dass sie Nachforschungen betreibt. »Ich musste mit Diri die Regale aufräumen.«

»Und wer ist Diri?«

»Das ist ein Ferienjobber wie ich.«

»Ah, verstehe«, sagt ihre Mutter.

Dann kommt ihr Vater nach Hause. Wo war er denn so lange? Lena wundert sich, da er doch vor ihr abgefahren war. Sie sagt aber nichts, sicher hat er noch Besorgungen gemacht. »Na, Lena, wie war dein erster Tag?«, fragt er nun.

»Regale aufräumen musste sie«, antwortet ihre Mutter für sie.

»Jeder fängt mal ganz unten an«, sagt ihr Vater. »Ach, noch etwas, ich habe dir eine Plane für dein Auto mitgebracht.« Er reicht Lena ein kleines Paket.

»Danke, das ist aber lieb.« Da es nach Regen aussieht, geht sie gleich hinaus, um den Kleinen abzudecken. Wer weiß, vielleicht ist ja das Verdeck nicht ganz dicht.

Später am Tisch erzählt Papa von der Vorstandssitzung. »Sie haben uns einen rigorosen Sparplan vorgelegt. Die Aktionäre wollen eine Dividende sehen, aber das ist ja nichts wirklich Neues.«

»Könnt ihr euch dann zukünftig keine Ferienjobber mehr leisten?«, fragt Lena mit einem breiten Grinsen.

»Eher umgekehrt, dann nehmen wir nur noch Ferienjobber, die kosten nämlich fast nichts.«

Noch drei Tage, dann wird Lena mit Diri nach Erding fahren. Sie werden ihren Wagen nehmen. Die Zeit ist schnell rum. Sie treffen sich in Schwabing am Feilitschplatz. Diri ist pünktlich und winkt schon, als Lena mit ihrem roten Knallbonbon um die Ecke kommt. Letzte Woche sagte sie noch Knutschkugel zu ihrem Kleinen.

Diri hatte fleißig im Internet recherchiert. »Also, der Hillermeier, der ist ein Immobilienunternehmer. Er ist nicht der alte Besitzer, vorher hat das Gebäude einer Familie Bartel gehört.« Er macht eine Pause, dann kritisiert er Lenas Fahrstil: »Rase nicht so.«

Sie fahren über die Landstraße nach Erding, über Oberföhring sind sie schon hinaus. Diri breitet die Straßenkarte auf seinen Beinen aus. Mit dem Zeigefinger fährt er auf dem Blatt herum. »Hier müsste es sein.«

»Wo bitte?«

»Nimm da vorne die Abzweigung.« Lena biegt ab. Die Abzweigung führt auf einen Feldweg. Nach weiteren drei Kilometern kommen sie in ein Neubaugebiet. »Das kann ja nicht wahr sein. Das sind die Grundstücke vom Bartel«, sagt Diri. »Die Unterlagen habe ich auf dem Schreibtisch meines Vaters gesehen. Der Fall fiel damals in seinen Arbeitsbereich.«

»Sicher hat Bartel sie verkaufen müssen, nachdem er alles mit einem Feuer ›heiß saniert‹ hat.«

»Lass uns den Wagen dort drüben parken. Da steht er im Schatten und wir gehen von dort zu Fuß weiter.«

»Das ist die Verwaltung«, Lena zeigt auf ein Gebäude.

»Dort müssen wir hin. Wir fragen einfach mal ganz blöd,

ob noch etwas frei ist. Wir sagen einfach, wir wollen heiraten, weil du ein Kind bekommst.«

Lena wirft Diri einen knappen Blick zu. »Du bist ja ganz schön frech, hängst mir ohne Probleme ein Kind an.«

Wenig später in der Verwaltung: »Hi, wir sind die Dörfels, wir suchen ein kleines Häuschen. Es sollte bezahlbar sein, auch wenn unsere Eltern zahlen. Wir bekommen es nämlich zu unserem ersten Kind dazu.« Lena lächelt zuckersüß.

Der Herr am Schreibtisch mustert Lena und Diri. »Was? Sie bekommen schon ein Kind? Sie sind ja selbst noch Kinder. Aber gut … Gestatten, Hillermeier, ich bin hier für die Immobilien zuständig.« Herr Hillermeier reicht ihnen eine Mappe mit Bauplänen und den Firmen, die an dem Projekt beteiligt sind. »Hier ist noch eine Preisliste. Als Anzahlung brauche ich zehn Prozent, das wird meist über einen Kleinkredit von uns erledigt.«

»Wo stünde dann unsere bescheidene Hütte?«, fragt Diri.

»Zurzeit haben wir noch drei freie Grundstücke, der Rest ist schon verkauft.« Herr Hillermeier scheint sehr angetan von ihnen, vor allem, als er erfährt, dass sie beide für eine Versicherung arbeiten.

Dann fragt Diri: »Sagen Sie mal, waren das nicht die Grundstücke von dem Brandstifter?«

Herr Hillermeier nickt. »Ja, da haben Sie recht. Zuerst hat er sein Haus angezündet, dann musste er wegen der Kredite verkaufen. Wir haben ihm da aus der Patsche geholfen. Aber so sind wir halt. Wenn wir helfen können, dann machen wir das.«

Sie gehen raus, um sich die freien Grundstücke anzusehen. Diri macht Fotos ohne Ende, vor allem von den Firmenschildern, die hier in die Höhe ragen. »Wir arbeiten nur mit Firmen aus der Umgebung«, erklärt Hillermeier.

»Wenn wir das machen wollen, wann müssten wir anzahlen und wann müssten wir unterschreiben?«, fragt Lena.

»Eine Option würde ich Ihnen sofort einräumen. Da sind dann nur die zehn Prozent fällig. Da brauchen Sie noch nicht Ihre Eltern.«

Diri schaut sich mit nachdenklicher Miene um und sagt: »Dann lassen Sie uns eine Nacht darüber schlafen, vielleicht sind wir dann morgen schon wieder da.«

Hillermeier lächelt zufrieden. »Machen Sie das. So eine günstige Gelegenheit bekommen Sie sicher nicht mehr.«

»Das ist ja ein ausgekochter Hund«, schimpft Diri, als sie wieder im Auto sitzen.

Lena muss ihm recht geben. »Wir brauchen noch die Anschrift von den Bartels, die würde ich schon noch gern befragen«, fügt sie noch hinzu.

Diri wühlt in seiner Tasche. »Da bin ich doch der Diri, und hier ist schon die Anschrift.« Er reicht Lena ein Blatt mit den Daten.

Lena nimmt den Zettel. »Den hast du dir aus der Mappe genommen, stimmt es?«

Er zuckt mit den Schultern. »Ich dachte, bevor wir lange recherchieren, nehme ich das Blatt einfach mal an mich.«

»Die wohnen in Türkenfeld, das ist genau die andere Richtung.«

»Hast du Lust, morgen einen Sonntagsausflug nach Türkenfeld zu machen?«

»Ja sicher, es zieht mich förmlich dorthin. Ich liebe Türkenfeld.«
»Woher kennst du Türkenfeld?«
»Keine Ahnung, ich war noch nie dort.«
In Erding gehen sie erst einmal einen kräftigen Kaffee trinken. Diri greift nach seiner Schachtel mit Zigaretten.
»Du willst aber jetzt nicht wirklich rauchen?«, fragt Lena.
»Wieso denn nicht?«
»Ich habe eine Qualmallergie.«
»Oh entschuldige, dann lutsche ich einen Bonbon.«
Lena grinst. »Sag bloß, du gewöhnst dir gerade das Rauchen ab.«
»Ja, es kostet einfach zu viel. Ich spare auf einen kleinen Wagen«, brummt Diri.
»Wir haben doch einen, warum brauchen wir zwei?«
»Vielleicht will ich mal wohin, wo ich lieber alleine sein will. Oder so.«
»Wann bekommst du denn deinen Führerschein?«
»In drei Tagen habe ich Theorie, zwei Tage später dann die Fahrprüfung.«
»Wie schön. Willst du ein bisschen üben.«
»Nein, lieber nicht, außerdem lerne ich auf einem Mercedes.«
»Verstehe, da ist meine Nuckelpinne natürlich zu abtörnend.«

Lena und Diri trennen sich am Feilitschplatz. Diri sagt, dass er noch einen Freund besuchen möchte. Wenn der Freund mal keine Freundin ist, denkt sich Lena, aber wer weiß.
Als sie nach Hause kommt, sitzen die Eltern vor dem Fernseher und schauen sich ein Fußballspiel an. Bier und Salzstangen stehen auf dem Tisch. Lena hat nie verstanden,

warum ihre Mutter so fußballbegeistert ist, wo sie doch eigentlich keine Ahnung davon hat. Vielleicht ist es wegen ihres Vaters, der jubelt bei jedem Tor für die Sechziger. Leider hat er im Moment nicht viel zu jubeln. »Hi, meine Lieben, wie steht es?«, fragt Lena.

Von ihrem Vater kommt ein verhaltenes Gebrummel: »Drei null.«

»Vermutlich für die anderen.«

»Erspar dir dein Gefrotzel. Morgen spielen die Bayern, da werde ich dich dann ärgern.« Es ist ein ewiges Spiel, ernst meint es keiner von beiden.

»Ich bin übrigens morgen am Ammersee, wir treffen uns mit Freunden«, erzählt Lena beiläufig.

Ihr Vater schaut kurz auf. »Aber du weißt ja: kein Alkohol am Steuer.«

»Ja Papa, das weiß ich doch.«

Am nächsten Morgen treffen sich Lena und Diri am Altersheim, gleich um die Ecke von der Autobahneinfahrt nach Lindau. Lena hat ein Navigationsgerät mitgenommen. Türkenfeld – wer weiß, wo das liegt? Das Navi lotst sie zielsicher bis vor eine Haustür. Lena steht mit Diri vor einem heruntergekommenen Gebäude. Der Schwamm geht bis zur Dachrinne. Lena klingelt, eine Frau öffnet. »Wohnt hier Familie Bartel?«, fragt Lena.

»Ja, so ist es.« Die Frau guckt misstrauisch.

Lena freut sich im Stillen. Das ging ja schneller als gedacht. Sie hatten sich schon auf eine umfangreiche Suche eingestellt.

»Was wollen Sie denn?«, fragt die Frau.

»Entschuldigen Sie, aber wir arbeiten im Archiv der Versicherung …«, beginnt Lena.

Die Frau unterbricht sie: »Lassen Sie uns einfach in Ruhe. Wir wurden betrogen und haben für eine Versicherung kein Geld.«

Diri beginnt zu erklären, dass sie von Waltraut auf die Akte hingewiesen worden wären. Sie hätten sie studiert und wären der Meinung, dass da etwas nicht stimmen könne.

»Da stimmt überhaupt nichts«, ruft nun jemand von hinten aus dem Haus, vermutlich Herr Bartel.

»Aber wenn Sie schon einmal da sind, dann kommen Sie doch herein«, sagt nun Frau Bartel. »Sie sprachen von einer Waltraut …? Wenn es die Waltraut ist, die ich meine, dann ist es meine Schwägerin. Sie wurde in die Katakomben strafversetzt. Sie wollte uns helfen, aber der Vorstand …«

Lena nickt. »Die Dame heißt Waltraut Wilhelm. Dann verstehe ich auch, warum sie uns auf die Akte aufmerksam gemacht hat.«

Frau Bartel führt sie ins bescheidene Wohnzimmer. »Wir können Ihnen leider nur einen Kaffee anbieten. Kuchen ist nicht mehr drin, seit wir Hartz IV beziehen.«

Sie setzen sich zu Herrn Bartel, der sie müde mustert. Diri fordert die Bartels auf: »Jetzt erzählen Sie doch einfach mal, wie es zu dem Brand kam.«

Herr Bartel beginnt: »Wir waren mit dem Umbau gerade fertig, nur noch die Elektrik sollte renoviert werden. Das hat die Firma Wollsteiner gemacht, die sind aus Obererding. Der Brand begann in der Scheune. Da war der neue Verteiler untergebracht. Hanna schaltete die Belüftung ein und ging in die Küche. Nach einer Stunde etwa stellte sie Brandgeruch fest. Doch da war es schon zu spät, die neue Scheune brannte lichterloh. Hanna rief bei Bernd an. Er ist Brandleiter der Feuerwehr. ›Wir kommen sofort‹, meinte er.

Aber er kam nicht. Nach einer weiteren halben Stunde rief Hanna die Polizei an. Diese wusste nichts von einem Brand. Dann endlich trafen die Sanitäter und die Feuerwehr mit der Polizei ein. Bernd entschuldigte sich, aber er hätte noch seine Oma zu Bett bringen müssen. Und Hingest von der Polizei meinte nur: ›Das hätte ich euch nicht zugetraut, dass ihr euer eigenes Haus ansteckt.‹ Damit war dann das Gerede von der Brandstiftung perfekt. Die Versicherung war von Hingest bereits informiert und wir hatten keine Chance mehr.« Er macht eine kurze Pause und dann fügt er hinzu: »Ach übrigens, da gibt es jetzt ein Neubaugebiet. Dort wohnen alle, vom Hingest über den Elektriker, sogar der Brandmeister hat dort ein kleines Häuschen.«

Lena will nun wissen, ob vielleicht vorher mal ein Kaufangebot abgegeben wurde.

Frau Bartel nickt. »Die Firma Hillermeier hat uns mal ein Angebot gemacht. Aber es war so niedrig, dass wir gar nicht nachdachten. Wieso fragen Sie?«

»Ich glaube, dass das alles von langer Hand vorbereitet war. Wo sind denn die Polizeiakten?« Lena sieht Frau und Herrn Bartel an. Sie zucken mit den Achseln. »Das stinkt ja richtig zum Himmel. Aber was machen wir jetzt?«

Diri steht langsam auf. »Ich glaube, ich habe da eine Idee.«

Am folgenden Tag regnet es ohne Unterbrechung. Papa nimmt Lena bis zur S-Bahn mit. »Ich habe noch einen Termin bei Walter, du weißt schon, das ist der Anwalt«, sagt er.

Lena winkt ab. »Mach nur, ich liebe S-Bahn fahren.« Wenig später ist sie im Archiv und begrüßt ihre Kollegen. »Hi Diri, hi Waltraut. Waltraut, hast du mal gerade Zeit?«

»Ja, was gibt es denn?«

»Du bist also die Schwägerin?«

Waltraut wird leicht rot. »Ja, das stimmt. Seid mir bitte nicht böse, aber ich habe bei euch beiden das Gefühl, dass ihr Licht in die Sache bringen könntet.«

»Das habe ich schon gemacht«, sagt Diri.

»Was hast du?«, fragt Lena neugierig.

»Ich habe Dari getroffen, der ist bei der SZ.«

Lena lacht. »Jetzt verstehe ich, Diri, Dari. Ihr seid zu zweit?«

Diri seufzt. »Na endlich hast du es verstanden. Wir bekamen die Spitznamen bei einer Pferdewette.«

»Das musst du mir irgendwann einmal genauer erzählen. Aber jetzt erzähl, was dein Freund Dari für uns tun kann.«

»Ich habe ihm die Unterlagen gegeben und er recherchiert nun. Das kann einige Tage dauern, aber ich war auch schon im Internet. Die Elektriker-Firma war kurz vor dem Brand fast pleite. Nun schwimmt sie in Geld«, berichtet Diri.

Einige Tage später: Zum Mittagessen treffen sich Diri, Dari und Lena in einer kleinen Pizzeria. »Du bist also der zweite Teil vom Diri?«, beginnt Lena.

»Ja, so ist es.« Dari beugt sich zu Lena über den Tisch, um ihr einen kräftigen Begrüßungskuss zu geben. »Das ist dir doch jetzt nicht peinlich, oder?«

»Nicht wirklich, aber du solltest mit dem Rauchen aufhören.«

»Danke, das war klar und deutlich.« Dann schildert Dari, was in der Redaktion schon alles recherchiert wurde. »Da kommt einiges zusammen. Alles liegt ganz offen auf dem Tisch. Der Hillermeier hat schon einige Projekte ähnlich durchgezogen. Der Elektriker ist bei der Kammer auch schon angezeigt worden. Das war nicht sein erster Kurzschluss.«

»Was habt ihr vor?«, fragt Lena.

Dari lehnt sich zufrieden zurück. »Am Wochenende platzt die Bombe. Dann bringen wir es als Aufmacher. Wir brauchen nur noch Fotos von den Bartels, wie sie jetzt hausen.«

»Da kann ich dir helfen, ich habe einige Fotos gemacht«, sagt Diri.

Am folgenden Samstag sitzt Lena bereits über der SZ vom Wochenende, bevor ihr Papa sie in die Hände bekommen hat. »Hey, ich bin zuerst dran«, ruft er aus der Küche.

»Das musst du lesen, Papa, es geht um eure Versicherung«, ruft Lena zurück.

Ihr Vater stürzt aus der Küche zum Esstisch, entreißt Lena die Zeitung und beginnt zu lesen. »Das ist doch der Fall … Wer hat da in den Akten gewühlt? Das warst doch nicht etwa du, Lena?«

Ihre Mutter hört aus der Küche zu und muss grinsen. »Es wäre nicht unsere Tochter, würde sie da nicht nachgefragt haben«, kommentiert sie.

»Das ist intern, da hat sie nichts nachzufragen«, schimpft ihr Vater.

»Du hast ja keine Ahnung, wie die Bartels jetzt wohnen. Das ist eine Sauerei«, empört sich Lena.

Ihre Mutter erinnert sich an ähnliche Vorgänge aus den Siebzigerjahren. Aber da war Helmut der große Aufklärer. »Helmut, erinnerst du dich noch an den Fall Waldheimer?«

Ihr Mann sieht sie wütend an. »Wieso, was willst du damit sagen?«

»Dann lies doch einfach in der Zeitung weiter …«

Diesmal fragt Papa nicht, ob Lena vielleicht bis zur nächsten S-Bahn mitfahren will. Er ist, freundlich ausgedrückt, ziemlich verärgert. Als Lena in den »Katakomben« ankommt, auch Archiv genannt, trifft sie weder auf Waltraut noch auf Diri. »Jetzt muss ich wohl den Kram alleine machen«, murmelt sie.

»Kommen Sie bitte zum Chef«, ruft da jemand hinter ihr.

Lena dreht sich um. Hinter ihr steht ein Herr im grauen Zweireiher. »Wohin soll ich?«

»Zum Chef, erster Stock, Zimmer vierundzwanzig.«

Als sie anklopft, hört sie schon die Stimmen von Diri und Waltraut. Der Chef schaut ihr entgegen, als sie eintritt. »Da haben wir ja die Übeltäterin.«

»Na hören Sie mal, was ist das denn für eine Begrüßung?«, Lena ist wütend. Diri gibt ihr ein Zeichen, dass sie ruhig bleiben soll, aber Lena ist gerade richtig in Fahrt. »Das ist alles eine große Sauerei. Da stecken alle unter einer Decke und die arme Familie lebt jetzt von Hartz IV.«

Der Chef sieht sie finster an. »So, und nun beruhigen Sie sich bitte«, sagt er streng. Natürlich weiß er, dass Lenas Vater im Vorstand und der Vater von Diri Bezirksdirektor ist. Da muss er sehr vorsichtig sein, was er sagt. »Sie sind ab sofort in einer anderen Abteilung untergebracht«, fährt er fort. »Lena, Sie haben ab heute Telefondienst, und Wendelin, Sie sind ab sofort in der Filiale Ihres Vaters.«

»Scheiße«, rutscht es Lena heraus.

»Das will ich nicht gehört haben. Ach, Waltraut, Sie können wieder in den Keller.« Damit schickt er alle drei wieder raus.

Waltraut verschwindet sofort, Lena und Diri stehen unentschlossen im Gang und Lena sagt: »Du heißt also Wendelin …«

»Was dagegen?«

»Wo treffen wir uns nun zukünftig? Ich will auf dich nicht verzichten.«

»Auf mich verzichten? Was meinst du?« Diri mustert sie.

Lena zuckt mit den Achseln. »Ach nur so, nichts Bestimmtes.«

»Du fährst doch täglich mit der S-Bahn über den Marienplatz. Das passt doch prima, das Büro meines Vaters ist am Alten Peter.«

»Okay, abgemacht. Was machen wir mit Waltraut? Ich weiß, dass wir schuld sind, dass sie nun Ärger hat.«

Diri nickt betroffen. »Wir werden uns etwas überlegen. Aber vorher will ich noch wissen, wie sich die Gesellschaft entscheidet. Schließlich müssen sie jetzt Farbe bekennen.«

Schon am nächsten Wochenende geht die Story »Brandstiftung« weiter. Die SZ schreibt, dass die Versicherung sich mit den Bartels in Verbindung gesetzt habe. Das Betrugsdezernat hat auch seine Arbeit aufgenommen. Der Elektriker sitzt inzwischen in Untersuchungshaft. Ein Vorschlag des Immobilienunternehmens war, dass man den Bartels drei Häuser übergibt. So können sie zwei vermieten und im dritten selbst wohnen. Aber der Anwalt verlangt noch zusätzlich eine Million als Schadenersatz.

Noch eine Woche später steht dann in der Zeitung, dass man sich auch auf die Million geeinigt hat. Endlich ist der Alptraum der Bartels vorbei. Lena ist stolz auf ihren ersten Einsatz und trifft sich mit Diri im P1 zum Feiern. Mit dabei ist natürlich, wie sollte es anders sein, Spezi Dari. Sie feiern die ganze Nacht durch, bezahlt wird alles von Lenas Papa.

Am nächsten Tag, es ist Sonntag, treffen Lena und ihr Vater in der Küche aufeinander: »Also, das mit der Telefonzentrale, das kommt gar nicht infrage. Ich bin nicht eure Telefonistin«, stellt Lena entschieden fest.

»Wo willst du denn hin? Die Katakomben sind gestrichen«, entgegnet ihr Vater.

»Also, ich werde es mir überlegen, aber morgen komme ich nicht. Du kannst mich ja krankmelden.«

Ihr Vater zögert, dann sagt er: »Okay, ausnahmsweise. Du weißt, ich mag das nicht. Was hast du denn morgen vor?«

»Auto putzen.«

»Aha … Auto putzen.«

Lena verschwindet schlecht gelaunt. Als sie später wieder in die Küche kommt, ist nur noch die Mama zugange. Sie macht Lena ihren geliebten Kakao und frische Semmeln mit Honig. »Na, ist der Kleine so schmutzig, dass du ihn putzen musst?«

»Ja, ich habe es mir vorgenommen. Außerdem will ich ihn kennenlernen. Ich werde mit dem Handbuch einmal alles durchgehen. Schließlich muss ich doch wissen, was alles in ihm steckt.«

»Mach das, viel Spaß.«

Mit einem Staubsauger und einigen Kübeln bewaffnet, geht Lena vor die Tür. Ihre Mutter sieht sich das Schauspiel von der Küche aus an. Sicher möchte sie nicht versäumen, wenn Lena das Heftchen findet. Es liegt unter der hinteren Fußmatte. Das kleine Auto wird mit Schaum förmlich überschüttet, man könnte schon vermuten, dass es darin ertrinkt. Seine rote Farbe ist nicht mehr zu erkennen. Dann kommt der Gartenschlauch zum Einsatz. Lenas Mutter kommt mit einer Erfrischung vor die Tür. »Mach mal eine

Pause, es wird Zeit, dass du mit dem Rubbeln aufhörst. Nicht, dass er noch eingeht. Mein Golf könnte übrigens eine Wäsche ebenfalls gut gebrauchen.«

Dann widmet sich Veronika dem Mittagessen. Als sie wieder aus dem Fenster sieht, sitzt Lena auf einem Hocker an der Straße und blättert in Unterlagen. Na endlich hat sie die Papiere gefunden, ohne sie einzuschäumen, denkt Veronika zufrieden.

Lena sagt aber nichts, sie schleicht an ihrer Mutter vorbei in ihr Zimmer. Das mit dem Fund wird sie spätestens am Mittagstisch erzählen, so zumindest glaubt es Veronika. Da sie alleine sind, treffen sie sich zum Mittagessen an der Küchentheke. Das ist praktisch, da sie die Teller gleich in die Geschirrspülmaschine entsorgen können. Veronika wartet darauf, dass Lena etwas von dem Heftchen sagt, aber sie schweigt. »Was treibst du am Nachmittag?«, fragt sie.

»Ich muss da etwas erledigen, außerdem treffe ich Diri und Dari am Marienplatz«, antwortet Lena ausweichend.

»Gut, du brauchst mich also nicht?«

»Danke, nein, ich bin zufrieden.«

Lena liegt auf ihrem Bett und blättert in einem Heftchen, das einem Telefonbuch gleicht. Es hat einen roten Plastikeinband und ein gelbes Bändchen ist daran befestigt. Auf der ersten Seite steht: »Denke an mich, ich muss mal kurz weg!« Was hat das zu bedeuten? Wie alt ist das Heftchen? Einige Eintragungen sind aus dem Jahr 1971. Beim weiteren Studieren stößt Lena auf Hinweise aus den Achtundsechzigern. Das ist doch das Baujahr des Kleinen, erinnert sie sich. Sie entscheidet, das Heftchen zum Treff am Marienplatz mitzunehmen. Mal sehen, was Diri und Dari davon halten.

Wenig später sitzt Lena in der S-Bahn, sie blättert immer noch im Heftchen und findet nun einen Hinweis auf eine Adresse in Gauting. Das ist nicht weit weg, das kann sie sogar ganz einfach mit dem Kleinen machen.

Im Hacker-Pschorr in der Sendlingerstraße wollen sie sich auf ein Bier treffen. Wer kein Bier mag, trinkt halt ein Glas Veltliner oder einen Gespritzten. Lena ist die Erste, die beiden Jungs scheinen sich etwas zu verspäten. Das ist ja ganz normal, wenn man jobbt, da kann man nicht einfach gehen, wenn man will, so denkt sie. Zwanzig Minuten später kommen Diri und Dari Arm in Arm zur Tür herein. »Ihr habt doch nicht etwa schon einen gehoben?«, fragt Lena.

»Doch haben wir«, grinst Dari. »Wir kommen direkt vom Viktualienmarkt. Der Diri hat sich eine Fischsemmel gekauft und da konnte ich natürlich nicht Nein sagen und habe mir ebenfalls eine geleistet.«

»Deshalb stinkt ihr so nach Fisch«, bemerkt Lena. »Ich habe da etwas, das ist etwa vierzig Jahre alt. Es ist ein Heftchen mit Hinweisen aus dieser Zeit«, sagt sie und legt das Heftchen auf den Tisch.

Ihre Freunde setzen sich. Diri greift nach dem Heft. »Lass mal sehen.« Er blättert. »Ach, das ist ja interessant, da sind Tabellen von den Castortransporten eingetragen.«

Zu einem richtigen Ergebnis kommen sie jedoch nicht, so dass sich Lena für den nächsten Abend vornimmt, die Adresse in Gauting aufzusuchen. Dann muss ich wohl mit dem Wagen zur Arbeit fahren, denkt sie, wo parke ich da nur?

Aber sie findet am nächsten Tag schnell ein Plätzchen zwischen den Studentenautos an der Uni. Da fällt ihr Wagen nicht auf. Sie kann es kaum noch erwarten, bis sie endlich frei hat. In ihr Navi hat sie die Adresse eingespeichert. So wird sie ihr Ziel am besten finden.

Es dauert nicht lang, da parkt sie vor einem etwas verwohnten Haus in einer kleinen Nebenstraße in Gauting. Sie wird wenig befahren, da es sich um eine Schotterstraße handelt. Einige Pfützen sind noch vom letzten Regen vorhanden. Wo ich den Kleinen doch gerade gewaschen habe, denkt sie, so eine Scheiße. »Scheiße sagt man nicht«, hört sie ihre Mutter sagen.

Die Haustür steht offen und so tritt Lena einfach mal ein und ruft laut und deutlich »Hallo …«

»Gehen Sie schon mal in das dritte Zimmer, ich komme gleich«, antwortet eine männliche Stimme.

Aha, woher weiß er …, wundert sich Lena. Eins, zwei und drei, dieses Zimmer muss es sein. Sie tritt ein. Hier könnte man auch mal aufräumen. So einen Saustall hat sie nur einmal erlebt, erinnert sie sich. Dann steht ein junger Mann vor ihr, etwas zerzaust, mit kariertem Hemd und nicht gerade gepflegt. Eine Dusche könnte ihm sicher nicht schaden, seine Haare hätten dringend eine Wäsche nötig, denkt Lena bei seinem Anblick.

Er redet, als hätte er sie erwartet. »So, da sind Sie ja endlich. Wenn Sie sich zukünftig verspäten, dann greifen Sie bitte zum Telefon. Und nun zeigen Sie mir mal, wo es hapert.«

»Wer hapert wo? Ich verstehe nicht?«

»Sie sind doch die Nachhilfe?«

»Nein, Nachhilfe für was?«

»Na Mathe, was sonst?«

»Also, da liegen Sie völlig falsch. Ich bin wegen dieses Eintrages im Heftchen hier.«

»Was für ein Heftchen?«

»Hier, sehen Sie mal, da steht: vierter Wagen …«

Der Mann greift nach dem Heft: »Woher haben Sie das denn? Das ist ja mindestens vierzig Jahre alt. Das könnte von meinem Vater stammen. Der war ziemlich aktiv bei den Castortransporten.«

»Was? Die gab es damals auch schon?«

Er nickt. »Ich glaube, ich mache uns jetzt erst einmal einen Tee.«

Nach zwei Stunden sitzen sie immer noch zusammen und haben sich immer noch nicht vorgestellt. »Ich bin übrigens die Lena«, sagt Lena schließlich, als es ihr auffällt.

»Ich bin der Herbert.« Er lächelt sie an. »Dann werde ich mal eine Flasche öffnen und dann trinken wir auf Du, anschließend musst du mich küssen.«

»Küssen kein Problem, aber keinen Alkohol, ich muss noch fahren. Weißt du, ich habe gerade einen Freund wegen Alkohols am Steuer verloren.«

»Sitzt er oder ist es etwas Ernstes?«

»Es ist etwas Ernstes, er kam bei dem Unfall ums Leben.«

»Scheiße, entschuldige«, meint Herbert.

»Erzähl mal, was treibst du so?«, möchte Lena nun von Herbert wissen.

»Ich schlage mich so durch. Das Haus habe ich geerbt. Das sieht man sicher gleich.«

»Stimmt, sieht man gleich. Du hast wohl noch nie einen Besen in der Hand gehabt, geschweige denn einen Pinsel. Ein bisschen Farbe könnte der Burg nicht schaden.«

»Für wen denn? Ich lebe hier alleine. Die beiden Nachbarhäuser werden in Kürze abgerissen, da kommen Luxushäuser hin. Ich spekuliere, dass da mein Haus ein richtiger Schandfleck sein wird, und dieser Schandfleck wird sehr teuer sein, wenn man ihn entfernen will. Mit dem Geld ziehe ich dann nach Südafrika.«

»Was willst du denn dort? Glaubst du, da muss man nicht aufräumen?«

»Schon, aber da kann ich mir dann eine Haushälterin leisten.«

»Was machst du eigentlich beruflich?«

»Ich bin Nachhilfelehrer, und damit habe ich mächtig zu tun. Du kannst dir gar nicht vorstellen, wie viel Blöde es gibt, die sich einbilden, das Abitur machen zu müssen.«

»Verstehe, das ist also ein ziemlich einträgliches Geschäft.«

»Aber ehrlich, ich gebe nicht nur Nachhilfe, ich arbeite an einer Theorie.«

»Die Theorie hat nicht zufällig mit Putzen zu tun?«

»Ja, ja, nimm mich nur auf den Arm. In zwei Wochen schicken mir meine Freunde wieder die Putzfrau her. Du musst wissen, die bezahlt die Firma meines Freundes. Aber kommen wir noch mal zu dem Heftchen. Woher hast du es denn?«

Lena erzählt die Geschichte mit dem kleinen Wagen und dass sie es beim Reinigen des Autos gefunden hätte.

»Da habe ich eine gute Idee«, sagt Herbert. »Ich habe noch alte Dias von meinem Vater, die könnten wir uns mal ansehen. Vielleicht finden wir ja etwas, was zum Heftchen passt. Wenn du also immer noch Lust hast, in der Vergangenheit zu forschen, dann machen wir das gemeinsam.«

Lena hat Lust und so verabreden sie, dass Herbert den alten Diaprojektor vom Speicher holt und sich meldet, wenn er das geschafft hat.

Lena tritt den Heimweg an, schreibt aber vorher noch den Namen vom Türschild ab. Vielleicht kennt ja ihr Vater den Namen, »Walburga Benedikt«, steht da. Ob das Schild wirklich echt ist? Vielleicht hat Herbert es ja irgendwo gefunden und einfach mal hingeschraubt, wer weiß.

Zu Hause angekommen, fragt sie sofort: »Papa, kennst du eine Walburga Benedikt?«

»Frage mal Mama, die hat ein besseres Namensgedächtnis«, brummt er hinter seiner Zeitung hervor.

Lena zieht ein Zimmer weiter: »Mama kennst du vielleicht …?«

»Im Moment sagt mir das nichts, aber so ganz unbekannt ist mir der Name nicht.«

Ihr Vater will nun doch Genaueres wissen. »Wie kommst du denn auf diesen Namen?«

»Ich habe im Auto einen Umschlag mit einem Heftchen gefunden. Da steht unter anderem eine Adresse in Gauting drin. Die Frau heißt Walburga …«

»Gauting, hör mal, Veronika, kannten wir da nicht einmal eine Ärztin? Das ist aber schon ziemlich lange her.«

»Richtig, die war damals bei der Demo dabei.«

Lena ist nun doch verblüfft. »Ihr wart bei einer Demo? Um was ging es denn?«

»Soweit ich noch weiß, ging es um die Untertunnelung am Ring«, sagt ihre Mutter.

»Und ihr wart dagegen, oder nicht?«

Ihr Vater antwortet: »Wir wollten die anliegenden Wiesen erhalten. Aber wir hatten keine Chance. Jetzt ist da ein Industriegelände. Schade drum, es waren sehr schöne Wiesen.«

Am nächsten Morgen trifft Lena auf Waltraut. »Wie geht es dir? Tut mir leid, dass du nun alleine im Archiv bist.«

Aber Waltraut winkt lächelnd ab. »Ist schon okay. Ich

wollte mich noch bedanken, dass ihr beide so aktiv am Fall gearbeitet habt. Meine Schwägerin und mein Bruder möchten euch gern zum Essen einladen.«

»Klar, gern. Sag mir, wann das sein soll, ich werde Diri Bescheid geben.«

»Mache ich. Und … äh, ich hätte da noch einen Fall …«

Lena überlegt einen Moment, dann sagt sie: »Ansehen kann ich ihn mir ja. Gib ihn mir bei Gelegenheit. Aber wir müssen uns woanders treffen, nicht hier in der Versicherung.«

Lena ist vom Job in der Telefonzentrale ziemlich genervt. So hatte sie sich das nicht vorgestellt. Dann geht sie lieber zu Onkel Max, der hat eine Kanzlei und braucht auch eine Sommerjobberin. Max ist der Bruder ihres Vaters, leider hat er keine Kinder. Deshalb hat er auch schon mal bei seinem Bruder vorgefühlt, ob Lena nicht Jura studieren möchte.

Endlich ist der Tag rum. Lena geht gerade zur S-Bahn, als sie hinter sich die Stimme von Waltraut hört. »Ich habe da etwas für dich. Sieh es dir einmal an. Wenn du keine Chance siehst, dann gib mir die Unterlagen bei Gelegenheit zurück.« Waltraut reicht ihr einen Umschlag. Gleich in der S-Bahn beginnt Lena in den Unterlagen zu blättern. Sie wäre nicht Lena, wenn sie nicht sofort Blut geleckt hätte. Kaum daheim, verzieht sie sich auf ihr Zimmer. Als ihre Mutter in ihr Zimmer kommt, legt sie schnell ein Buch über die Unterlagen. »Mama, was meinst du, sollte ich mal mit Max reden wegen eines Ferienjobs?«, fragt Lena gleich.

»Ich dachte, du bist bei Papa zufrieden, etwa nicht?«

Lena schüttelt entschieden den Kopf. »Also, sei mir nicht böse, aber die Telefonzentrale ist etwas für Idioten.«

»Verstehe, fordert dich geistig nur wenig. Wenn du meinst, dann ruf doch einfach mal bei Max durch. Soviel ich weiß, hat er Papa gefragt, ob du nicht bei ihm aushelfen könntest.«

Lena setzt die Idee sofort in die Tat um. »In einer Woche kannst du kommen«, stimmt Onkel Max sofort zu. »Dann sind die neuen Tische da und ich habe Platz für dich. Willst du doch mit einem Jurastudium anfangen?«

»Zuerst will ich hineinschnuppern, dann sehen wir weiter.« Lena hält sich lieber noch ein bisschen bedeckt.

Lena hat die Akte von Waltraut inzwischen einmal durch und findet, dass man da nachhaken sollte. Aber vorher will sie noch mit Diri und Dari reden. Vielleicht sollten sie zuerst recherchieren. Sie ruft die beiden an und sie verabreden sich für den nächsten Tag.

Sie sitzen wie gewohnt im Hacker-Pschorr und lassen sich das Bier schmecken. »Was meinst du, Dari? Das fällt ja eher in dein Gebiet.« Lena sieht Dari auffordernd an.

Er nickt, während er blättert. »Hört sich interessant an, wenn wirklich etwas dahintersteckt, könnte es ein dicker Hund werden. Diri hat erzählt, dass das in den Katakomben schon wahnsinnig interessant war. Wir sollten da mal nachts …«

Lena unterbricht ihn: »Nein, du stiftest mich jetzt nicht zu einem Einbruch an.«

»Aber wir könnten doch mit dem Nachtpförtner …« Dari guckt unschuldig.

»Nein, auf keinen Fall. Schließlich ist mein Vater im Vorstand.« Lena klingt entschieden.

»Wer kommt eigentlich alles zum Sommerfest?«, fragt Dari nun, um auf ein unverfänglicheres Thema zu kommen.

»Sommerfest? Von wem? Um was geht es?« Diri war gerade mit seinen Gedanken woanders. Bei dem Wort »Sommerfest« fährt er aus seinen Träumen. »Wo gibt es Freibier?«

Lena und Dari lachen, dann sagt Dari: »Freibier, da bringst du mich auf eine Idee. Wir sind mit der Redaktion zu einer Feier am Tegernsee eingeladen. Da könnte ich euch locker hineinschmuggeln.«

»Wann ist das?«, möchte Diri wissen.

»In zwei Wochen. Du hast also genug Zeit, wieder nüchtern zu werden.«

»Wir nehmen Lenas Wagen, der ist vielleicht etwas eng, aber er fällt nicht auf«, überlegt Diri.

»Lass uns mal wieder zurückkommen auf die Idee mit dem Fall von Waltraut«, sagt Dari.

Lena schüttelt den Kopf. »Zu spät, ich muss heim. Treffen wir uns morgen wieder?«

»Klar, selbe Zeit, frisches Bier, also dann, meine Herrschaften …«, Dari reckt und streckt sich und zwinkert Lena zu.

Kaum daheim, sitzt Lena wieder über ihrem Heftchen. Inzwischen hat sich auch Herbert gemeldet, er hätte den Projektor gefunden. Lena kann es kaum abwarten, die alten Bilder zu sehen. Schließlich sind sie aus einer Zeit, da sie noch ein sündiger Gedanke ihrer Eltern war.

Die meisten Anschriften im Heftchen gehören in die Gegend Hannover. Das ist zu weit, um mal kurz vorbeizuschauen, aber Lena will es natürlich genauer wissen. Doch zuerst muss sie die Bilder sehen, dann würde sie entscheiden.

Am nächsten Abend trifft sie etwas verspätet im Hacker-

Pschorr ein. Die beiden Burschen haben ihr erstes Bier schon getrunken. »Du hast dir aber Zeit gelassen«, mault Dari.

»Tut mir leid, aber Waltraut hat mich aufgehalten«, entschuldigt sich Lena.

»Apropos Waltraut, der Fall, ich habe mal in unserem Computer nachgeschaut, da gibt es einiges, was wir unter ›seltsam‹ eingestuft haben«, sagt Diri.

»Erzähl, lass dir nicht alles aus der Nase ziehen«, verlangt Lena ungeduldig.

Diri beginnt: »Da gab es einen schrecklichen Unfall, er ist etwa zwei Jahre her. Aber da stinkt etwas zum Himmel, das sagt mir meine Nase. Bei dem Unfall hat es zwei Tote gegeben. Die Versicherung ist davon ausgegangen, dass der Fahrer des Audis Selbstmord begehen wollte. Die Spurensicherung am Unfallort hat zumindest darauf hingewiesen. Bewiesen war aber gar nichts. Der eigentliche Grund könnte eine Lebensversicherung über zwei Mille sein. Die wurde natürlich bei uns abgeschlossen.«

»Ah, verstehe, die Auszahlung wollte man sich ersparen.« Lena nickt.

»Die zwei Toten waren im Mercedes auf der Gegenspur«, ergänzt Diri.

Lena kaut auf ihrer Unterlippe. »Oh Gott, das wird ja kompliziert.«

Diri legt die recherchierten Unterlagen auf den Tisch. »Aber eines ist doch klar: Die zwei Mille hat die Versicherung eingespart.«

»Aber was ist mit dem Audifahrer passiert?«, hakt Lena nach.

»Der verstarb drei Tage später, aber nicht an den Folgen des Unfalls. Er hatte einen Herzinfarkt. Aber die Versicherung hat es als Spätfolge eingestuft«, antwortet Dari.

»Die Ehefrau ging also leer aus?« Lena zieht die Augenbrauen hoch.

Dari nickt. »So ist es. Sie hat noch einen Anwalt eingeschaltet, aber erfolglos.« Er beugt sich vor. »Aber der dickste Hund kommt noch: Der Audi war vorher bei einer Inspektion. Der Verdacht, dass da etwas vermurkst wurde, ist ziemlich naheliegend. Die Bremsen wurden repariert und da hat man einen Hinweis gefunden …«

»Wie machen wir weiter?«, fragt Lena und sieht von einem zum anderen.

»Wir müssen mit der Witwe reden«, schlägt Diri vor. »Und vor allem müssen wir wissen, ob ein Grund für einen Selbstmord vorgelegen hat. Oder ob das einfach von der Versicherung erfunden wurde. Sieh mal, die wohnt in Bogenhausen, das ist nicht weit.«

Lena nickt. »Ich übernehme das. Ich werde mit der Witwe reden.«

Als sie wieder zu Hause ist, ruft sie gleich bei der Dame an, Frau Lechtenbrink ist ihr Name. »Entschuldigen Sie, ich bin Studentin und schreibe mit einem Studienkollegen einen Bericht über seltsame Unfälle. Könnte ich Sie bitte deshalb besuchen?«

Die Dame ist entgegenkommend und stimmt gleich zu. »Ja, gerne, kommen Sie vorbei.« Sie machen einen Termin für Freitagabend. Diri wird mitkommen, vielleicht auch Dari.

Sie sitzen zu dritt auf einem großen Sofa, Frau Lechtenbrink hat ein kleines Abendessen vorbereitet. »Ich bin Gerda«, stellt sie sich vor. »Was damals passiert ist, war ziemlich schrecklich. Ich bin nur froh, dass mein Mann in Luxemburg noch eine Versicherung hatte. Sonst hätte ich nicht gewusst, wie es hätte weitergehen sollen.«

Dari ergreift das Wort, fragt nach der Werkstatt und wo diese versichert war. Wenn es tatsächlich ein Fehler der Werkstatt war, dann würde sich das Blatt wenden.

Gerda erzählt, dass ihr Mann unheimlich erfolgreich im Beruf gewesen war, also gar keinen Grund gehabt hatte, sich umzubringen. Dari notiert alles, so wie er es in der Redaktion gelernt hat. Lena hat das Diktiergerät ihres Vaters dabei und nimmt alles auf.

Auf dem Kaminsims entdeckt Diri ein Familienfoto. »War das Ihr Mann?«

Gerda nickt. »Ja, so ist es. Wundern Sie sich nicht, er war um einiges älter als ich.«

Lena betrachtet Gerda von der Seite und stellt fest, dass sie wohl kaum über dreißig ist. Ihr Mann dagegen wirkt mindestens wie fünfundfünfzig. Es stellt sich heraus, dass der verstorbene Ehemann in zweiter Ehe gelebt hat. »Wissen Sie, ob seine erste Frau nach dem Testament etwas bekommen hat?«, fragt Lena.

»Soviel ich weiß, hat sie aus einem Fonds Geld bekommen.«

Diri hakt nach: »Aber der Fonds hätte nicht bei Selbstmord bezahlt, oder doch?«

Das hätte sie auch stutzig gemacht, meint Gerda. »Bei Selbstmord hätten sie nicht zahlen müssen.«

»Lassen wir es für heute gut sein. Wir müssen uns erst besprechen. Sie werden von uns hören.« Mit diesen Worten verabschieden sich die drei. Lena dreht sich noch einmal um, ihr ist doch noch eine Frage eingefallen. »Sagen Sie, gibt es vielleicht noch die Reparaturrechnung von der Inspektion?«

Gerda überlegt. »Also, das kann ich Ihnen nicht sagen. Mein Mann hat diese Dinge immer im Büro aufbewahrt. Aber ich werde versuchen, eine Kopie zu bekommen.«

Lena lächelt. »Das wäre ganz toll. Ich mache mir zwar keine Hoffnung, aber kontrollieren sollte man das schon.«

Auf der Straße verteilen sie die Aufgaben. »Du musst mit dem Fonds Kontakt aufnehmen«, sagt Dari zu Diri.

»Ich übernehme das mit der Versicherung und der Werkstatt«, bietet sich Lena an. »Dafür sitze ich ja in der Telefonzentrale.«

»Und ich gehe nochmals auf allgemeine Recherche-Tour«, entscheidet Dari.

Die Recherchen dauern länger als geplant. Das Sommerfest am Tegernsee kommt dazwischen. Am Freitagabend sitzen sie zu dritt zusammengequetscht im kleinen Cinquecento. Dari sitzt hinten und kann kaum noch atmen. »Könnten wir vielleicht das Dach öffnen? Ich brauche Luft.«

Dann aber biegen sie in die noble Einfahrt der Familie Bergmeister. Musik tönt herüber, typisch bayerische Musik, Polka ohne Ende. »Da werden wir ein Tänzchen wagen, was meinst du?«, fragt Diri. Lena reagiert nicht. »Hallo, Lena, ich rede mit dir.«

»Ich dachte, du meinst Dari«, antwortet sie mit einem schnellen Seitenblick zu ihm.

Diri plustert sich auf. »Ich bin doch nicht schwul.«

Lena grinst. »Aber du musst zugeben, es wäre ein Heidenspaß, euch beiden beim Tanzen zuzusehen.«

Zuerst begeben sich alle drei an die Bar. »Wer fährt?«, fragt Diri.

Lena meldet sich freiwillig. »Ich fahre, also kein Alkohol.«

Diri und Dari bestellen sich jeder einen Gintonic, Lena nimmt nur Tonic und kommt noch einmal auf das Gespräch mit Gerda zu sprechen. »Wenn sie tatsächlich eine

Rechnung findet, lassen wir sie sofort von einem Sachverständigen prüfen.«

»Ach, mach dir keine falsche Hoffnung. Da ist nichts zu finden, das haben die im Zweifel längst alles korrigiert«, winkt Dari ab.

Dann gehen sie zu dritt auf die Tanzfläche. »Geht doch«, stellt Diri fest. Als sie gerade so richtig in Schwung sind, wird die Musik unterbrochen, Herr Eberwein will eine Ansprache halten. Diri verdreht die Augen. »Bla, bla, bla«, flüstert er den anderen zu. »Schade um die schöne Musik.«

Ganz nebenbei erfahren sie, dass der Gastgeber heute siebzig wird und seine Tochter Verlobung feiert. »Die ist aber spät dran«, kommentiert Diri.

»Lieber spät als nie«, sagt Lena.

Dann betritt die Tochter mit ihrem Zukünftigen das Podium, schwärmt von dem Mann an ihrer Seite und verkündet den Hochzeitstermin.

»Das machen sie sicher wegen der Geschenke. Da kann man schon mal rechtzeitig anfangen zu sparen«, flüstert Dari.

»Dari, du bist unmöglich. Aber dich heiratet sowieso niemand«, zischt Lena. Da läutet ihr Handy. Schnell geht sie ran: »Ja, wer ist da? Ach, entschuldigen Sie. Gerda? Sind Sie es?«

Es ist tatsächlich Gerda. »Leider ist die Verbindung ziemlich schlecht, aber ich habe die Rechnung gefunden, dass wollte ich Ihnen nur sagen.«

»Prima, dann kommen wir morgen auf einen Sprung vorbei. Ich würde sie gern einem Sachverständigen geben. Vielleicht könnten Sie eine Kopie davon machen?«

»Selbstverständlich mache ich das«, verspricht Gerda.

Lena bedankt sich, legt auf und informiert Diri und Dari. »Das werden wir ganz genau prüfen lassen«, freut sie sich.

Die Feierlichkeiten ziehen sich bis in den frühen Morgen hinein und nach der Gulaschsuppe verabschieden sich alle drei von der zukünftigen Braut.

»Wer sind Sie überhaupt?«, fragt diese mit etwas undeutlicher Aussprache.

»Wir sind die von der Presse«, sagt Dari mit einem breiten Lächeln.

»Dann schreiben Sie etwas Gutes. Mein Vater zahlt Ihnen dafür auch ein Honorar.«

Dari lächelt weiter. »Nein danke, wir schreiben umsonst, dafür aber ziemlich böse.«

Man drückt sich noch und etliche Bussis werden verteilt, was Lena zu dem Kommentar hinreißt: »Wer beim Frühstück schmatzt, ist selbst schuld.« So fahren sie Richtung München, das Dach bleibt zu, da es ziemlich frisch ist und alle ihre dicken Jacken vergessen haben. Diesmal sitzt Diri hinten. Da er etwas kleiner ist, kann er es aushalten.

Am Sonntag geht Lena kurz bei Gerda vorbei. Sie hat sogar das Originaldokument gefunden, abgestempelt und quittiert. »Das sind ja drei Seiten, was war denn da alles kaputt?«, staunt Lena.

»Mein Mann wurde von einem LKW gestreift und das rechte Vorderrad war verbogen. Deshalb auch der hohe Betrag von fast sechstausend Euro.«

»Danke, wir werden uns das mit einem Spezialist ansehen und überprüfen.« Lena packt das Dokument in ihre Tasche, verabschiedet sich wieder und fährt dann zu Dari. Eigentlich hatten sie vor, mit einer zünftigen Brotzeit zum Monopteros zu wandern. Aber die beiden Herren haben wohl doch etwas zu tief in die Gläser geschaut. Beide kommen mit einer Ausrede und bitten, das Treffen auf den Abend zu verschieben. »Okay, ist doch schön, wenn man nichts getrunken hat«, sagt sich Lena.

Am Abend wird es wieder nichts mit dem Treffen, nur Dari kommt kurz vorbei und holt das Papier von Gerda ab. »Wir haben da einen Fachmann, der soll sich das mal ansehen. Also dann, tschau, bis morgen.« Er ist mit dem Wagen seiner Mama da und muss ihn zurückbringen, da Mama noch einen Besuch machen möchte.

Inzwischen sind zwei Tage vergangen. Im Hacker-Pschorr sitzt Lena alleine, da sich beide Herren zu einem Junggesellentreffen verabredet haben. »Da darf man keine Frauen mitbringen«, entschuldigt sich Diri. Aber der folgende Morgen soll einiges an Aufregung mit sich bringen. Dari ist am Telefon und überschlägt sich mit Neuigkeiten: »Es waren die falschen Teile verbaut worden. Die Werkstatt wird gute Ausreden brauchen.«

Lena bemerkt: »Da müssen wir vorsichtig sein. Lass mich erst einmal mit meinem Onkel reden, der ist Anwalt. Kannst du mir das Gutachten rüberfaxen?«

»Klar, mache ich umgehend.«

Lena informiert schon einmal Gerda, dass etwas nicht stimmt. »Wir müssen uns morgen treffen, dann weiß ich mehr«, beendet sie ihre Ausführungen.

»Meinen Sie wirklich, dass ich vielleicht doch noch etwas von der Versicherung bekomme?«, fragt Gerda, sie kann es kaum glauben.

»Ich kann Ihnen nichts versprechen, aber es besteht eine kleine Aussicht.«

Etwas später steht Lena am Faxgerät im Büro von Onkel Max und wartet darauf, dass Dari die Papiere sendet. Dann endlich kommen sie. Sie überfliegt das Gutachten und geht damit direkt zu ihrem Onkel ins Besprechungszimmer. »Schenkst du mir einige Minuten deine Aufmerksamkeit?«, fragt sie.

»Warum so förmlich?«, fragt er zurück

Lena sagt gar nichts und legt ihm nur die Papiere auf den Tisch. Ihr Onkel überfliegt sie und grinst. »Du bist ein Teufelsbraten, dein Vater wird dir die Haut über die Ohren ziehen.«

»Wie verfahren wir?«

»Ich muss zuerst die Witwe anrufen und mit ihr einen Termin ausmachen. Aber das kannst du ja auch machen.«

»Ja, sicher, ich rufe die Dame gleich an.« Lena erreicht Gerda sofort und bittet sie, am nächsten Tag um zehn Uhr in die Kanzlei ihres Onkels zu kommen.

Lenas Onkel hat sich noch am späten Abend mit einem Fachmann getroffen, einem Anwalt für Fälle, wo Schlamperei im Spiel ist. Auch er wird zum Termin anwesend sein.

Gerda erscheint pünktlich, alle sitzen im Konferenzraum am Tisch. »Hallo Gerda, nun müssen wir nur noch die Daumen halten«, flüstert Lena ihr aufmunternd zu.

Was folgt, ist Anwaltslatein und Fachgemauschel. Gerda versteht gar nichts. »Aber ich habe im Moment kein Geld. Wie machen wir das?«, fragt sie schließlich.

»Wir machen das so, dass wir nur Geld bekommen, wenn wir erfolgreich sind«, erklärt Onkel Max.

»Das gefällt mir.« Gerda lächelt erleichtert.

Da Lenas Onkel ungern mit seinem Bruder einen Zwist austragen möchte, macht das sein Kollege. Auch der Name von Lena wird rausgehalten. Schon am übernächsten Tag findet ein Gespräch zwischen den Anwälten der Versicherung und dem Sachverständigen statt. Von diesem Gespräch hängt alles ab, das weiß Lena.

Nach vierstündiger Tagung der fünf Anwälte geht man erst einmal ohne Ergebnis auseinander. Es war mehr ein Kräftemessen. Man hat sich gezeigt, wo der Hammer hängt. Schließlich geht es um über zwei Millionen für die Versicherung. Eine Woche Bedenkzeit erbitten sich die Anwälte der Versicherung. Lena sitzt wie auf heißen Kohlen. Wenn das für Gerda gut ausgeht, dann hat sie das nur ihr zu verdanken. Da wäre sie schon ziemlich stolz auf sich. Der folgende Mittwoch soll Klarheit bringen. Um zehn Uhr gibt es ein weiteres Treffen. Die Anwälte der Versicherung und der Werkstatt legen ein neues Marschtempo vor. »Das ist alles manipuliert«, behaupten sie nun, aber ahnen schon, dass sie damit niemals durchkommen werden. Sie machen einen Vergleichsvorschlag: »Fünfzig/fünfzig, da könnten wir uns treffen.«

»Warum fünfzig, wenn Sie sich doch sicher sind, dass die Papiere falsch sind?«, wirft Gerdas Anwalt ein. »Dann würde ich an Ihrer Stelle sagen: nichts.«

Lenas Onkel sitzt inzwischen mit am Tisch und hört nur zu. Lena kann über ein Mikro ebenfalls zuhören. Schon am Tonfall kann Lena erkennen, dass die Stimmung überreizt ist. Natürlich glaubt jeder, dass er unschuldig ist. Zumindest gibt das jeder vor. Zahlen will natürlich keiner.

Nach zwei weiteren Stunden zeichnet sich ein Ergebnis ab. Die Anwälte der Versicherung sagen: »Das Geld holen wir uns sowieso von den Kollegen, die die Werkstatt versichert haben, zurück.«

»Wenn ich mich nicht irre, sind Sie das. Oder täusche ich mich?«, sagt Gerdas Anwalt.

Die Gesichter werden zusehends blasser. »Dann bleiben wir ja auf dem ganzen Schaden alleine sitzen?«

»Sieht wohl so aus«, meint Lenas Onkel.

Man einigt sich auf zwei Millionen und noch mal dreihundertfünfzigtausend für die Lebensversicherung und die Rentenversicherung. Lena überbringt die Nachricht persönlich bei Gerda. Gerda bringt erst einmal gar nichts heraus. Sie schnappt nach Luft und sagt dann: »Dass ich jetzt nur keinen Herzinfarkt bekomme, ich will es ja noch erleben. Ich verspreche euch dreien, dass wir das gebührlich feiern werden.«

Als Lena die Haustür aufsperrt, herrscht Schweigen, obwohl Papa und Mama im Wohnzimmer sitzen. »Was hast du vor? Du bist gerade mal mit dem Abitur fertig, da machst du uns schon die größten Schwierigkeiten«, poltert Vater Helmut los.

»Aber ihr habt immer gesagt, dass Gerechtigkeit im Leben das Wichtigste ist«, protestiert Lena.

»Dann möchte ich lieber, dass du zukünftig für uns arbeitest, bevor du uns noch ruinierst«, knurrt ihr Vater.

Ihre Mutter kommt ihr entgegen. »Du hast ja völlig recht. Dein Papa kann es nur nicht fassen, dass du gleich zwei Fälle gegen die Versicherung entscheidest. Das muss er erst einmal verkraften. Am besten, du bringst ihm jetzt einen Doppelten …«

Ihr Vater verlangt nun, dass Lena erklärt, wie sie überhaupt darauf gekommen ist, sich die Rechnung der Werkstatt vorzunehmen.

»Reine Intuition, sonst nichts. Ich hatte da so ein Gefühl …«, antwortet Lena lapidar.

Ihr Vater schaut sie mit einer Mischung aus Ärger und Stolz an. »Ein ziemlich teueres Gefühl, das muss ich sagen. Aber trotzdem: Glückwunsch. Ich sehe das doch richtig, dass du mal Anwältin werden willst?«

»Ich weiß es noch nicht. Die nächste Woche werde ich in der Gegend von Hannover sein, da sind einige Freunde, die ich treffen will.«

»Doch hoffentlich keine Freunde mit einem Schaden, der unsere Versicherung in den Abgrund stoßen wird?«

Lena schmunzelt. »Sicher nicht.«

Ihr Vater grinst. »Wenn du heute nicht mehr fahren musst, machen wir jetzt einen Schampus auf«, schlägt er vor.

Lena ist sichtlich erleichtert. »Ich freue mich, dass du es so gelassen nimmst, Papa. Trinken wir darauf.«

Während ihr Vater die Flasche aufmacht, sagt er langsam: »Wir haben da gerade so einen seltsamen Fall. Meine Nase sagt mir, dass da etwas faul ist. Aber zuerst trinken wir auf deine Intuition.« Er schenkt allen ein.

»Hoch die Tassen«, prostet Lena. »Und dann erzähl, warum juckt dich die Nase?«

Ihr Vater trinkt einen Schluck und sieht sie an. »Wir haben ein Lagerhaus für Kleidung versichert. Vor drei Tagen ist es abgebrannt.«

»Und? Was ist komisch daran? Kleidung brennt eben schnell. Vielleicht war sie schlecht verkäuflich. Vielleicht Reste aus der letzten Winterkollektion.«

»Siehst du, genau das habe ich auch gedacht.« Ihr Vater haut mit der Hand auf den Tisch.

Lena grinst. »Nimm dir doch einen guten Anwalt. Der hat sicher Leute, die fähig sind …«

»Ja, einen Anwalt kenne ich. Und die fähigen Leute sind sicher Studenten in den Semesterferien?«

Lena tut lässig. »Auch Studenten in den Semesterferien können Staub aufwirbeln.«

Ihr Vater mustert sie. »Ich werde mir das überlegen, vielleicht gar keine so schlechte Idee.«

Mama Veronika hört aufmerksam zu und fragt sich im Stillen: Warum kann meine Tochter nicht eine ganz normale Studentin sein? Warum muss sie genau wie ihr Vater in seiner Jugend herumschnüffeln und Ärger machen? Aber im Grunde ist sie stolz auf die vererbte Begabung.

Da läutet das Telefon. Es ist Gerda. Lena fragt gleich: »Hast du schon etwas von der Versicherung gehört?«

Gerda klingt glücklich, als sie antwortet: »Ja, stell dir vor. Ich habe ein Schreiben in der Hand, das mir die gesamte Summe zusagt. Nun habe ich mir gedacht, ich lade euch drei zu einer Reise ein. Egal wohin, ihr dürft es euch heraussuchen. Ich begleite euch.«

»Wow, das ist ja toll. Ich werde gleich mit Diri und Dari sprechen.« Lena ist ganz aus dem Häuschen. Ihre Eltern wollen natürlich gleich wissen, warum. »Wir werden zu einer Reise eingeladen, wohin wir wollen«, erzählt Lena.

»Wolltest du nicht nach Hannover?«, fragt ihre Mutter.

Lena strahlt. »Hannover? Australien oder Südamerika oder …?«

»Aber du willst schon dein Studium hier anfangen? Wie alt ist eigentlich diese Gerda?«, hakt ihr Vater nach.

»Keine Ahnung, vielleicht dreißig, vielleicht fünfunddreißig? Ich kann nur schätzen.«

»Dann seid ihr ja ein gutes Team.«

»Aber ich will noch mal auf die ›Kleiderverbrennung‹ zurückkommen. Übergib den Fall von Seiten der Versicherung doch tatsächlich deinem Bruder, warum nicht?«

»Ich werde das mit dem Sachbearbeiter besprechen.«

Am nächsten Morgen darf Lena mit ihrem Papa in die Stadt fahren. Vor der Kanzlei des Bruders parkt er ein. »Was hast du vor?«, fragt sie.

»Ich will mal mit Max reden, ob er sich eine Chance ausrechnet, oder ob es besser ist, zu bezahlen.« Die beiden Brüder mögen sich. Sie sind aus demselben Schrot und Korn. Sie kämpfen für die Gerechtigkeit, egal, wie es ausgeht. Max freut sich über den Familienbesuch. »Darf ich euch einen Kaffee bringen?«, fragt er sofort.

Helmut nickt. »Ja, gern, und einen kleinen Cognac kannst du noch dazustellen.«

Nachdem alles Grundsätzliche geklärt ist, wendet sich Max an Lena. »Lena, glaubst du, dass Diri und Dari tatsächlich mal ein bisschen recherchieren könnten?«

Sie nickt. »Klar, aber ihr müsst uns schon die Kosten ersetzen. Mir weniger, aber bei den beiden Burschen wäre das fair.«

Zwei Tage später sitzen alle drei im Golf von Mutter Veronika. Der kleine Fiat ist einfach zu eng. So fahren sie nach Ingolstadt in das angegebene Industriegelände. Es ist abgesperrt, ein Wachmann patrouilliert. »Was wollt ihr denn hier?«, ruft er ihnen entgegen.

»Wir sind von der Kanzlei, die den Geschädigten vertritt«, ruft Lena zurück.

»Ihr dürft hier aber nicht auf das Gelände.«

»Wir machen nur ein paar Fotos, damit der Fall abgeschlossen werden kann«, ruft Diri.

Nun winkt sie der Wachmann nach kurzem Zögern durch. »Okay, aber seid bitte vorsichtig.«

Sie fahren auf das Gelände, gurken zwischen den Gebäuden umher, bis sie das abgebrannte Lagerhaus gefunden haben. »Wo war was gelagert?«, fragt Diri. »Im Eingangsbereich war die Elektronik, angeblich im Wert von einer halben Millionen. Aber das war eine Firma aus München, ein Elektrogroßhandel. Wo war die Kollektion gelagert?«

Lena zieht aus einer Tasche den Plan des Lagers. »Die muss hinten in Halle drei gewesen sein.«

Sie stiefeln los. Sofort fällt auf, dass die verkohlte Elektronik gar nicht so schlimm betroffen ist. Nur wenige Teile sind unbrauchbar, drei Paletten mit Fernsehern sind völlig unversehrt. »Aber das Spritzwasser der Feuerwehr, da könnte schon einiges passiert sein«, mutmaßt Dari. »Wir nehmen alles auf, entscheiden sollen dann die Fachleute.«

Nach zwei Stunden steht der Wachmann hinter ihnen. »Dauert das noch lange?«

»Wir sind noch am Anfang«, sagt Lena mit ihrem freundlichsten Lächeln.

»Ich habe gerade mit dem Chef gesprochen«, entgegnet der Wachmann. »Der weiß nichts von Nachforschungen. Er ist der Meinung, die Versicherung muss sowieso zahlen.«

»Lassen Sie uns einfach unsere Arbeit machen«, sagt Diri knapp.

Der Wachmann schaut misstrauisch, zieht aber wieder ab.

Lena und ihre zwei Detektive haben inzwischen Halle drei erreicht. Hier ist das Chaos perfekt. Ihnen fällt auf, dass es einen Hintereingang gibt. Für was haben die hier einen Hintereingang? Eine Zufahrt gibt es allerdings nicht. Diri bemerkt: »Das wird der wichtigste Punkt sein. Wir müssen die Schlösser fotografieren und alles aufnehmen.«

Lena jubelt. »Das müsst ihr euch ansehen, hier war ein Geländewagen. Die Spuren sind noch deutlich zu sehen. Ich fresse einen Besen, wenn hier nicht einer den Brand gelegt hat.« Sie ruft gleich ihren Onkel an und erzählt, was sie entdeckt haben.

»Ich schicke euch jemanden von der Spurensicherung, habe dort einen Freund, der ist mir noch etwas schuldig«, sagt Onkel Max.

Zwei Stunden später kommt ein Trupp von der Polizei. »Das haben wir tatsächlich übersehen«, stellen die Männer fest. »Wir werden uns das noch einmal genau ansehen. Das mit dem Schloss ist uns bisher gar nicht aufgefallen. Da hat jemand mit einer Flex gearbeitet.«

Diri gähnt. »Ich glaube, wir können jetzt gehen. Die brauchen uns hier nicht mehr. Was haltet ihr von einem gepflegten Bier?«

In der Altstadt von Ingolstadt werden sie fündig. »Bier allein ist ungesund. Wir sollten uns eine richtige Brotzeit gönnen«, überlegt Dari. »Fällt das nicht unter Spesen?«

Lena ruft ihren Vater an und berichtet, was sie gefunden haben. Er ist bereits informiert. »Max hat mich schon verständigt«, sagt er. »Der Sachbearbeiter darf vorerst keine müde Mark auszahlen.«

»Du meinst sicher Euro ...«

Das mit der Brotzeit zieht sich in die Länge. Da alles aufs Spesenkonto geht, kommt einiges zusammen. Nur Lena, die fahren muss, hält sich sichtlich zurück. Diri genehmigt sich gerade den dritten Schnaps. »Wohin verreisen wir mit Gerda?«, will nun Dari wissen. »Was haltet ihr von Australien?«

»Mein Vater schlägt Hannover vor ...«, wirft Lena ein.

»Ich finde, sie soll jedem von uns ein Sparbuch einrichten. Das wäre für die Zukunft sicher besser. Außerdem hätte ich gern einen eigenen Wagen«, überlegt Diri.

»Ich treffe mich übermorgen zum Mittagessen mit Gerda, dann werde ich das mit ihr besprechen«, sagt Lena. Ihr Handy läutet, es ist Herbert. »Sag einmal, ich dachte, wir treffen uns zum Diasanschauen?«, fragt er.

Da fällt es Lena siedend heiß wieder ein. »Oh Gott, das

habe ich ja völlig vergessen. Entschuldige, wann kannst du?«

»Morgen gegen Abend wäre gut. Und wenn du etwas zum Essen mitbringst ...«, schlägt Herbert vor.

Mit einem großen Korb in der Hand steht Lena vor Herberts Tür. Als sie eintritt, sieht alles ordentlich aus. Er wird doch nicht aufgeräumt haben? »Hattest du eine Putzfrau hier?«

»Nein, ich wollte dir nur beweisen, dass ich Ordnung halten kann.«

»Wow, das ist dir gelungen. Wie lange hast du denn geschrubbt?« Lena staunt.

»Frag mich nicht, ich bin immer noch ganz fertig. Aber ehrlich, ich muss zugeben, dass mir meine Schwester geholfen hat.« Herbert grinst verlegen.

Lena zeigt auf ihren Korb. »Du magst doch Leberkäse und Kartoffelsalat?« Als sie in die Küche kommt, ist der Tisch schon gedeckt. »Das hätte ich dir nicht zugetraut, sogar Blumen sind auf dem Tisch.«

»Wenn schon, denn schon.«

Lena mustert Herbert. »Du hast ja sogar das Hemd gewechselt.«

»Ja, ich finde, nach drei Wochen ist das kein Luxus mehr.«

Sie ziehen sich gegenseitig auf, als wären sie uralte Freunde. »Hast du dir die Bilder schon mal angesehen?«, fragt Lena schließlich.

Er nickt. »Ja, du wirst dich totlachen. Aber erkennen kann ich niemanden. Das war eine andere Zeit. Einige Bilder zeigen mich noch als Säugling. Ach, eine große Schachtel mit Fotos habe ich auch noch gefunden.«

»Die können wir uns ja auch neben dem Essen ansehen.«

»Wenn du kein Bier darüber sabberst.« Herbert holt die große Schachtel, die schon rein äußerlich wirkt, als sei sie jahrhundertealt. Die Ecken sind mehrmals geklebt, ein breites Band hält sie notdürftig zusammen.

»Da sind ja sogar Farbbilder dabei«, jubelt Lena, als sie einen ersten Blick in die Schachtel wirft.

Herbert zeigt auf das eine oder andere Bild. »Das ist der Baggersee, daran kann ich mich noch erinnern. Und sieh mal, da ist auch unser alter Käfer.« Sie kommen sich vor wie Schatzsucher. Einiges kommt Lena bekannt vor, aber wirklich erinnern kann sie sich an nichts.

»Das könnte mein Vater sein, aber sicher bin ich mir nicht«, sagt sie einmal.

Herbert deutet auf ein anderes Bild. »Sieh mal, das waren wohl die Schwabinger Krawalle. Wasserwerfer, Polizeiautos, im Hintergrund kann man den Polizeipräsidenten Schreiber erkennen.«

»Da war ja mächtig was los.« Da entdeckt Lena ein Kuvert aus dem Jahre neunundsechzig. »Lies mal vor«, verlangt sie.

Herbert zieht einen Zettel hervor und betrachtet ihn. »Das ist eine Strafanzeige gegen meinen Vater. Aber da steht auch euer Name.« Ganz aufgeregt lesen beide das Papier, was mit Anschuldigungen überfüllt ist. »Da ist ein Foto dabei, zwei Burschen, die mit einer Stange herumfuchteln«, stellt Herbert fest. »Das ist mein Vater, der andere könnte dein Vater sein. Aber genau wissen wir es natürlich nicht.«

»Sag mal, wann sind denn deine Eltern gestorben?«, fragt Lena nun vorsichtig.

»Genaues weiß ich nicht. Meine Mutter sagte mal, dass

mein Vater verunglückt sei. Aber wo und wann, davon weiß ich nichts. Ich vermute, dass es ein Unfall war.«

»Und deine Mutter?«

»Die starb vor drei Jahren, da war ich fünfundzwanzig. Seitdem hilft mir meine Schwester etwas im Haushalt. Sie hatte Krebs, es war sehr schmerzlich für sie.«

Lena betrachtet das Foto mit den Burschen. »Ich glaube nicht, dass mein Vater ein Radikaler war. Meine Mutter sagt immer, er sei so sanftmütig.«

»Auch Sanftmut hat mal ein Ende«, entgegnet Herbert.

Inzwischen ist es halb elf und sie sitzen immer noch über der Schachtel. »Ich glaube, die Dias machen wir morgen«, schlägt Lena vor.

Als Herbert sie zur Tür bringt, fragt er: »Sag mal, hättest du Lust, mich auf eine Ausstellung im Haus der Kunst zu begleiten?«

»Ja, klar, wann ist das denn?«, stimmt Lena zu.

»Nächsten Samstag, ich könnte dich auch abholen. Aber besser ist es wahrscheinlich, wenn wir uns am Eingang treffen.«

»Ja, Eingang ist besser, dann fahre ich mit der S-Bahn hin.«

»Okay, dann lass uns telefonieren. Tschau.«

Lena ist gerade draußen, da begegnet ihr ein junges Mädchen. Knapp kann sie ihr noch ausweichen. »Entschuldige, jetzt hätte ich dich beinahe über den Haufen gerannt. Ich war so in Gedanken«, sagt sie schnell.

Die andere mustert sie überrascht. »Wer bist du? Hast du gerade bei meinem Bruder Nachhilfe bekommen?«

»Herbert ist dein Bruder? Nein, ich bin Lena. Ich habe Herbert durch Zufall kennengelernt und habe ihn gerade besucht, damit wir alte Fotos anschauen können.«

»Was denn für alte Fotos?«

»Auf dem Speicher hat dein Bruder einen Karton gefunden. Die Bilder stammen aus der Jugend eures Vaters.«

Das Mädchen schaut neugierig. »Die muss ich mir unbedingt ansehen. Ach, entschuldige, ich bin die Angie«, stellt sie sich vor.

»Wohnst du eigentlich auch hier?«, fragt Lena.

»Nein, ich wohne in einer Wohngemeinschaft in Schwabing. Das ist praktischer, da habe ich alle meine Freunde um mich und zur Uni ist es nicht weit.«

»Was studierst du denn?«

»BWL, da liegt man immer richtig.«

»Sehen wir uns wieder?«

»Das wird sich nicht vermeiden lassen, da ich mich um meinen Bruder kümmere.«

»Um was kümmerst du dich denn?«

»Ich räume ihm die Wohnung auf, sonst erstickt er im Müll.«

»Aha, ich würde ihn mal ersticken lassen. Du kannst dich doch nicht ewig um deinen Bruder kümmern. Irgendwann muss er schon selbst kapieren, dass man aufräumen muss.«

»Ach, lass mal. Ich mache das gern. Seit unsere Eltern verstorben sind, haben wir ja nur noch uns.«

»Komm doch einfach mit«, schlägt Lena nun vor. »Wir gehen nächsten Samstag ins Haus der Kunst.«

Angie überlegt kurz, dann stimmt sie zu. »Warum nicht, dann bis bald.«

Am nächsten Tag, es ist Mittwoch, trifft sich Lena mit Gerda. Es ist ihr ein bisschen peinlich. Es war doch selbstverständlich, das abzuklären und Gerda zu helfen. Es ist drei Uhr, Lena geht auf das Café Luitpold zu. »Ach, da bist du ja.« Gerda begrüßt sie mit einer großen Umarmung und einem Kuss auf die linke Wange.

»Du siehst ja prima aus. Was hast du mit dir angestellt?« Lena mustert Gerda, die glatte fünf Jahre jünger aussieht.

Gerda strahlt. »Ich habe mir ein Wellness-Wochenende gegönnt. Das war richtig schön. Ich war in Bad Wiessee beim Bachmayer.«

Die beiden setzen sich und bestellen zunächst einen Kaffee. Dann platzt Lena mit dem heraus, was ihr die ganze Zeit schon auf der Seele liegt: »Gerda, hör mal, mir ist das gar nicht recht, dass du uns zu einer Reise einladen möchtest. Für mich war es selbstverständlich, dass ich geholfen habe. Außerdem haben die Burschen sowieso keine Zeit, die hängen doch in ihrem Studium.«

»Aber ich will ihnen doch eine Freude machen«, beharrt Gerda.

»Dann kauf ihnen eine alte Karre. Damit würdest du ihnen wirklich helfen.«

Gerda überlegt kurz, aber die Idee gefällt ihr. »Das ist ein guter Tipp, das mache ich«, beschließt sie und nickt Lena dankbar zu. »Aber wie machen wir beide das?«

»Wir verschieben die Reise um ein Jahr, dann fahren wir zusammen nach Indien«, schlägt Lena vor.

»Indien, da wollte ich immer schon mal hin. Da fährt man ja wirklich am besten zu zweit.«

»Dann lass uns das nächstes Jahr in Angriff nehmen.«

»Alles klar. Und was für einen Kuchen darf ich dir bestellen?« Gerda schlägt die Karte auf.

»Ich nehme einen, wo man nicht zunimmt.« Gerda und Lena verstehen sich ganz prima und albern über den Kuchen. »Oder doch besser eine Sahnetorte?« Lena starrt angestrengt in die Karte.

Sie kommen ins Tratschen, ziehen Gott und die Welt durch den Kakao. »Was machst du nächsten Samstag?«, fragt Gerda schließlich.

Lena schiebt sich das letzte Stück Sahnetorte in den Mund. »Ich gehe ins Haus der Kunst, da ist eine tolle Ausstellung. Meine Freunde werden ebenfalls dabei sein und auch mein Freund Herbert ist da. Komm doch mit.«

»Gern, ich kenne zwar nicht alle, aber warum nicht mal etwas für die Bildung tun?«

»Also abgemacht, dann treffen wir uns nächsten Samstag um acht am Eingang.«

Lena sitzt in der S-Bahn und ist todmüde. Es wird Zeit, endlich einmal auszuspannen. Sie hat ihr Wägelchen an der S-Bahn abgestellt, so muss sie den Weg nicht laufen. »Wo warst du denn, ich habe heute extra deinen geliebten Auflauf gemacht?«, empfängt sie zu Hause ihre Mutter.

»Entschuldige, aber ich bin fertig. Der Tag war einfach nur anstrengend«, seufzt Lena. »Ich habe übrigens mit Gerda ausgemacht, dass wir nächstes Jahr nach Indien fahren. Sie hat darauf bestanden, dass ich mit ihr verreise.«

»Indien, das ist doch prima. Es wird dir gefallen. Ich war mit Papa auch mal da, wir waren in einem Ashram bei einem Guru.«

Lena lässt sich auf einen Stuhl fallen und sieht ihrer Mutter zu, die Geschirr wegräumt. »Du und Papa in einem Ashram?«

»Ja, hättest du uns wohl nicht zugetraut. Damals waren wir für alles zu haben. Möchtest du mal unser Pfeifchen sehen?«

Lena lacht. »Euer Pfeifchen? Für was denn das?«

Ihre Mutter geht in den ersten Stock und Lena hört sie

in einer Kiste kramen. »Lass doch, du kannst es ja ein andermal suchen«, ruft sie die Treppe hoch.

»Nein, ich bestehe darauf, dass du unser Pfeifchen siehst.« Da kommt ihre Mutter auch schon wieder mit einer kleinen Schachtel die Treppe herunter. »Hier ist alles drin.«

Lena staunt nicht schlecht. Da liegt eine komplette Ausstattung in der Schachtel. »Das nahm dann die Runde, wenn ich das richtig sehe?«

»Ja, so war das. Leider ist außer uns nur noch der Vater von Diri am Leben.«

»Was hat denn der Vater von Diri damit zu tun?«

»Er war auch dabei. Wir waren zu viert in Indien.«

»Zu viert? Wen gab es da denn noch?«

»Einen Freund in Gauting, aber ich weiß den Namen nicht mehr. Dann natürlich deinen Vater und Walter, also den Vater von Diri, und mich.«

Lena ist plötzlich ganz aufgeregt. »Heißt der Sohn von dem Gautinger Freund zufällig Herbert?«

Ihre Mutter überlegt kurz, dann nickt sie. »Der Sohn, ja, der hieß Herbert … Und jetzt fällt es mir wieder ein, er hieß Hanns Herbert. Wir nannten ihn immer ›HH‹, das war kürzer.«

Lena sieht ihre Mutter mit großen Augen an. Was da alles ans Licht kommt, ist ja recht aufschlussreich. Ihr Mutter räumt den Kasten wieder weg und erzählt, dass ihr Vater etwas später kommen würde, er müsse noch zu Onkel Max, da gebe es irgendein Problem mit einem Klienten.

Lena setzt sich gemütlich mit ihrer Mutter vor den Fernseher. Sie sehen sich einen Krimi an. Aber nach kurzer Zeit fallen Lena die Augen fast zu. »Ich bin todmüde, ich verzieh mich in mein Bett«, sagt sie und verschwindet. Vom Badezimmer aus hört sie, wie ihr Vater nach Hause kommt.

Die Mama fragt ihn, ob er alles lösen konnte. Lena hört ihren Vater sagen: »Das ist nicht so einfach, er will zwei Millionen. Woher soll ich die nehmen?«

Lena lässt ihre Tür einen Spalt offen, um zu hören, um was es geht. Es scheint um eine alte Sache zu gehen. Da gibt es wohl einen Freund, der Unterlagen hat und nun dafür Geld will. Aber richtig verstehen kann sie es nicht. Einfach fragen, kann sie auch nicht. So wartet sie ab, vielleicht erklärt es ihr Vater ja bei Gelegenheit.

Die folgenden Tage verlaufen im gleichen Rhythmus wie die letzten. Man trifft sich bei Hacker-Pschorr und zieht um die Häuser. Lena ist mit ihrem neuen Job bei ihrem Onkel sehr zufrieden und sie sperrt Augen und Ohren weit auf, um alles zu verstehen. Es ist Donnerstag und gegen Abend erfolgt der übliche Rundruf: »Was treibt ihr so am Wochenende?« Lena erinnert an den Besuch der Ausstellung im Haus der Kunst am kommenden Samstag.

Es ist Samstag und Lena sitzt früh am Frühstückstisch. Sie hat gleich für ihre Eltern mitgedeckt, obwohl sie weiß, dass sie erst gegen neun Uhr herunterkommen. Das haben sie sich vor einigen Jahren mal vorgenommen: Samstag und Sonntag wird ausgeschlafen. Lena ist gerade fertig, da kommt ihr Papa die Treppe herunter. »Sag mal, ist nicht heute Abend die Ausstellung?«, fragt er verschlafen.

»Ja, das ist richtig, wir gehen zu fünft hin.«

»Wenn du willst, dann bringe ich dich hin. Ich muss heute Abend noch einmal zu Max. Es gibt einiges zu klären.«

»Aber es geht doch nicht um mich, oder doch?«

»Nein, es hat mir dir wirklich nichts zu tun. Es geht um eine alte Jugendsünde, die wir beide auszulöffeln haben.«

»Willst du es mir erzählen?«

»Später, wenn es geklärt ist.«

Lena zieht ihr schickes Abendkleid an, um sich richtig zu präsentieren. Es ist schließlich das erste Mal, dass sie zu so einer wichtigen Ausstellung geht. »Wenn du so weit bist, dann hole ich den Wagen schon aus der Garage«, ruft ihr Vater aus dem Flur.

»Gib mir zehn Minuten, dann habe ich es«, ruft Lena zurück.

Wenig später sitzen sie im Auto. Der fast neue Wagen von Helmut gleitet schnell und leise Richtung München. In München nimmt er die Ringstraße, um dem Verkehr in der Innenstadt zu entgehen. Er betrachtet seine Tochter von der Seite. »So, noch drei Minuten, dann sind wir dort. Noch eine Frage, wie kommst du heim?«

»Ich werde bei Diri bleiben, das ist am besten. Vielleicht bleibe ich auch bei Angie, das ist die Schwester von Herbert aus Gauting.«

»Herbert? Gauting? Woher kennst du ihn?«

»Ich kenne ihn aus dem Adressbuch, das im Wagen lag.«

»Ach verstehe. Weißt du auch, wie sein Familiennamen lautet?«

»Nein, keine Ahnung. Ich weiß nur, dass er Nachhilfe in Mathe gibt.«

»Aha, schon okay. Ich wollte nur fragen, aber das ist schon okay.«

Ihr Vater parkt, Lena schnappt sich ihre Tasche. »Danke, dass du mich gebracht hast, wir sehen uns dann morgen Nachmittag.« Sie springt aus dem Wagen.

Bevor die Wagentür zufällt, ruft ihr Vater noch: »Dein Handy hast du doch dabei?«

»Ja, klar, so wie immer. Tschau.« Lena läuft davon.

Bereits am Eingang trifft sie Diri. »Hi, wo bleibt Dari?«

»Er wird auch gleich da sein. Deine Freundin Gerda ist schon mal reingegangen.«

»Hast du Angie und Herbert gesehen?«

»Nein, aber es reicht ja auch, wenn wir sie drinnen treffen. Es ist recht übersichtlich, also verpassen werden wir sie sicher nicht.«

Da gesellt sich auch Dari schon zu ihnen. Zusammen stehen sie an der Bar und beschließen, mit Gerda die Ausstellung zu durchstreifen. Diri und Dari bedanken sich bei Gerda für den Kleinwagen, den sie gestiftet hat, damit sie beweglicher sind. Dann, sehr verspätet, tritt Angie an Lenas Seite. »Wo warst du denn die ganze Zeit?«, fragt Lena überrascht.

»Ich habe auf meinen Bruder gewartet. Aber er kam nicht, also bin ich von Schwabing zu Fuß hierhergekommen.«

»Ist etwas mit Herbert?«

Angie zuckt mit den Achseln. »Ich kann es auch nicht verstehen. Gestern sprach er noch sehr begeistert von der Ausstellung, dass wir noch Karten bekommen hätten.«

»Dann lass uns mal nach Diri, Dari und Gerda suchen, die sind bei den Skulpturen.« So ziehen sie in Richtung der Skulpturenausstellung. Hier entschuldigt sich Lena, sie müsse mal für kleine Mädchen.

Die Toiletten sind überfüllt. Dass es so viele Mädchen gibt, die sich schon nach einer halben Stunde ihre Nase pudern müssen, hätte Lena nicht gedacht. Sie stehen zusammen und reden über die Ausstellung und über die leckeren Getränke an der Bar. Als sie den Raum frisch gepudert verlässt, sucht sie den Wegweiser zu den Skulpturen. Da sieht sie jemanden winken. Er steht dicht am Ausgang und Lena kann gar nicht glauben, dass er sie meint. Sie zeigt mit dem Finger auf sich: »Meinen Sie mich?«

Der Mann nickt und Lena geht zur Tür. Aber als sie dort ankommt, kann sie den Mann nicht mehr sehen. Gerade will sie sich umdrehen, da hört sie eine Stimme: »Kommen Sie, ich muss Ihnen etwas zeigen«, sagt jemand.

Lena sieht hinaus, macht einige Schritte vor die Tür und hört die Musik vom P1. Aber von dem Mann ist nichts mehr zu sehen. Dann spürt sie einen leichten Stich am Hals. Sekunden später verliert sie das Bewusstsein.

Lena wacht auf und ist völlig benommen. »Wo bin ich? Was ist geschehen?«, flüstert sie, für mehr reichen die Stimmbänder nicht. Ihre Zunge fühlt sich dick an, so als wäre sie geschwollen. Sie will sich bewegen und muss feststellen, dass sie festgebunden ist. Das Rumpeln des Fahrzeuges lässt ihren Kopf gegen etwas Hartes schlagen. Sie blickt in einen dunklen Raum. Das muss ein Lieferwagen sein, schießt es ihr durch den Kopf. Man hat mich entführt, denkt sie. Oder ist alles nur ein dummer Scherz? Sie hat schon davon gehört, dass man eine Entführung bestellen kann, so als Witz für Freunde. Aber dann hält der Wagen und man drückt ihr ein feuchtes Tuch auf den Mund und die Nase. Erneut fällt sie in eine Ohnmacht.

Im Haus der Kunst herrscht Verwunderung: »Habt ihr Lena gesehen?«, fragt Diri.

»Nein, sie wollte auf die Toilette und ihre Nase pudern«, antwortet Gerda.

»Die hat sicher eine Freundin getroffen und tratscht nun«, mutmaßt Dari.

Nach einer weiteren halben Stunde werden sie unruhig. »So lange kann man doch nicht tratschen«, sagt Gerda.

Sie beginnen die Räume voller Menschen zu durchstreifen. »Sie kann doch nicht einfach verschwunden sein«, flucht Diri. Irgendwann entscheiden sie, sich zu verteilen, jeder soll einen anderen Teil der großen Ausstellung durchsuchen. Als sie sich wieder treffen, ist es bereits halb elf. Viele der Besucher treten den Heimweg an. Von Lena gibt es keine Spur. »Sie ist wie vom Erdboden verschluckt«, stellt Diri fest.

Zusammen gehen sie zum Eingang und wollen hier Lena abfangen, falls sie noch kommt. Da läutet das Handy von Diri, es ist Lenas Mutter. »Sag mal, ist Lena bei euch?«

Jetzt bekommt Diri Angst. »Wir suchen sie seit einer Stunde. Sie ist wie vom Erdboden verschluckt.«

Lenas Mutter klingt beunruhigt. »Ist etwas? Gibt es einen Grund, warum Lena verschwunden ist?« Aber niemand wüsste einen Grund.

Einige Minuten später läutet das Handy erneut. Nun ist Lenas Vater dran. »Seid ihr noch in der Ausstellung?«

»Ja, wir stehen am Eingang und hoffen, dass Lena gleich kommt.« Diri seufzt.

»Bleibt dort bitte, ich komme mit meinem Bruder. Wir haben einen seltsamen Anruf erhalten.«

Nach einer halben Stunde stehen Lenas Eltern, Max und die beiden Burschen zusammen. Gerda und Angie haben sich verabschiedet und sind bereits auf dem Heimweg. »Was für einen Anruf haben Sie denn erhalten?«, will Diri wissen. Diri war in letzter Zeit öfter bei Lena daheim und ist den Eltern vertraut.

»Also, ich bin der Meinung, wir sollten die Polizei verständigen«, sagt Dari. »Wir verlieren nur Zeit. Wenn sie wirklich entführt wurde, zählt jede Minute.«

Alle stimmen zu. Wenig später kommt ein junger Beamter vom nahen Revier aus der Türkenstraße im Streifenwagen und stellt das Ganze als etwas lächerlich dar: »Sie wird halt im P1 oder mit einem Freund auf und davon sein. Wir müssen auf jeden Fall noch bis morgen um zwölf warten, vorher können wir nichts unternehmen.«

In der Zwischenzeit kommt Lena erneut zu sich. Sie ist benommen, kann sich an nichts erinnern und stöhnt leise. »Wo bin ich, was ist passiert?«, flüstert sie. Sie erhält keine Antwort. Das Fahrzeug, in dem sie sich befindet, stoppt und jemand tritt an ihre Seite. Nun kann sie erkennen, dass sie in einem Wohnmobil auf einer Liege festgebunden ist. Der Mann trägt eine dunkle Brille und verabreicht ihr eine Spritze. Anschließend verschwimmt ihr Blick und sie fällt erneut in einen tiefen Schlaf.

Nach ca. zwei Stunden hat Lena ihr Bewusstsein wiedererlangt. Sie versucht sich von dem Bett, auf dem sie liegt, zu befreien. Einige Gurte hindern sie aber daran. Der Raum ist dunkel, so dass Lena nicht erkennen kann, wo sie sich befindet. Ihr Gaumen ist ausgetrocknet und sie ruft nach Hilfe. »Gebt mir doch wenigstens etwas zu trinken«, ruft sie.

Die Person, die daraufhin in den Raum kommt, hat ein Tuch mit Sehschlitzen umgebunden. Sie flößt Lena wortlos etwas Saft ein. Anschließend verfällt sie wieder in eine Trance. Erneut erwacht sie. Sie fühlt sich orientierungslos und fertig. Es müssen starke Schlafmittel gewesen sein, die man ihr verabreicht hatte. Sie liegt in einem Bett und kann einen Lichtschein erkennen. Sie hebt einen Arm und merkt, dass sie sich frei bewegen kann. War alles nur ein Traum, ein Alptraum? Was war passiert? Langsam fällt ihr die Ausstellung wieder ein. Da war ein Mann an einer Tür, der ihr ein Zeichen gegeben hatte … Aber was geschah dann?

Lenas Augen gewöhnen sich an das düstere Licht, nach und nach erkennt sie den Raum. Sie betrachtet die Liege, auf der sie gerade liegt. Ihr Blick streift einen schmalen Schrank und dann entdeckt sie eine Tür. Sie steht auf, fühlt sich etwas wackelig und hält sich am Bett fest. Langsam geht sie zum Fenster. Vielleicht ist ja nur eine Jalousie vor dem Fenster oder ein Gegenstand, der Licht abhält. Sie tastet mit den Händen die Wand ab und muss erkennen, dass beide Fenster zugemauert sind. Nur ein Streifen von etwa zehn Zentimetern ist ausgespart. Allein durch diesen Streifen fällt spärliches Tageslicht.

Da gibt es noch eine Eingangstür, sie scheint aus Eisen zu sein. Vielleicht eine Tür zu einem Kellerraum? Sie kann eine weitere Öffnung erkennen, die aber durch eine zweite Tür zusätzlich verschlossen ist. So bleibt ihr nichts anderes übrig, als sich der zweiten Tür zu widmen. Ohne Probleme lässt sich diese öffnen. Dahinter ist ein modernes Badezimmer mit Dusche, Waschbecken und Utensilien wie Seife und Bürste, Zahnbürste und Zahnpasta. Alles ist sehr ordentlich vorbereitet. Dann hört sie ein Geräusch an der Stahltür. Sofort eilt sie in diese Richtung. Ein Zettel liegt auf einem Tablett. Jetzt entdeckt sie einen Lichtschalter und schaltet schnell das Licht ein. So kann sie lesen, was auf dem Zettel geschrieben ist: »Hallo Lena, es tut mir schrecklich leid, dass ich Ihnen das antun muss. Aber Ihr Vater schuldet mir seit Jahren einen sehr hohen Betrag, den er sich weigert zu zahlen. So habe ich Sie in Gewahrsam genommen, bis er bezahlt.«

Aha, das ist ja ganz etwas Neues. Da wird einem Versicherungsnehmer ein Betrag verweigert und er nimmt sich einfach die Tochter als Pfand. So denkt sie ziemlich verärgert. Was sind das für Leute, die so etwas machen?

Lena muss automatisch an die Familie von Gerda denken, die durch das Verschulden der Versicherung zu Armut verdammt wurde.

Dann passiert erst einmal gar nichts und Lena entdeckt einen Kühlschrank mit Getränken. Toll, alles da. Sie nimmt einen langen Schluck aus einer Wasserflasche. Nur seltsam, dass sie nach dem Genuss wieder sehr schläfrig wird. Sie legt sich wieder auf ihr Bett und erwacht erst nach einiger Zeit. Ein Tisch mit einem wirklich guten Abendessen steht im Raum. Ein Zettel ist ebenfalls dabei: »Hallo Lena, wenn ich zukünftig dreimal an die Tür klopfe, gehe bitte ins Badezimmer. Wenn du hörst, dass ich die Stahltür wieder geschlossen habe, kommst du heraus. In dem Beutel findest du ein Nachthemd, ich hoffe, es passt dir. Einige frische Handtücher sind ebenfalls dabei.«

Inzwischen hat Lena alle Lichter im Raum angemacht und sieht sich um. Viele Möbel sind es nicht, aber alles, was sie braucht, ist vorhanden, sogar ein kleiner Fernseher steht auf einem Sideboard. In dem schmalen Schrank liegen Dinge wie Unterwäsche und ein Tageskleid. Alles ist schön aufgehängt. Vielleicht ist er ein Wahnsinniger, der nur nach einer Frau gesucht hat, schießt es Lena durch den Kopf. Vielleicht ist alles aber auch nur ein blöder Scherz von Diri und Dari ... Aber nein, ein Scherz ist das sicher keiner. Das geht etwas zu weit.

Lena geht ins Badezimmer und nimmt einen Hocker aus dem Wohnzimmer mit. Vielleicht gelingt es ihr ja, einen Blick aus dem schmalen Schlitz zu werfen, um zu sehen, wo sie sich befindet. Mit dem Hocker allein ist es nicht möglich, den Schlitz zu erreichen. Sie müsste schon den Hocker auf den Tisch stellen. Sie kehrt zurück ins große Zimmer und entdeckt nun ein rotes Blinklicht. Das gehört sicher zu einer Überwachungskamera. Sie betrachtet das Gerät sehr genau und ahnt, dass am anderen Ende jemand sitzt, der sie beobachtet.

Lena geht nochmals ins Badezimmer und betrachtet von hier die schmale Fensteröffnung. Sie muss da hinauf. Sie muss erfahren, wo sie sich befindet. Sie beginnt, das Badezimmer nach einer Kamera abzusuchen. Anscheinend wollte ihr Kidnapper sie hier nicht beobachten.

Das Tageslicht wird dunkler, daraus schließt sie, dass es auf jeden Fall nach sieben Uhr sein muss. Sie geht zurück in den Wohnraum und schaltet den Fernseher ein. Die Nachrichten laufen, da kommt jetzt sicher etwas über ihre Entführung. Oder ist es gar keine Entführung? Vielleicht nimmt man ja an, dass sie im Urlaub ist …

Im Wohnzimmer von Lenas Eltern ist gerade eine Sondereinheit der Polizei eingetroffen. Auch Diri und Dari sind da. Man hat versucht, Gerda zu erreichen, aber es ging niemand an den Apparat. Auch Angie und ihr Bruder sind nicht zu erreichen. Inzwischen ist es Montag, zehn Uhr vormittags. Einige Herren fühlen sich sehr wichtig und wollen wissen, ob es etwas Außergewöhnliches in den letzten Tagen gegeben hätte. Lenas Vater antwortet mit einem klaren Nein. Wenn er jetzt etwas von dem Fall vor dreißig Jahren erzählt, würde man ihn sicher mitnehmen. Damals geschah etwas, was keiner der beiden Brüder gewollt hatte. Sie waren wie üblich auf einer Demo gewesen, diesmal in Frankfurt. Es war die Zeit, als man sich noch engagierte. Man zeigte, dass man mit dem Volk einig war. Es kam zu einem Gerangel mit einem Polizisten. Sie waren zu dritt und dem Beamten eigentlich haushoch überlegen. Der aber zog aus Verzweiflung seine Dienstwaffe und richtete sie auf Helmut. Sein Bruder griff nach einer Latte, die am Straßenrand lag, und zog dem Beamten damit eines über den Kopf. Ein Schuss löste sich. Hanns Herrmann fiel zu Boden und der Beamte ebenfalls. Eine Untersuchung ergab, dass Hanns Herrmann auf den Beamten eingeschlagen hatte. Das konnte man auf einem Polizeivideo erkennen, das allerdings ziemlich unscharf war. Der Beamte verstarb noch am Tatort und so wurde Hanns Herrmann, der von dem Schuss nur leicht verletzt war, verhaftet. In einem langen Indizienverfahren wurde er zu zwölf Jahren verurteilt. Helmut und sein Bruder wagten es nicht, als Zeugen aufzutreten. Sie hielten sich im Hintergrund und versprachen Hanns Herrmann eine Entschädigung. Später hörten sie durch Bekannte, dass sich Hanns Herrmann das Leben genommen hatte. Seine Frau ließ sich schon während des Prozesses von ihm scheiden, seine Kinder wandten sich ab. Das Einzige, was er hinterließ, war ein Karton mit Dokumenten. Dieser schlummerte bis vor ein paar Wochen auf dem Speicher des Hauses, in dem er mal gewohnt hatte.

Als Lena aufwacht, sieht sie sofort den gedeckten Tisch und eine Blumenvase mit einer Rose. »Guten Morgen« steht auf einem Zettel. Das muss ein Spinner sein, vermutet sie nun. Sicher hat er sie irgendwo in München oder Starnberg gesehen und hat sich in sie verliebt und nun will er sie auf diese Weise an sich binden.

Lena frühstückt und betrachtet die Kamera, die in diesem Moment schwenkt. Da klopft es dreimal an die Eisentür. Lena weiß, dass sie nun ins Badezimmer gehen muss. Sie steht auf und geht, lässt aber die Badezimmertür einen Spalt offen. Vielleicht kann sie ja den Mann oder die Frau erkennen. Die Badezimmertür hat aber einen Sensor, der meldet, ob sie geschlossen ist oder nicht. Die Stahltür geht einen Spalt auf und ein Zettel flattert herein. Lena liest: »Wenn Sie die Tür nicht schließen, kann ich nicht in den Wohnraum kommen.«

Lena sucht und findet den Sensor und stellt fest, dass sie es hier nicht mit einem Anfänger zu tun hat. Ziemlich viel Elektronik ist hier verbaut. Also folgt sie den Anweisungen. Kaum ist sie im Bad, schließt die Tür hinter ihr elektronisch.

Bei Lenas Eltern in Starnberg ist Ruhe eingekehrt. Die Sondereinheit will recherchieren und hat sich zurückgezogen. Veronika fragt ihren Mann, wie er die geforderte Summe auftreiben wolle. »Das ist ganz einfach, wenn wir als Vorstand erpresst werden, sind wir versichert«, antwortet Helmut müde.

»Aber es gibt kein Erpresserschreiben«, entgegnet Veronika.

»Das ist ja unser Problem. Er verlangt übrigens drei Millionen. Wir haben noch vier Tage Zeit.«

»Meinst du, wir bekommen die von unserer Bank?«

»Natürlich geben die uns das. Alleine das Depot umfasst ja schon fünf Millionen.«

»Dann gib es ihnen bitte, ich will wieder so leben wie früher. Und ich will Lena zurück.«

»Max und ich möchten das noch beobachten. Wir glauben, dass der Entführer ein Dilettant ist. Vielleicht schaffen wir ihn auch, ohne zu zahlen.«

Veronika hat ein ungutes Gefühl. Sie mustert Helmut eindringlich. »Dass du da mal keinen Fehler machst. Schließlich spielst du mit dem Leben deiner Tochter, vergiss das nicht.«

Aber Helmut sieht sie noch nicht einmal an. »Wir brauchen ein Erpresserschreiben«, sagt er nur.

Die Tage vergehen, Lena hat neue Bettwäsche bekommen und eine neue Fernsehzeitschrift. Sie hat inzwischen so etwas wie Klaustrophobie. Sie hat Panik und weiß nicht mehr, wie sie diese kontrollieren soll. Sie stellt sich vor, dass sie ihren Entführer erschlägt, wenn sich die Gelegenheit ergibt. Sie muss hier raus.

Am Abend bekommt sie einen Zettel mit dem Hinweis, dass das Frühstück auch schon dabei sei, da sie am folgenden Tag alleine sein würde. Und tatsächlich öffnet sich die Tür am nächsten Tag nicht. Lena vermutet nun, dass sich niemand vor dem Monitor befindet. Zum Test stellt sie sich krank, aber es kommt keine Reaktion. So beginnt sie, an ihrem Bett zu arbeiten. Sie braucht einen Gegenstand, um sich verteidigen zu können. Dann versucht sie herauszufinden, ob der Raum einen toten Winkel hat, eine Ecke, wo man sie nicht beobachten kann.

Nach einstündiger Arbeit kann sie an ihrem Stahlbett eine Querlatte lösen. Es fällt auch gar nicht auf, da sie einfach ein Hemdchen darüberhängt. Die Bettwäsche ist schon gewechselt.

Dann entscheidet sich Lena, den Hocker auf den Tisch zu stellen. So hat sie vielleicht eine Chance, aus dem Fenster zu sehen. Als sie durch den Spalt schauen will, muss sie feststellen, dass das Fenster mit weißer Farbe bestrichen ist. Sie holt das Brotmesser und beginnt zu kratzen. Ein bisschen hat sie schon freigelegt. Wo ist sie hier bloß? Da gibt es einen See oder ist es schon das Meer? Dünen kann sie erkennen und einige Parkplätze, die alle leer sind. Sie scheint sich in einem Abbruchhaus zu befinden. Sie versucht einen Stein zu lösen, aber da hat sie keine Chance. Dann fällt ihr ein, dass vielleicht das Badezimmerfenster günstiger ist. Sie schnappt sich den Tisch und den Hocker und beginnt im Bad von Neuem. Tatsächlich kann sie dort einige Steine entfernen, so dass sie nun schon vom Hocker aus hinaussehen kann. Endlich weiß sie, was um sie herum geschieht. Nämlich nichts. Vor ihr erstreckt sich eine Einöde, wo niemand außer ihr und ihrem Peiniger wohnt. Sie beschließt, die nächste Möglichkeit für eine Flucht zu nutzen. Hier versauern wird sie sicher nicht. Dann betrachtet sie die Stahltür und hört plötzlich Geräusche aus dem Nebenraum. Er ist wohl zurückgekommen. Eine Tür fällt ins Schloss, das Radio wird angemacht. Dann kehrt Ruhe ein. Lena legt sich auf das Bett, so dass er an nichts Böses denkt.

An diesem Abend macht sich ihr Entführer nicht mehr bemerkbar. So ruhig war es noch nie. Was ist, wenn man sie vergisst? Vielleicht wird sie dann für immer hier eingesperrt sein ... Wenn er verunglücken würde, was dann? Panik steigt wieder in ihr hoch. Die einzige Chance, die sie hätte, wäre das Badezimmerfenster. Von dort aus könnte sie sich bemerkbar machen. Aber wie, wenn keiner da ist?

Am nächsten Morgen geht alles seinen gewohnten Gang. Lena bekommt ein Frühstück mit frischen Semmeln und frischer Milch. Und auch ein Zettel liegt wieder da. Sie liest: »Noch drei Tage, dann ist alles überstanden.«

Zu Hause bei Lenas Eltern laufen die Telefone heiß. Keine Spur von Lena, nur ein Schreiben, dass inzwischen sechs Millionen ausstehen. Aber eben kein Erpresserschreiben. Die Polizei untersucht das Papier nach Fingerabdrücken, aber ohne Ergebnis. Diri sieht sich mit Dari nochmals auf dem Gelände hinter dem Haus der Kunst um. Dort finden sie ein Schmuckstück und schnappen etwas auf. Ein Mann sagt zu einem anderen: »Also, mit unseren Gästen ist es auch nicht mehr so toll bestellt. Neulich waren doch tatsächlich schon Leute mit einem Wohnmobil hier.«

Diri stößt Dari an. »Das ist es, sie wurde in einem Wohnmobil entführt«, flüstert er seinem Freund zu. Dann treten die beiden zu den Männern, die sich im Hof unterhalten. »Entschuldigen Sie, wir haben gerade gehört, dass hier ein Wohnmobil gewesen sein soll?«, fragt Diri nach.

Einer der Männer nickt. »Ja, das ist richtig. Das war an dem Tag, als die Ausstellung eröffnet wurde.«

»Können Sie sich noch das Kennzeichen erinnern?«, fragt Dari.

Der Mann überlegt kurz, dann sagt er: »Nein, aber es war eine große Schwalbe darauf, die ist mir aufgefallen.«

»Schwalbe?« Diri sieht ihn auffordernd an.

Er zuckt mit den Achseln. »Ein Firmenzeichen, ein Typenschild vielleicht …«

Diri und Dari bedanken sich und gehen. Sie haben eine Idee. Schon am nächsten Morgen beginnen sie, die umliegenden Wohnmobilfirmen zu befragen. Vielleicht war es ja ein Mietmobil. In Sulzemoos bei einem großen Vermieter werden sie fündig. Da gibt es tatsächlich einen Typ, der eine große Schwalbe auf seinen Wagen hat. »Das wurde nicht vermietet, das wurde verkauft«, sagt der junge Mann, der hier gerade Dienst hat.

»Wissen Sie, wer es gekauft hat?«, fragt Dari.

»Das war, glaube ich, ein Ausländer. Es hat eine Zollnummer bekommen.«

Mit diesen Informationen ziehen Diri und Dari wieder ab. Kurz darauf bekommt Diri einen Anruf von Lenas

Mutter. »Sie haben ihre Handtasche und einiges an Kleidung im Raum Garmisch gefunden. Wir haben heute Abend ein Meeting hier im Haus. Wenn ihr beide wollt, dann kommt einfach vorbei«, berichtet sie mit belegter Stimme.

Als sie am Abend eintreffen, herrscht helle Aufregung. »Was gibt es Neues?«, fragt Diri.

»Gehen Sie bitte raus. Sie haben hier nichts verloren«, entgegnet der beflissene Hauptkommissar knapp.

»Vielleicht aber doch. Wir haben fleißig recherchiert.« Diri schaut ihn herausfordernd an.

Der Mann macht ein wichtig-böses Gesicht. »Das ist Polizeisache. Sie haben hier gar nichts zu recherchieren.«

»Wir sind uns aber sicher, dass Lena in einem Wohnmobil entführt wurde«, beharrt Diri.

Der Kommissar seufzt. »Wie kommen Sie denn darauf?«

Diri berichtet von ihren Recherchen: »Da gibt es einen Parkplatz hinter dem Haus der Kunst. Wir haben da dieses Schmuckstück gefunden.«

»Das kann von jedem stammen, das hat überhaupt nichts zu sagen«, brummt der Hauptkommissar.

»Lass mal sehen. Ich kenne Lenas Schmuck«, verlangt Veronika. Sie betrachtet den Gegenstand, der Teil von einem Armband ist. »Das ist die Schließe von ihrem Armband, das gehörte Lena«, sagt sie schließlich mit Tränen in den Augen.

Der Beamte spielt die Sache herunter, da er nicht zugeben will, dass seine Leute nicht gründlich gesucht haben. Helmut sitzt in seinem Lederstuhl und hört der Aufregung zu. Dann ergreift er das Wort: »Wir haben eine Lösegeldforderung«, sagt er ruhig.

»Geben Sie die sofort her«, verlangt der Hauptkommissar.

Helmut überreicht ihm ein Foto von Lena, hinten steht: »6.000.000,– sofort!« Endlich kann die Versicherung tätig werden. Auf so eine Nachricht hatten Helmut und Max gewartet. »Die Summe wird umgehend bereitgelegt. Wir müssen nur noch wissen, wo wir das Geld übergeben müssen«, sagt Helmut. »Nun ist es ein Erpressungsversuch. Dagegen bin ich versichert.«

»Welch ein Glück für Sie«, bemerkt der Kriminalbeamte etwas spöttisch.

Sein Kollege fügt hinzu: »Denken Sie eigentlich auch an Ihre Tochter?«

Helmut fährt hoch. »Was denken Sie denn? Wir sind fix und fertig. Meine Frau hat die letzten Tage nicht mehr geschlafen. Sie bekommt inzwischen starke Tabletten, nur so kann sie den Tag überstehen. Ich selbst bin eine Kämpfernatur. Ich bin mir sicher, dass meine Tochter noch lebt und dass ich sie schon bald in den Armen halten werde.«

Die Lösegeldforderung liegt auf dem Wohnzimmertisch und Diri sieht sie sich genau an. Sofort erkennt er, dass es eine Fotomontage ist, aber das behält er für sich.

»Wann rechnen Sie mit einer Übergabe?«, fragt Veronika mit zittriger Stimme.

»Vermutlich wird das jetzt ganz schnell gehen, schließlich will der Erpresser ja die Sache abschließen«, sagt der Kommissar.

Er behält recht. Noch am selben Abend bekommt Helmut einen Hinweis über sein Handy. »Geldübergabe im Stachus-Untergeschoss, fünf Uhr!« Eine Zeichnung liegt bei. »Na endlich«, seufzt er.

»Wir geben aber kein echtes Geld«, meint der Beamte.

»Nein, wir machen das, wie wir wollen. Das ist Sache der Versicherung«, entgegnet Helmut.

Ein ziemlich lautes Wortgefecht entbrennt. Nur Veronika bleibt ruhig. »Also, meine Herren, lassen Sie uns nicht streiten. Machen wir Nägel mit Köpfen.«

Der Beamte ist noch immer wütend, fragt aber nun: »Bis wann können Sie das Geld bereitlegen?«

Helmut ist zufrieden. »Das machen wir gleich morgen früh. So viel Geld haben wir im Tresor.«

Zwischenzeitlich bekommt Lena von ihrem Peiniger eine weitere Nachricht: »Wenn ich Ihnen morgen früh auch gleich etwas für Mittag und Abend gebe, dann seien Sie bitte nicht beunruhigt. Ich bin zwei Tage nicht da, habe einiges zu erledigen, aber anschließend sind Sie frei.«

Lena liest die Nachricht gleich zweimal, aber traut dem Frieden nicht. Tatsächlich erhält sie am nächsten Morgen ein großes Tablett. Brot, Butter und Schinken und ein Päckchen Käse. Frisches geschnittenes Brot liegt ebenfalls darauf. Eine große Flasche frisches Wasser bekommt sie auch noch dazu. Dann hört sie die Eingangstür ins Schloss fallen. Sofort beginnt sie im Badezimmer die Mauer abzubauen. Mit ihrer Eisenstange, die sie aus dem Bett montiert hat, geht das recht zügig. Bereits nach einer weiteren Stunde kann sie das Fenster des Badezimmers öffnen. Sie genießt die frische Luft und versucht etwas zu erkennen. Aber außer Dünen ist hier wirklich nichts zu sehen. Trotzdem hält sie hier nichts mehr. Sie fasst den Entschluss, auch die Mauer im Wohnbereich zu entfernen. Nachdem sie nun die Technik recht gut im Griff hat, ist auch diese Arbeit nach zwei Stunden geschafft. Jetzt sind die beiden Räume mit

Licht durchflutet. Sie öffnet auch dieses Fenster, um kräftig zu lüften. Sie kann nun die Art des Gebäudes erkennen. Vor dem Haus ist ein großer Parkplatz. Das einzige Auto, was dort steht, ist ein Wohnmobil. Sie vermutet, dass ihr Peiniger dieses Fahrzeug verwendet hat, um sie zu entführen. Sie schaut sich um, aber auch auf dieser Seite des Hauses gibt es weder Menschen noch Tiere. Was ist das hier für eine verlassene Gegend? Vielleicht ein altes Militärgelände? Aber der See … oder ist es doch schon das Meer? Vielleicht die Ostsee? Sie lehnt sich weit aus dem Fenster, um das Fenster des Nebenraumes zu erkennen. Die Mauern scheinen ziemlich dünn zu sein. Sie beginnt sie mit dem Eisenstab abzuklopfen. Ihr Kopf schwirrt von Einfällen. Wenn der Typ nun gar nicht mehr zurückkommt, was soll sie dann tun? Sie würde verhungern. Aber dazu wird es nicht kommen, da ist sie sich sicher. Sie zwingt sich zu einer Pause. Sie muss jetzt erst einmal die Arbeit verkraften. Sie schließt das Fenster, so kann man nicht erkennen, dass die Mauer abgetragen ist. Sie schaltet das Licht aus. Erneut durchsucht sie den Raum, vielleicht findet sie ja in einem Schrank einen Hinweis. Diese Hoffnung gibt sie aber schon nach kurzer Suche auf. Da ist nichts, sicher hat ihr Entführer alles aufgeräumt. Sie macht sich eine Brotzeit und gönnt sich sogar ein Bier, das sie noch im Kühlschrank hat. Dann kommt sie auf eine Idee: Sie schiebt den Tisch mit dem Stuhl unter die Kamera. Dann betrachtet sie das Gerät sehr genau. Es könnte sicher von Nutzen sein, dieses Ding abzuschalten. So wäre er gezwungen die Stahltür zu öffnen und dann hätte sie eine Chance. Sie legt sich auf die Liege, um über die Idee nachzudenken. Schließlich wickelt sie ein Handtuch um das Gerät. Nach wenigen Minuten der Ruhe entschließt sie sich, die weiße Farbe an einem kleinen Teil des Fenster zu entfernen. Das kann er vom Parkplatz aus nicht entdecken und sie hat die Möglichkeit, den Parkplatz zu beobachten.

Im Stachus-Untergeschoss herrscht reges Treiben. An allen Ecken werden Sicherheitsbeamte postiert. Sie sind getarnt als Straßenreiniger, Elektriker und Passanten. Dann betritt Helmut das observierte Gelände. Den Zettel vom Entführer in der einen Hand, in der anderen die Tasche mit der Lösegeldsumme. Ein Mülleimer soll es sein, an der vierten Säule. Gleich dahinter ist ein Stand mit Reiseandenken. Natürlich ist in diesem Moment der Verkäufer ein Sicherheitsbeamter. Es bleiben noch zehn Minuten. Dann läutet Helmuts Handy. Er bekommt weitere Anweisungen. Der Übergabeplatz hat sich geändert. Nun soll es eine Etage tiefer sein. Auch hier gibt es einen Verkaufsstand. Die Beamten bekommen Panik. Etwa vierzig Beamte müssen nun ihren Standort verändern. Sie schleichen in gebührlichem Abstand hinter Helmut her. Helmut hat zwar ein Mikrofon am Revers, aber die neue Situation ist undurchsichtig. Nun findet Helmut auch hier einen Papierkorb. Dann wieder ein Anruf. »Was ist denn jetzt schon wieder?«, fragt Helmut beunruhigt und leicht überfordert.

»Legen Sie die Tasche an der nächsten Säule ab«, lautet die Anweisung. Der Entführer scheint Helmut zu beobachten. Dann geht alles sehr schnell. Eine der vielen Stahltüren im Untergeschoss geht auf, Helmut erhält einen Stoß, stürzt zu Boden, ihm wird die Tasche entrissen, dann ist die Stahltür auch schon wieder zu.

Der Hauptkommissar eilt zu Helmut. »Was war denn los? Warum sind Sie gestürzt?«

»Er hat mir die Tasche entrissen …« Helmut zeigt zur Tür. »Da, durch diese Tür ist er gekommen und auch wieder verschwunden.«

»Scheiße«, schnauzt der Kommissar. Nun muss er seine Mitarbeiter verteilen, um alle Zugänge abzusichern. Aber das dauert. »Irgendwie waren wir darauf nicht vorbereitet«, gibt er kleinlaut zu. Die anschließende Großsuche gestaltete sich derart, dass eigentlich keiner weiß, was zu tun ist. Dann entschließt sich der Fachmann, die Angelegenheit abzublasen, wie er es nennt. »Wir finden ihn, da bin ich mir sicher. Schließlich sind die Scheine ja nummeriert«, sagt er nur noch.

Helmut schüttelt den Kopf. »Nein, das sind sie nicht. Ich erhielt einen Anruf von dem Entführer, dass ich das ja nicht wagen sollte. So habe ich, um Lenas Leben zu schützen, davon abgesehen.«

»Und die Farbbombe?«

»Das habe ich ebenfalls gelassen. Stellen Sie sich doch mal vor, da passiert etwas. Dann ist meine Tochter nicht mehr zu retten.« Helmut klingt wütend.

Der Kommissar mustert ihn mit schmalen Augen. »Verstehe. Das haben Sie dann alleine zu verantworten.«

Helmut erwidert seinen Blick. »Ich weiß.«

Lena sitzt am Fenster und beobachtet die Umgebung, aber es ist nichts auszumachen. Hin und wieder kreist eine Krähe um das Haus, mehr tut sich nicht. Sie geht nochmals den Plan durch. Sie wird ihn zwingen, die Stahltür zu öffnen. Sie wird sich dahinter stellen und mit der Eisenstange zuschlagen. Sie wird versuchen, ihn zu überraschen. Dann wird sie, so schnell sie kann, aus dem Haus rennen. So wenigstens hat sie es sich vorgenommen.

In dieser Nacht tut sich nichts. Lena legt sich schlafen und überlegt, ob sie nicht einen Fehler bei ihren Überlegungen gemacht hat. Es dämmert und Lena hört ein Geräusch aus dem Nebenraum. Ihr Herz beginnt zu rasen. Nun kommt es auf jede Sekunde an. Sie beobachtet die Eisentür, aus der sie immer das Essen bekommt. Sie kann erkennen, dass sie sich einige Millimeter öffnet und dann wird sie wieder verschlossen. Ein Zettel wird durch den schmalen Schlitz geschoben. Sie liest: »Dein Martyrium sollte eigentlich heute zu Ende sein. Aber du hast deine Situation selbst verschlimmert. Ich werde dich bitten, dir die Augen zu verbinden und dir selbst Handschellen anzulegen. Du wirst dich mit dem Rücken zur Tür auf den Hocker setzen. Vier Schritte von der Tür entfernt. Hältst du dich nicht an meine Anweisung, dann wirst du hier verhungern. Dann werde ich dich hier zurücklassen.«

In Lenas Kopf beginnt es zu rattern. Was soll sie jetzt machen? Die Tür geht einen Spalt auf und es folgt ein Tablett mit einem Tuch und den Handschellen. Lena hält sich an die Anweisung. Sie stellt den Hocker genau vier Schritte von der Tür entfernt ab. Die Eisenstange nimmt sie zwischen ihre Beine, so dass er sie nicht gleich sehen kann. Dann verbindet sie sich die Augen, legt sich die Handschellen so an, dass sie diese abstreifen kann. Das geht auch nur, weil Lena sehr schmale Handgelenke und kleine Hände hat. Dann kann sie hören, dass die Stahltür geöffnet wird. Ihr Herz schlägt bis zum Hals. Sie zählt drei Sekunden rückwärts. Drei, zwei … null. Sie reißt sich das Tuch von den Augen, greift nach der Eisenstange und schlägt zu. Ein dumpfes Geräusch ist zu hören. Zuerst glaubt sie, sie hätte nur den Stuhl getroffen, aber dann sieht sie, dass jemand am Boden liegt. Sie braucht eine Sekunde, um sich zu fassen. Dann betrachtet sie ihren Peiniger. Sie kann kaum ihren Augen trauen. »Herbert, du?«, stößt sie hervor. Sie ist fassungslos, funktioniert einfach nur, läuft nun in den Hauptraum und schaut, wo die Schlüssel sind. Sie liegen auf dem Tisch. Aus dem Nebenraum hört sie ein Röcheln und Stöhnen. Sie hastet zurück, schnell schließt sie die Stahltür. Nun ist sie auf der anderen, der sicheren Seite. Ihr Peiniger ist eingeschlossen. Aber was nun? Es ist Herbert, ihr Freund aus Gauting. Sie kann es immer noch nicht glauben.

Sie versucht zu hören, was Herbert macht. Sie beobachtet ihn und überlegt, was zu tun ist. Sie könnte einfach die Polizei rufen. Das Handy von Herbert liegt auf dem Tisch. Sie sieht sich die Gegenstände auf dem Tisch genau an. Da gibt es ein Foto von einem Mann, der sich erhängt hat. Es ist sein Vater, das wenigstens erfährt sie aus den Unterlagen, die in einer offenen Mappe auf dem Tisch liegen. Dann gibt es da noch Zeitungsausschnitte. Aber sollte sie nicht doch besser nach Herbert sehen? Nein, dann würde er sie vielleicht überwältigen. Sie muss vorsichtig sein. Lieber lässt sie ihn noch ein bisschen liegen. Das Röcheln und Wimmern hat auch wieder nachgelassen. Sie versucht die Tür einen ganz schmalen Schlitz zu öffnen und entdeckt eine große Blutlache, in der Herberts Kopf liegt. Zitternd und ziemlich fertig geht sie nun nochmals alle die Unterlagen durch. Sie begreift, dass ihr Vater und Onkel Max den gemeinsamen Freund, also Herberts Vater, ans Messer geliefert haben. Der Vater von Herbert bekam für den angeblichen Mord an dem Polizeibeamten zwölf Jahre. Aber er erhängte sich schon in der dritten Woche in seiner Zelle. Lena ist entsetzt über das, was sie hier erfahren muss. Ihr Vater ist ein richtiges Schwein und Onkel Max ist auch nicht besser. Ihre anfängliche Sicherheit weicht Betroffenheit. Sie beginnt zu weinen, dann durchzieht ihren Körper ein übermächtiges Schütteln. Ihre Nerven liegen blank. Sie will nur noch weg von diesem Platz. Sie greift nach ihrer Tasche, die sie auf dem Tisch liegen sieht. Geht zur Tür und kehrt dann doch noch einmal um. Ihre Vernunft holt sie zurück. Lena nein, nicht so, denkt sie, bleib ruhig und überlege, was zu tun ist. Behalte einen klaren Kopf. Für einen Moment steht sie einfach nur da. Langsam beruhigt sie sich und beginnt nachzudenken. Sie geht durch den Raum und stößt so auf eine Reisetasche. Sie öffnet sie und sieht jede Menge Geldscheine. Sie schaut aus dem Fenster. Neben einem Wohnmobil steht ein alter Mercedes. Mit dem Mercedes war Herbert wohl unterwegs. Wie ferngesteuert sucht sie alle Dinge zusammen und legt sie in die große Tasche, in der auch das Geld deponiert ist. Sie trägt sie in den Mercedes und wirft noch einen Blick ins Wohnmobil. Hier erkennt sie die Liege wieder, auf der sie festgeschnallt war. Noch einmal zurück in der Wohnung, sieht sie nach Herbert. Absolute Ruhe, sicher ist er noch ohnmächtig, so ihre Vermutung. Sie sieht auf die Uhr und entschließt sich, von hier zu verschwinden.

Da läutet das Handy. Auf dem Display steht Angies Name. Lena lässt es läuten, kurz darauf trifft eine Mail ein: »Hoffe, dass alles so geklappt hat, wie wir es abgesprochen haben. Du hast doch Lena richtig entsorgt? Nicht, dass sie irgendwo auftaucht!«

Lena ist geschockt. Also auch Angie, das hätte sie niemals von ihr gedacht. Und dann auch noch »entsorgt« zu schreiben, das schlägt dem Fass den Boden aus. Sie wirft einen letzten Blick zur Metalltür. »Tja, Herbert, in dem Fall musst du wohl selber klarkommen, tschau.« Lena erkennt sich selbst nicht mehr. Nun plötzlich so eiskalt?

Nach und nach trägt sie die Sachen aus dem Haus. Das Wohnmobil wird sie etwas vom Haus entfernt abstellen. Sie wird schon einen Platz finden. Sie sitzt am Steuer und hat plötzlich eine Idee. Noch einmal kehrt sie in die Wohnung zurück, verschließt alles und entfernt dann ihre Fingerabdrücke. Auch die Eisenstange nimmt sie mit. Diese wird sie am Wegesrand entsorgen. Sie weiß, wenn man nachzuforschen beginnt, könnte sie als Mörderin entlarvt werden.

Lena ist inzwischen mit dem Wohnmobil auf einer der schmalen Landstraßen von Rügen unterwegs. Sie ist über sich selbst erstaunt. Da hat sie gerade einen Freund, nein, ein Freund war Herbert wohl nicht, einen Bekannten erschlagen, hat einiges an Geld im Stauraum des Wohnmobils und wird nun gleich die Tatwaffe entsorgen. Sie hält auf einem Parkplatz und sieht seit Langem wieder Menschen. Was sie wohl von ihr denken? Ob sie merken, dass sie eine Mörderin ist? Nein, werden sie nicht, da ist sie sich sicher. Sie ist ein ganz braves Mädchen, das gerade auf einer Abiturreise ist.

An diesem Spätnachmittag fährt sie noch einige Kilometer, weit genug, um abschalten zu können. Sie sucht sich einen Stellplatz auf einem kleinen Campingplatz auf Rügen. Hier kann sie überlegen und entspannen. Während der Fahrt hat sie auch das Handy entsorgt. Im nahe gelegenen Bistro gönnt sie sich ein ausgedehntes Abendessen. Beim Verlassen des Restaurant entdeckt sie auf einer Zeitung ein Bild von sich. »Wer hat dieses Mädchen gesehen?«, so die Überschrift. Was für ein Glück, dass sie sich ein Kopftuch umgebunden hat. Außerdem ist das abgebildete Foto wirklich schlecht. So erkennt sie sicher niemand. Aber sie ist gewarnt. Schminken ist angesagt und immer mit Sonnenbrille und Kopftuch, sie geht kein Risiko ein.

Sie kehrt zurück zum Wohnwagen. Von Weitem hört sie eine Kirchturmuhr schlagen. Elf Uhr, Zeit, sich um das Geld zu kümmern. Sie holt es aus dem Staufach und beginnt es zu sortieren, wie es ihre Art ist. Ein Stoß und noch ein Stoß, immer nach Tausendern. Als sie mit dem Zählen fertig ist, stellt sie zufrieden fest, dass es drei Millionen sind. Damit kann man schon einiges anfangen. Da sie keine Handtasche hat, trägt sie ihre Unterlagen in einem Beutel, so wie es Tramperinnen machen. In den Beutel zählt sie fünftausend Euro hinein. Das muss erst einmal reichen. Dann überlegt sie, wie und wo sie den Rest sicher verstauen kann. Am besten wäre natürlich ein Schließfach.

Mittlerweile sind vier Tage vergangen, vielleicht sollte sie noch einmal in der Wohnung vorbeisehen ... Vielleicht ist ja Herbert doch noch mit dem Mercedes ... Sie verwirft diesen Gedanken sofort wieder. Vielleicht ist die Polizei schon dort ... Das Wohnmobil muss sie loswerden. Vielleicht sollte sie sich nach einem guten gebrauchten Wagen umsehen. Etwas Unauffälliges, allerdings müsste sie dann in ein Hotel, das wäre nicht gut, da sie sich dort ausweisen müsste.

Am nächsten Morgen entschließt sie sich, mit dem Wohnmobil in Richtung Berlin zu fahren. Da wird sie eine neue Entscheidung fällen. In Stralsund besorgt sie sich einen Koffer und eine neue Reisetasche. Erstaunlich, wie schnell sie sich an die Größe des Fahrzeuges gewöhnt hat. Als hätte sie nie etwas anderes gefahren, kurvt sie mit der Schwalbe umher. Selbst in schmalen Gassen fährt sie nur eine Handbreit an parkenden Autos vorbei.

Endlich in Berlin-Kreuzberg kommt ihr der Gedanke, das Fahrzeug neu zu lackieren. Sie hält bei einer Autolackiererei und fragt nach einem schönen Blau. »Wie lange darf es denn dauern?«, will der Handwerker wissen.

Lena zuckt mit den Achseln. »Lassen Sie sich nur Zeit. Kennen Sie vielleicht eine kleine Wohnung, die ich mieten könnte?«

»Da fallen mir gleich zwei ein. Es darf sicher nicht allzu teuer sein?«

Lena grinst. »Das haben Sie richtig erkannt.«

So kommt sie an eine Zweizimmerwohnung mit abgetakelten Möbeln, aber die wird sie sich herrichten. Sie fühlt sich wohl unter all den freundlichen Mitbewohnern. Schon nach kurzer Zeit hat sie einige Freunde gefunden. Sie hat sich eine Glatze schneiden lassen. »Es ist eine Wette«, hat sie der Friseuse erzählt. So verändert erkennt sie keiner mehr. Als sie einmal auf ihre Glatze angesprochen wird, erzählt sie lakonisch, dass sie gerade in Behandlung sei. Aber es wäre bald vorbei.

Ihr Wohnmobil ist nun in einem herrlichen Blau gestrichen und wirkt wie neu. Schon bald unternimmt sie mit ihren neuen Freunden aus der Nachbarschaft einige Ausflüge bis an die Nordsee und nach Dänemark. Einmal im Monat besucht sie ihr Schließfach, um sich mit dem notwendigen Geld für ihr einfaches Leben einzudecken. Wenn sie gefragt wird, wovon sie eigentlich lebt, erzählt sie von einer Unterhaltszahlung von ihrem Ex.

Eines Tages in der kleinen Stammkneipe, wo sie hin und wieder verkehrt, lauscht sie einem Gespräch, das ihre volle Aufmerksamkeit in den Bann zieht. Sie erfährt, dass es Papiere wie Pass und Führerschein aus Ländern der Dritten Welt zu günstigem Geld gibt. »Hör mal, kannst du das wirklich, oder gibst du nur damit an?«, mischt sie sich ins Gespräch ein und fordert ihr Gegenüber heraus. Sie möchte einen Beweis. »Den kannst du gern haben«, lacht der Mann. »Aber umsonst gibt es das nicht. Wer möchtest du denn sein und wo möchtest du herkommen?«

So zum Scherz sagt sie: »Aus Südafrika, das würde mir gefallen.«

»Namibia? Da kann ich dir helfen.«

Lena provoziert weiter. »Das schaffst du niemals!«

»Du bringst mir ein Passbild, dann gibst du mir als Anzahlung tausend, insgesamt werden es vier«, sagt der Mann ruhig.

»Okay, und wie soll ich heißen?«

»Das schreibst du mir auf einen Zettel.«

Bereits zwei Tage später trifft sich Lena mit dem Papierehändler, wie er sich nennt. Sie übergibt ihm ein Kuvert mit Foto und Geld. Auf einen Zettel hat sie geschrieben: »Greta Annemarie Weißgerber, geboren in Windhoek am 12. Februar 1992.« Es vergehen zwei Wochen, dann steht der Typ ohne weitere Anmeldung vor Lenas Tür. »So, dann rechnen wir mal ab«, sagt er.

Lena ist unangenehm überrascht. »Woher weißt du denn, wo ich wohne?«

»Na, hör mal, ich habe natürlich Erkundigungen eingeholt. Das wirst du doch verstehen.«

Sie nickt. »Na, dann komm mal herein.« Sie gehen in die Wohnküche und setzen sich. Heiner, so nennt er sich, druckst herum und will nun wissen, wofür Lena die Papiere braucht. Lena erfindet eine Geschichte, über eine Unterhaltszahlung, dass sie neu anfangen will, sich von alten Sachen lösen möchte, auf jeden Fall von ihrem Ex nicht gefunden werden will, da er ziemlich unangenehm sei.

»Du bist schon eine arme Sau, das kann ich verstehen. Aber es war ein bisschen teuerer. Ich hoffe, du kannst das bezahlen.«

»Zeig erst einmal das gute Stück.«

Heiner holt umständlich aus einer Umhängetasche ein Kuvert und legt die Papiere auf den Küchentisch. »Da ist sogar eine Geburtsurkunde dabei.«

Lena staunt, nimmt die Papiere und betrachtet sie genau. »Das sieht aber ziemlich echt aus. Wie hast du das gemacht?«

Heiner wirkt leicht empört. »Also hör mal, die Papiere sind echt, die kommen direkt aus Namibia.« Dann sagt er noch: »Du bist doch nicht etwa von der Polizei?«

»Nein, Unsinn, du hilfst mir mit den Unterlagen sehr, das muss ich zugeben.«

Er nickt. »Ich versteh das, jeder muss sehen, wo er bleibt. Aber mach bitte keine Reklame für mich.«

»Wir hatten vier ausgemacht, tausend hast du schon bekommen, also noch drei.« Heiner bettelt um einen weiteren Tausender, es sei, wie gesagt, teurer geworden.

Lena gibt schließlich nach. »Okay, aber den muss ich erst von der Bank holen, das geht erst morgen früh.«

»So gegen zehn, ist dir das recht?«

»Okay, dann morgen um zehn«, bestätigt Lena.

Heiner geht und Lena beginnt zu überlegen, was sie mit ihrer neuen Identität anfangen könnte. Auf jeden Fall wird sie die Wohnung aufgeben und das Wohnmobil ummelden. Wie gut, dass es eine Zollnummer hat. Anschließend wird sie ihre Reise fortsetzen.

Tatsächlich ist Heiner pünktlich am nächsten Tag um zehn an der Tür. »Und? Hast du das Geld?«

»Ja freilich, versprochen ist versprochen.« Lena überreicht ihm ein Kuvert. Dann hält sie ihre neue Identität in der Hand. Ab sofort ist sie Greta Annemarie! Sie entscheidet sich für »Anni«. In dem Namen ist wenigstens noch ein Funke Bayern enthalten.

Anni entscheidet sich, eine Probe aufs Exempel zu starten. Sie geht zum Meldeamt und legt dort ihren Pass vor. »Ich möchte mich gerne anmelden.«

Die Dame am Schalter wirft einen gelangweilten Blick in ihren Pass und sagt: »Füllen Sie den Bogen bitte aus. Dann gehen Sie bitte an die Kasse und zahlen drei Euro.«

Anni, oder Lena, hat einen Spickzettel mit ihrer Adresse in Windhoek vorbereitet. Die Anschrift hat sie gegoogelt. Nach einer Stunde ist alles erledigt. Als Anni meldet sie dann noch ihr Auto um und schon steht einer Weiterreise nichts mehr im Weg. Sie beginnt, über ihr zukünftiges Leben nachzudenken. Nach Hause möchte sie auf keinen Fall mehr. Dieses schreckliche Geheimnis wird sie ihren Eltern niemals verzeihen. Der beste Freund erhängt sich in einer Zelle, nur weil sich ihr Vater und Onkel Max versteckt haben. Da fällt ihr Herbert wieder ein, wie er in seinem Blut lag. Aber das hatte er sich schließlich selbst zuzuschreiben. Wie konnte er sie einfach entführen? Und dann auch noch Angie, seine Schwester, seine Komplizin …

Lena legt sich einen Computer zu, noch hat sie keine Ahnung, was eigentlich abgelaufen ist. In keinem der vielen Internetcafés hat sie sich getraut, mal auf die entsprechende Seite zu sehen. Sie hat einfach Angst gehabt, es könnte sie jemand erkennen. Aber jetzt, mit der neuen Identität, wird sie mutiger. Jetzt ist sie wieder auf der Straße, unterwegs in ein neues Leben.

Für die heutige Nacht hat sie sich in einem Motel eingemietet. Es liegt auf der Strecke nach Genf, ihrem neuen Ziel. Die beiden Reisetaschen darf sie keinesfalls aus dem Blick lassen. In der einen befindet sich ihr Geld und in der anderen alles, was sie an Kleidung besitzt. Sie hat vor, in Genf ein Konto mit Depot einzurichten, sich vielleicht sogar dort anzumelden. Den heutigen Abend wird sie damit verbringen, alles über den Fall Lena zu erfahren. Zwei Monate sind vergangen, seitdem sie das Haus in Rügen verlassen hat. Sie muss wissen, ob man Herbert vielleicht schon gefunden hat und was ihre Eltern unternommen haben. Die Entscheidungen haben aus Lena eine reife Frau werden lassen. Sie ist nicht mehr das Mädchen, das am Rockzipfel der Mama hängt.

Lena bestellt sich ein kleines königliches Abendessen aufs Zimmer. Sie wird sich in die Wanne setzen und es sich gut gehen lassen. Ihr Kopf ist immer noch rasiert. Wenn sie mit ihrer Hand darüberfährt, verspürt sie so etwas wie ein erregendes Gefühl. Sie hat sich längst an den Anblick gewöhnt. Meist trägt sie eine Schiebermütze, das macht sie unheimlich sexy, besonders, wenn sie noch ihre schwarze Lederjacke dazu trägt.

In ein Handtuch gewickelt, sitzt sie vor ihrem kleinen Tischchen, auf der einen Seite ihren Computer, auf der anderen Seite ihre leckeren Brötchen. Ein Glas Schampus hat sie natürlich ebenfalls geordert. Dann surft sie zur Website ihrer Eltern, die hat es schon vor der Entführung gegeben. »Lena, bitte melde dich!« steht hier in übergroßen Lettern. Dann wird eine Verlinkung auf eine Website angeboten. Hier kann man den neuesten Stand der Dinge erfahren. Also, den Herbert scheinen sie noch nicht gefunden zu haben. Zumindest steht hier nichts darüber. Aber es gibt einen Hinweis, dass man davon ausgeht, dass Lena umgekommen ist. Na, das beruhigt mich ja, denkt Lena, während sie die Nachrichten überfliegt. Weiter erfährt sie, dass es sechs Millionen waren, da hat sich wohl Angie die Hälfte des Geldes genommen. Sie beginnt zu grübeln. Vielleicht wäre es ja besser, alles zu erklären. Aber wer weiß, vielleicht wird man dann aus ihr eine Mörderin machen. Dabei wollte sie Herbert nur betäuben. Aber der Schlag war wohl doch etwas zu heftig gewesen. Kann man so etwas eigentlich erklären? Vor allem das mit dem Lösegeld, das ja nun bei ihr gelandet ist? Schließlich musste sie dafür einiges erleiden. Sie müsste es vermutlich zurückgeben, wieder in die Kasse der Versicherung einzahlen. Nein, das kommt auf keinen Fall infrage. Die Versicherung, das Lebenswerk ihres Vaters, soll ruhig bezahlen. Das fällt dort sowieso nicht auf. Wie oft sagte ihr Vater: »Zwanzig Mille? Das merken wir gar nicht, das zahlen wir aus der Portokasse.« Über all diese Gedanken wird Lena müde und fällt in einen wunderbaren Schlaf.

»Fall Lena K. geklärt« lautet der Titel einer Tageszeitung, die Lena an einem Kiosk sieht. Sie überfliegt die Zeilen so aufgeregt, dass sie ganz vergisst, ihre Geldtasche einzustecken. Ein junger Mann läuft ihr nach und ruft: »Ihre Geldbörse …« Er bleibt vor ihr stehen und reicht sie ihr. Sie sieht ihm in die Augen und weiß von einer Sekunde auf die andere, was ihr in den letzten Wochen gefehlt hat. Sein Blick, seine Bewegungen, er ist ein Gentleman. »Darf ich Sie zum Essen einladen?«, fragt Lena spontan. »Als Dank, dass Sie mir meine Börse nachgetragen haben.«

Er lächelt. »Gerne, gleich oder verabreden wir uns für morgen?«

An diesem Abend beginnt für Lena ein neues Leben. Der junge Mann ist ein Mitarbeiter der holländischen

Botschaft. Sein Name ist Jonathan Green, so hat er sich ihr zumindest vorgestellt. Er wurde gerade hierher versetzt und fühlt sich noch fremd.

Auch Lena ist noch nicht richtig in Genf angekommen. Noch wohnt sie in einem kleinen eleganten Hotel am Genfer See. In den nächsten Tagen wird sie sich eine Wohnung suchen. Ihr Wohnmobil hat eine Bleibe bei einem kleinen Obstbauern oberhalb des Sees gefunden. Sie lässt sich in ihrem Hotelzimmer aufs Bett fallen. Jetzt muss sie erst einmal die Zeitung lesen. Jedes Details will sie wissen. Angie wurde verhaftet. Sie wird beschuldigt, im Streit ihren eigenen Bruder erschlagen zu haben. Sie hat sich das Lösegeld genommen und ist seitdem auf der Flucht. Vom Lösegeld seien bei ihr noch fast drei Millionen gefunden worden. Es wird vermutet, dass sie den Rest in einem Versteck hat. So wird es hier erklärt. Was sich die Beamten alles zusammenreimen … Lena schüttelt den Kopf. Dann haben sie Herbert also doch gefunden. Wenn sie es richtig versteht, hat man Angie beobachtet und war ihr bis zu dem Haus gefolgt. Lena fällt ein Stein vom Herzen. Allein der Gedanke, dass er da noch immer so herumliegt, übersteigt ihr Vorstellungsvermögen. Er sollte schon richtig begraben werden. Lena überlegt, Angie wusste also, wo sich ihr Bruder aufhielt. Sie behauptete allerdings, dass sie von alledem nichts gewusst hätte. Durch Zufall, eine Mail soll es gewesen sein, hätte sie erfahren, was passiert sei. Die Polizei rätselt, wo Lena abgeblieben ist. Von ihr gebe es weiter keine Spur. Sie müsse in dem Raum gewesen sein, aber nun sei sie spurlos verschwunden.

Am nächsten Morgen entschließt sich Lena, bei einer kleinen Bank vorbeizuschauen. Sie eröffnet ein Konto und mietet ein Schließfach. Als sie ihren Pass vorzeigt, erklärt man ihr, dass sie Glück habe. »Wieso Glück?«, fragt sie überrascht.

»Wären Sie Europäerin, müssten wir eine Meldung an die zuständige Steuerbehörde machen«, erklärt man ihr.

»Warum denn das?«

»Das ist das neue Doppelbesteuerungsabkommen, verstehen Sie?«

»Ich bin aus Namibia, da entfällt dann wohl die Steuermeldung.«

»So ist es. Sie sind sicher bei der Botschaft.«

»Noch nicht, aber ich habe gleich einen Termin dort.«

Lena hat sich ein neues Handy bei Swiss Telecom zugelegt. Jetzt läutet es auch schon das erste Mal. Es ist Jonathan. »Hi, wie geht es? Ich bin gleich bei der Botschaft. Sehen wir uns heute?«, meldet sich Lena.

»Deshalb rufe ich an. Ich wollte nur hören, ob es bei unserem Termin bleibt«, sagt Jonathan.

»Ja, es bleibt wie abgesprochen.«

»Prima, ich hole dich am Empfang ab.«

Wenig später steht Lena vor dem Portal der Botschaft von Namibia. Sie drückt den Klingelknopf fest und entschlossen. »Greta Weißgerber, ich habe einen Termin«, sagt sie in die Sprechanlage.

Eine Frauenstimme antwortet: »Dann kommen Sie doch herein.«

Im Büro wird sie gebeten, noch etwas Geduld zu haben, aber gleich sollte es so weit sein. Und es dauert tatsächlich nur wenige Minuten, bis Lena einem schlanken und hochgewachsenen Herrn im Zweireiher gegenübersitzt. »Was kann ich für Sie tun, Frau Weißgerber?«, fragt er.

»Ich suche einen Job«, antwortet Lena knapp.

»Was können Sie denn?«

»Ich kann alles, aber ich will Jura studieren. Und dafür brauche ich Ihre Hilfe, weil ich eine Bestätigung benötige.«

Er lächelt. »Das mit der Bestätigung ist ganz einfach, schreiben Sie auf, was drinstehen soll, dann machen wir das schon. Aber das mit dem Job, da könnten wir Sie nur in der Administration gebrauchen.«

Lena winkt ab. »Kein Problem, das mach ich. Was verdient man denn da so?«

»Mehr als dreitausend Schweizer Franken sind es nicht, das muss ich Ihnen leider sagen.«

»Das geht schon in Ordnung. Wann kann ich anfangen?«

»Da reden Sie am besten mit meiner Sekretärin. Die nimmt Sie unter ihre Fittiche.«

Damit ist Lena Botschaftsangestellte, was ihr einige Vorteile bringt. So bekommt sie zum Beispiel für ihren kleinen Renault ein Kennzeichen, das sie entsprechend ausweist. Damit wird sie nicht gleich aufgeschrieben. Außerdem gibt es Vergünstigungen bei einigen Geschäften und sie kann eine Wohnung zu besonders günstigen Konditionen mieten. Und auch ihren Studienplatz bekommt sie ohne große Umstände.

In München trifft sich der Vorstand der Versicherung zu einer Besprechung. Die gefundenen Papiere hatte zwar die Polizei mitgenommen, sie dann aber an den Vorstand weitergereicht. Einige Tage konnte Helmut die Veröffentlichung verhindern, aber da gab es Kollegen, die wollten den Posten des Vorstandes neu besetzt wissen. Um den großen ovalen Tisch sind der gesamte Vorstand und einige Juristen versammelt, sie sollen den Vorfall in trockene Tücher bringen. Vertuschung ist angesagt. Unvorstellbar, würde irgendetwas an die Öffentlichkeit geraten. Helmut soll die Gegebenheiten vortragen und seine Rolle schildern. Zunächst versucht er, alles als ein zufälliges Zusammentreffen verschiedener Umstände zu erklären, aber dann steht einer der anwesenden Vorstände auf und bittet ihn um den Rücktritt.

Natürlich tritt ein Vorstandsmitglied nicht einfach zurück, das muss schon etwas versüßt werden. Einer der Anwälte hatte ein Papier vorbereitet, das Helmut den vorzeitigen Ruhestand vorschlägt. Eine schwelende Krankheit wird im Papier erwähnt und die Pension, welche die Versicherung anbietet, will Helmut nicht ausschlagen. Die Alternative wäre unvorstellbar. Also willigt er ein. Den Firmenwagen bekommt er als Sonderabfindung noch obendrauf.

Als Helmut die Haustür aufsperrt, wartet schon seine Frau mit einem Cognac in der Hand auf ihn. Sie begrüßen und setzen sich und trinken einen Schluck. Dann sagt Veronika: »Wir hätten das mit dem Heftchen lieber lassen sollen. Die Idee war einfach nicht gut, Lena auf unsere Vergangenheit aufmerksam zu machen. Was machen wir eigentlich mit ihrem Wagen?«

Helmut schwenkt nachdenklich den Cognac im Glas. »Den stellen wir unter, nicht auszudenken, wenn er nicht mehr da ist und Lena steht plötzlich im Türrahmen.«

Veronika starrt ins Leere. »Ja, genau das machen wir, so bleibt er ihr erhalten.«

Lena hat heute ihre erste Vorlesung. Das mit dem Französisch klappt zwar noch nicht so gut, aber sie hat eine Kommilitonin aus England an ihrer Seite. Ihr Name ist Jane, die beiden haben sich angefreundet. Heute wollen sie nach der Vorlesung in die Pizzeria am See gehen und überlegen, ob sie sich nicht eine Wohnung teilen wollen. Lena hat sich ihr Leben so eingeteilt, dass sie von dem Geld, was sie in der Botschaft verdient, leben kann. Keinesfalls will sie das Geld anrühren, das sie im Depot gebunkert hat.

Jane ist halbtags bei einem Notar beschäftigt, so kann sie sich das Studium leisten. Von ihren Eltern bekommt sie keine Zuschüsse, da diese es besser finden würden, sie würde in England studieren. Außerdem hätten sie es sowieso lieber gesehen, wenn sie in den Fliesenhandel der Familie eingestiegen wäre. Warum studieren, wenn sie später das Unternehmen übernehmen soll? Aber Jane setzte sich durch und verzichtete auf die Unterstützung ihrer Familie. So haben beide etwas gemeinsam: Sie haben sich von ihren Familien losgesagt. Jane hat zwar keine Ahnung, was Lenas Grund ist, aber sie ist ein Mensch, der das Schweigen anderer akzeptiert.

Jetzt sitzen beide mit einem Prosecco in der Hand am See und genießen die wärmende Mittagsonne. »Meinst du wirklich, wir sollen zusammenziehen?«, fragt Lena.

Jane lacht. »Wenn du mich nicht nervst? Was spricht dagegen? Wir teilen uns die Miete und wenn du mal meinen Wagen brauchst, dann sagst du halt Bescheid.«

»Aber ich hab doch meinen Renault. Ich muss dich nicht um deinen Wagen bitten.«

»Wie machen wir das mit Männerbesuchen in der kleinen Wohnung?«, fragt Jane zurück.

»Das wird sich schon ergeben. Jonathan ist übrigens ziemlich sympathisch, allerdings etwas schüchtern.«

Sechs Jahre später

Die Freundschaft zwischen Lena und Jane hat einige Hochs und Tiefs hinter sich, aber sie besteht noch. Jonathan wechselte von Lena zu Jane und dann wieder zurück. Heute werden die Ergebnisse der Abschlussarbeiten ausgegeben. Lena hofft, dass sie nun in der Botschaft den Posten einer Anwältin erhält. Kontakt zu ihren Eltern hat sie noch nicht wieder aufgenommen. Über das Internet hat sie aber erfahren, dass Angie frühzeitig wegen guter Führung entlassen wurde.

»Wann feiern wir unseren Abschluss?«, fragt Lena, während sie in der Mensa sitzen, Kaffee aus Pappbechern trinken und warten.

Jane überlegt. »Es ist ja nicht nur der Abschluss. Wir müssen auch unsere Freundschaft feiern. Und dann steht auch noch der Umzug an.« Jane wird sich nun eine eigene Wohnung leisten, da sie eine Festanstellung in einer englischen Anwaltskanzlei hat. Sie wird jetzt Juniorpartnerin.

Lena hat sich entschieden, einen weiteren Studiengang zu beginnen. Nur so hat sie die Chance, mal in einem anderen Land für Namibia tätig zu werden. Aber zuerst steht jetzt ein Urlaub an. Die Botschaft hat ihr zum Abschluss einen Heimaturlaub geschenkt. Aber wo ist ihre Heimat? Lena kommt ins Grübeln. Einmal für zwei Wochen hat sie Windhoek besucht, hat sich die Walvis Bay angesehen und in einem sehr guten Hotel dort gewohnt. Diverse Ausflüge in die Umgebung und in die Naturparks haben ihr ihre neue Heimat etwas nähergebracht. So kann sie mitreden, wenn von Namibia die Rede ist. Aber ihre wirkliche Heimat ist woanders. Langsam erwacht in ihr der Wunsch, ihr Elternhaus wiederzusehen. Sie möchte die alte Umgebung noch einmal fühlen. Ob ihr Abiturgeschenk noch existiert? Hatten ihre Eltern den Kleinen vielleicht verkauft? Ja, sie hat nur einen Wunsch: Sie möchte nach München. Sie schaut kurz auf ihre Uhr. Es ist so weit, das Studentensekretariat hat geöffnet, sie können sich ihre Ergebnisse abholen.

Gleich am nächsten Tag macht sie sich schon am frühen Morgen auf den Weg über Bern und St. Gallen nach Deutschland. Als sie in Lindau über die Grenze fährt, wird ihr komisch zumute. Sie hat einen Kloß im Hals. Ist es wirklich in Ordnung, so einfach wieder vor der Tür zu stehen? Was wird passieren? Wird man sie verhaften?

Umso weiter sie sich München nähert, umso mehr Zweifel kommen ihr, ob sie den richtigen Schritt macht. Aber vorbeifahren will sie schon, das hat sie sich vorgenommen. Wenigstens einmal nach dem Haus schauen, ob ihre Eltern dort noch wohnen.

Dann die Ortseinfahrt München, nun muss sie rechts abbiegen, die Autobahn nach Starnberg nehmen. Noch drei Kilometer, dann wird sie vor der Villa stehen und ihr Elternhaus sehen. Sie ist aufgeregt. Was ist, wenn ihr Vater plötzlich vor ihr steht? Er könnte ja zufällig gerade draußen auf dem Vorplatz sein. Sie biegt in die kleine Nebenstraße ein und fährt zügig am Haus vorbei. Einzig der alte Golf steht vor der Tür. Sie entscheidet sich abzuwarten, bis es dunkel ist. Dann würde sie nochmals vorbeifahren und vielleicht mehr sehen. Obwohl sie weiß, dass ihre Mama immer die Gardinen schließt, da sie nicht will, dass jemand in die Wohnung sehen kann, wenn das Licht angeschaltet ist. Was könnte sie ihren Eltern erzählen? Wie könnte sie ihr Verschwinden erklären?

Sie fährt in Richtung Gauting, um die Zeit zu überbrücken. Außerdem will sie wissen, was aus dem Haus von Herbert geworden ist. Wohnt dort vielleicht nun Angie? Es war ja schließlich das Haus der Familie. Dann kommt ihr die Idee, von einer Entführung zu erzählen, die sie nach Afrika bringen sollte. Ja, das ist vielleicht die beste Erklärung. Sie wird sagen, dass sie in Rostock auf ein Schiff gebracht wurde, gefangen gehalten wurde, kein Geld hatte, um ein Rückflugticket zu kaufen. Dann verwirft sie den Gedanken wieder. Das ist doch absoluter Blödsinn, redet sie sich ein. Ein Schiff und dann Afrika ... Nein, da muss ihr noch etwas anderes einfallen. Aber warum nicht einfach den Spieß umdrehen? Sie sollen erklären, was sie da früher angerichtet haben. Warum soll sie sich rechtfertigen? Schließlich sind sie an allem schuld.

Sie fährt und überlegt und kommt zu dem Entschluss, dass sie es langsam angehen wird. Und wie geht es eigentlich Gerda? Vielleicht sollte sie mit ihr zuerst wieder Kontakt aufnehmen. Aber Moment mal ..., warum eigentlich nicht Diri? Er war ihr bester Freund. Diri hätte sicher Verständnis. Wirklich Diri?

Sie bekommt vom vielen Überlegen Kopfweh. Es wird Zeit, ein Hotel aufzusuchen. Da gab es eine Pension in Schwabing ... Zwanzig Minuten später parkt sie und fühlt sich plötzlich wieder daheim. Die Straße ist ihr vertraut. Wie oft ist sie hier gewesen? An der Rezeption ist ein Neuer. Eigentlich kein Wunder, schließlich sind fast sieben Jahre vergangen. Sie beginnt nachzurechnen, nun wird sie bald sechsundzwanzig. Ob sie überhaupt noch jemand erkennt? Wollte sie nicht eigentlich nach Gauting fahren? Sie hat die Ausfahrt übersehen. Dann macht sie es eben morgen, sie hat ja keine Eile.

Noch lange steht sie auf dem Balkon der Pension und hört der Musik der nahen Wirtschaft zu. Alles vertraute Klänge. Ob sie sich ein Bier leisten soll? Aber in einem Biergarten ist die Gefahr am größten, dass sie einem alten Freund begegnet. Wie Diri wohl aussieht? Er müsste nun siebenundzwanzig sein, vielleicht verheiratet mit ein oder zwei Kindern.

Sie kehrt zurück ins Zimmer, ihr Blick fällt auf die Minibar. Hier wird sie fündig: ein wirklich echtes Münchener Bier. Komisch, den Geschmack hatte sie anders in Erinnerung. Aber das liegt sicher am Wein, den sie meistens trinkt. Guter französischer Wein, ein Bordeaux, da kann man das Bier fast vergessen.

Lena entschließt sich umgehend, nochmals nach Starnberg zufahren. Sie möchte ihre Eltern sehen. Sie geht in die Tiefgarage der Pension und fährt los. In einer Querstraße parkt sie und geht den Rest zu Fuß. Sie geht wie eine Spaziergängerin am Haus vorbei. Die Gardinen sind zugezogen, so wie sie es schon erwartet hatte. Warum auch hätten ausgerechnet heute die Gardinen offen sein sollen, fragt sie sich. Dann geht sie einige Schritte auf die Haustür zu, bleibt aber wie angewurzelt stehen und dreht wieder um. Nein, so nicht, beschließt sie. Sie sollte schon ein fertiges Konzept haben und nicht vor ihrem Vater, der stets wie ein Anwalt spricht, herumstottern. Er kann sehr unangenehm sein, erinnert sie sich. Auf dem Weg zu ihrem Wagen beschließt sie, sich einen Plan zurechtzulegen. Alles andere macht keinen Sinn. Am nächsten Morgen wird sie es nochmals versuchen. Aber eines muss klar sein, sagt sie zu sich, wenn mich ein seltsames Gefühl beschleicht, dann fahre ich nach Genf zurück und es bleibt alles beim Alten.

In dieser Nacht kann Lena kaum schlafen. Was soll sie bloß ihren Eltern erzählen? Nach dem Frühstück, das wirklich reichlich ist, geht sie auf ihr Zimmer und verstaut alle wichtigen Dinge im Safe. Den Pass, den neuen Führerschein, alles, was auf Namibia hinweist, lässt sie dort. Sie wird mit der S-Bahn fahren. Der Wagen alleine würde schon alles verraten. In Schwabing kauft sie sich noch eine Umhängetasche aus Leinen. Einen Geldbeutel aus rotem Leder kauft sie ebenfalls. So, mehr darf nicht sein. An der Rezeption sagt sie Bescheid, dass sie für einige Tage wegmüsse. Sie hinterlässt noch eine Anzahlung, den Wagen lässt sie in der Tiefgarage. Bevor sie geht, betrachtet sie sich nochmals im Spiegel. Sieht so ein junges Mädchen aus, das man irgendwo in Afrika ausgesetzt hat?

Lena steht vor der Haustür in Starnberg und hofft, dass ihr Vater schon zur Arbeit ist. Sie läutet und wartet. Sie hört Stimmen im Haus. Das muss ihre Mutter sein, aber wer ist die andere Person, mit der sie spricht? Da geht die Haustür auf und vor ihr steht ihr Vater. »Lena, bist du es? Du siehst ja so anders aus. Was haben sie mit dir gemacht?« Er starrt sie an, ist fassungslos.

»Würdest du mich vielleicht hereinlassen?«, fragt sie reserviert.

»Entschuldige, komm doch herein …« Ihr Vater ist blass geworden, tritt zur Seite, ohne sie aus den Augen zu lassen.

Lena tritt zögernd in den Flur. »Hi Mama, da bin ich«, ruft sie ihrer Mutter zu, die ein paar Schritt entfernt stehen geblieben ist und sie einfach nur anstarrt. Dann passiert alles gleichzeitig, sie fallen sich gegenseitig in die Arme.

Ihre Mutter ist den Tränen nahe. »Gott sei Dank, du bist wieder da. Erzähl, wo warst du die ganze Zeit?«

Lena spürt trotzdem, da ist eine riesige Schranke. Ihre Eltern sind verkrampft und dann fährt ein Wagen vor. Es ist die Polizei. Mehrere Beamte springen aus dem Wagen und kommen zum Haus.

»Gestatten, Heringsdorf, Oberkommissar.«

Lena mustert den Mann misstrauisch. »Hi, ich bin Lena.«

»Das hat uns Ihre Mutter schon gesagt.«

Sie wirft ihrer Mutter einen kurzen Blick zu. »Ach, Mama, da hast du nichts Besseres zu tun, als sofort die Polizei anzurufen? Ich hätte es wissen müssen. Aber ich bin enttäuscht von euch beiden.«

»Das war doch meine Pflicht«, erklärt Veronika.

Lena lächelt spöttisch. »Vielen Dank. Darf ich vielleicht noch einmal kurz in mein Zimmer?«

Ihre Mutter sieht den Kommissar fragend an. Er nickt. »Gehen Sie nur. Seit wann sind Sie eigentlich wieder da? Und wo waren Sie all die Jahre? Warum haben Sie eine Glatze? Von wo kommen Sie denn gerade?«

»Sind das nicht ein bisschen viele Fragen?« Lena geht, ohne zu antworten, in ihr Zimmer und sieht sich um. Nichts steht noch da, wo es war. Ihr Vater hatte sich eine elektrische Eisenbahn aufgebaut. Ihr Bett ist nicht mehr im Raum. »Wo sind meine Sachen?«, fragt sie ihre Eltern, die ihr gefolgt sind.

»Du musst schon entschuldigen, aber wir haben nach so langer Zeit keine Hoffnung mehr gehabt, dich wiederzusehen«, meint ihre Mutter sehr zermürbt.

»Das reicht. Kommen Sie jetzt bitte mit auf das Revier. Wir haben einiges zu klären«, fordert nun der Beamte, der ihr ebenfalls gefolgt ist.

Helmut will noch fragen, ob er nicht mitkommen soll, aber der Beamte lässt ihm hierfür keine Zeit mehr.

Lena steigt in den Polizeiwagen, kurz darauf sind sie auf der Wache. »Sie werden uns einiges zu erzählen haben. Das können Sie sich sicher vorstellen«, kündigt ein Beamter an.

»Ja, fragen Sie nur«, antwortet Lena gelassen.

Sie wird in einen Raum gebracht, der Türen ohne Türklinke hat. »Bin ich jetzt verhaftet?«, fragt sie.

»Natürlich nicht«, antwortet der Kommissar, der nun ihr gegenüber Platz nimmt. »Wir möchten nur einiges klären. Erzählen Sie doch mal, was alles passiert ist.«

»Wollen Sie es von Anfang an hören?«

»Ja, natürlich, was denken Sie denn? Wir werden unser Gespräch aufzeichnen, dafür werden Sie sicher Verständnis haben.«

»Brauche ich einen Anwalt?«

»Nun fangen Sie schon an«, brummt der Kommissar genervt. »Und schildern Sie alles so genau wie möglich.«

So beginnt Lena mit ihrer Geschichte: »Also, das war so: Sie wissen ja, dass wir alle zusammen im Haus der Kunst waren.«

»Ja, das wissen wir schon.«

Lena lächelt. »Können Sie mir bitte ein Wasser bringen? Ich muss viel trinken, das hat der Arzt gesagt.«

»Welcher Arzt?«

»Der in Afrika.«

»Was soll das denn? Warum ein Arzt in Afrika?«

»Soll ich jetzt erzählen oder nicht? Im Haus der Kunst wurde ich an eine Tür gerufen …«

»Was für eine Tür?«

»Eine Tür eben. Was soll ich sagen? Da müssten wir schon

dorthin fahren, damit ich sie Ihnen zeigen kann. Soll ich jetzt erzählen oder wollen Sie mich nach jedem Satz unterbrechen?«

»Erzählen Sie, aber bitte nachvollziehbar.«

»Als ich bei der Tür ankam, sah ich aber niemanden mehr. Dann verspürte ich einen leichten Stich. Ich verlor mein Bewusstsein. Als ich das erste Mal aufwachte, lag ich in einem Transportwagen oder so etwas Ähnlichem. Ich bekam sofort eine weitere Spritze. Als ich das nächste Mal aufwachte, war ich in einem Raum eingesperrt. Ich lag auf einer Matratze, konnte mich nicht rühren.«

»Warum konnten Sie sich nicht rühren?«

»Weil ich fixiert war.«

»Aha, konnten Sie etwas sehen? Wie groß war der Raum. Wer war dort noch?«

»Das kann ich nicht sagen, da ich nichts sehen konnte. Man gab mir zu trinken und dann bekam ich eine weitere Spritze. Ich fiel wieder in Ohnmacht. Als ich ein weiteres Mal aufwachte, hörte ich Geräusche wie von einem lauten Motor. Ich lag auf einer Liege und war mit Handschellen an einem Rohr festgemacht. Ein ziemlich unangenehmer Mensch brachte mir etwas zu essen. Dann zeigte er auf einen Eimer und sagte: ›Das für Pipi.‹«

»Waren es Russen? Oder andere Ausländer?«

»Also Ausländer sicher. Ob es Russen waren, das weiß ich nicht. Das Licht war leider so schlecht, dass ich nicht viel sehen konnte. Ich bekam zu essen und zu trinken. Die Reise dauerte ziemlich lange. Ich war auf einer Art Frachtkahn. Als ich endlich irgendwo aussteigen durfte, wurde ich gefesselt und man verband mir die Augen. Dann stand ich plötzlich in einem runden Raum. Alles war sehr primitiv, müssen Sie wissen. Ich hatte den Eindruck, ich wäre in einem Eingeborenendorf. Ich bekam einen Eisenring an mein linkes Bein und wurde zu meiner Arbeit gebracht. Die Kette war an einem weiteren Ring am Boden angeschlossen.«

»Was sollten Sie tun?«

»Ich glaube, sie wussten gar nicht, was sie mit mir anfangen sollten. Sie wollten mich nur beschäftigen. Da waren noch andere Menschen, denen es genauso ging wie mir. Wir durften uns nicht ansehen, aber wir warfen uns natürlich trotzdem immer mal einen Blick zu. Einen Tag später wurden meine Haare geschnitten, also ganz ab, so wie jetzt. Ich wurde auf einen Lastwagen geladen und in ein Lager gebracht. Es muss eine Art Mine gewesen sein. Die Mauern um uns herum waren ziemlich hoch, so konnte niemand erkennen, wo wir eigentlich sind.«

»Was für Menschen waren noch da?«

»Alles Ausländer, Weiße und Schwarze.«

»Was geschah dann?«

»Am nächsten Tag wurden wir angewiesen, Edelsteine zu sortieren.«

»Dann war es wohl tatsächlich eine Art Mine.«

»Sag ich doch.«

»Was passierte dann?«

»So verging die Zeit. Wir bekamen ordentlich zu essen, da wir unsere Arbeit gut machten. Sie müssen wissen, mit Edelsteinen, da kenne ich mich jetzt aus. Vielleicht sollte ich bei einem Juwelier anfangen.«

»Wie lange waren Sie denn dort?«

»Ich habe die Tage nicht gezählt, aber es war ziemlich lange.«

»Wann änderte sich das?«

»Es war im Frühjahr, da kamen plötzlich Polizisten auf

das Gelände, es war eine Razzia. Wir konnten fliehen. Wir waren zu viert, einer kannte sich recht gut aus. Wir liefen, was das Zeug hält. Dann endlich wähnten wir uns in Sicherheit. Ein Schwarzer wusste für diese Nacht eine Unterkunft. Wir bekamen zu essen und zu trinken von einer schwarzen Frau. Sie war sehr freundlich und versorgte meine Wunden.«

»Was denn für Wunden?«

»Wir wurden nachts immer angekettet. Das geht nicht ohne Verletzung ab.«

»Verstehe, an welchem Fuß war es denn?«

Lena hebt ihren Fuß und zieht einen Socken tiefer. »Hier, sehen Sie, da können Sie noch die Spuren sehen, obwohl sie sehr gut verheilt sind.«

»Wie ging es dann weiter?«

»Da ich nicht wusste, wo wir sind, musste ich mich auf die anderen verlassen. Sie brachten mich zu einem reichen und dicken Ausländer.«

»Was für ein Ausländer?«

»Das habe ich erst später erfahren. Er war aus Saudi-Arabien und suchte eine Dienerin für seine Frau.«

»Und in welchem Land waren Sie nun?«

»Damals wusste ich es nicht. Heute glaube ich, dass es Marokko war, aber sicher bin ich mir nicht.«

»Sie waren dann also eine Dienerin?«

»Ja, so war es. Die Frau war immer sehr nett. Wir mussten eigentlich nicht wirklich arbeiten. Ich war so eine Art Gesellschafterin. Wir unterhielten uns auf Englisch …« Lena hält inne. »Entschuldigen Sie, aber ich brauche eine Pause. Ich habe Hunger und muss unbedingt etwas trinken«, sagt sie.

»Dann machen wir eine Pause«, nickt der Vernehmungsbeamte. Man bringt ihr Kaffee und Gebäck. Nach einer halben Stunde wird sie höflich gefragt, ob sie nun bereit wäre, weiterzuberichten.

Der Kaffeebecher ist leer, das Gebäck aufgegessen. Sie nickt. »Machen wir weiter.«

»Wann kamen Sie von dort weg?«

»Sie meinen, wann sie mich freiließen?«

»Ja, oder so.«

»Vor etwa drei Monaten bekam ich meine Freiheit und etwas Geld. Dann wurde ich nach Marrakesch gebracht und konnte tun und lassen, was ich wollte.«

»Und was taten sie?«

»Ich traf ein deutsches Ehepaar mit einem Wohnmobil.«

»Und was dann?«

»Sie nahmen mich mit.«

»Wer war das und wie können wir die Leute erreichen?«

»Ich glaube, sie waren aus Köln. Sie hatten ein ›K‹ auf dem Nummernschild.«

»Wie hießen sie?«

»Rainer und Hildegard.«

»Sonst wissen Sie nichts von den Leuten?«

»Es war doch nicht wirklich wichtig. Sie haben mich bei der Autobahn abgesetzt. Den Rest bin ich getrampt.«

»So sind Sie also nach Hause gekommen.« Der Beamte lehnt sich zurück.

Lena nickt. »Genau. Was geschieht nun mit mir? Bin ich jetzt eine Verbrecherin?«

»Natürlich nicht. Aber wir untersuchen noch einen Fall, der mit Ihnen zu tun hat. Sie müssen in Mecklenburg-Vorpommern gewesen sein, genauer gesagt auf Rügen.«

Lena tut interessiert. »Erzählen Sie, das ist ja interessant.

Das muss dann in der Zeit gewesen sein, als ich betäubt war.«

»Das mag schon sein, wir werden es sicher noch genau herausfinden. Jetzt nehmen wir Ihre Fingerabdrücke und machen ein Foto von Ihnen.«

»Dürfen Sie das einfach so machen oder brauchen Sie meine Einwilligung?«

»Sie sind in einen Mordfall verwickelt. Wir müssen alle Möglichkeiten abklären. Das verstehen Sie doch sicher.«

Lena nickt nachdenklich. »Dann werde ich meinen Vater bitten, mir einen Anwalt zu besorgen. Komme ich hier noch raus oder bin ich schon verhaftet?«

»Wir bringen Sie nach Hause, aber Sie müssen sich zu unserer Verfügung halten.« Damit erhebt sich der Beamte. Zwei Polizisten betreten den Vernehmungsraum. Dann beginnt die Prozedur mit den Fingerabdrücken und Fotos. Lena lässt alles über sich ergehen. »Haben Sie jetzt alles?«, fragt sie am Ende.

Der Vernehmungsbeamte nickt. »Ja, das war's. Johann, bringst du unsere Lena bitte nach Hause.«

Jetzt fährt Lena herum. »Für Sie bin ich nicht Lena, ich kann mich nicht erinnern, dass ich mit Ihnen die Schulbank gedrückt habe«, sagt sie kühl. »Für Sie bin ich Frau Kainsz.«

Als sie ihr altes Zimmer betritt, stellt sie fest, dass ihr Vater die elektrische Eisenbahn abgebaut hat. Er steht neben ihr und sagt: »So, jetzt ist wieder alles wie früher.«

Fast muss Lena lachen. »Wie früher ist hier sicher nichts. Dass ihr hinter meinem Rücken schnell die Polizei angerufen habt, das hat mich wirklich sehr getroffen.«

Lenas Mutter tritt zu ihnen. »Aber das war doch unsere Pflicht«, sagt sie.

Lena mustert sie fassungslos. »Ihr habt wohl vergessen, dass ich das alles nur eurer Vergangenheit zu verdanken habe. Ihr habt euren Freund einfach im Stich gelassen. Er hat sich in seiner Zelle erhängt. Und auch seine Kinder waren euch egal. Ihr habt einfach nur an euch gedacht.«

Lenas Vater geht ohne ein weiteres Wort.

Lena zeigt zur Tür. »Ich will jetzt nur noch meine Ruhe haben. Ich will allein sein.«

»Aber du musst uns doch erzählen, was dir alles zugestoßen ist«, verlangt ihre Mutter.

»Das könnt ihr im Polizeiprotokoll nachlesen«, entgegnet Lena.

Am folgenden Tag wird Lena nochmals vom Reviervorstand abgeholt. »Wir haben da noch einige Fragen«, heißt es. Sie wird wieder in den Raum vom Vortag gebracht. »Sehen Sie sich diese Bilder bitte an.« Der Vernehmungsbeamte wirft einen dicken Packen Bilder auf den Tisch.

»Geht das vielleicht etwas höflicher?«, fragt Lena.

»Frau Kainsz, wir haben hier einen Mord aufzuklären. Außerdem fehlt das Geld von der Erpressung.«

»Was für ein Mord und was für eine Erpressung? Ich will sofort einen Anwalt.«

Der Beamte fährt fort, ohne ihre Forderung zu beachten. »Was sagen Ihnen die Fotos?«

»Einen Anwalt, bitte.« Lena bleibt stur.

Der Beamte mustert sie aus schmalen Augen. »Sie wollen mauern? Das wird ja immer schöner. Aber wenn Sie hier erst einmal einige Tage eingesessen haben, werden Sie schon reden. Das verspreche ich Ihnen.«

»Ich will ein Telefonat führen, das dürfen Sie mir nicht verweigern«, beharrt Lena. Der Beamte willigt schließlich doch ein. Sie ruft ihren Vater an und der verständigt einen Rechtsanwalt. Dieser kann aber erst am Nachmittag. Lena wird zurück zu ihren Eltern gebracht und ein Streifenwagen wird vor der Haustür geparkt.

»Vielen Dank, da habt ihr mir ja etwas ganz Besonderes eingebrockt«, bemerkt Lena, als sie zu Hause mit ihrem Eltern im Wohnzimmer sitzt.

»Dein Vater musste die Firma verlassen, und das alles wegen dir«, sagt ihre Mutter.

Der Anwalt kommt, er ist ein etwas älterer Herr aus Starnberg, ein Jugendfreund des Vaters. Sie wird wieder aufs Revier und in den Vernehmungsraum gebracht. Der Vernehmungsbeamte wird recht unangenehm und vergisst seine gute Kinderstube. Er setzt das Verhör mit Drohungen fort. Der Anwalt verweist ihn in seine Schranken. »Der Fall gehört nach München, dafür sind Sie gar nicht zuständig«, ermahnt er.

Nun stottert der Vernehmungsbeamte und sagt: »Vielleicht können wir ja die Angelegenheit hier klären. Dann können wir uns München ersparen. Es geht nur um einige Fragen und dann ist es schon geklärt.«

»Warum nun dieser versöhnliche Ton? Was ist passiert?«, fragt der Anwalt.

»Sie müssen verstehen, die Geschichte, die wir uns hier gestern anhören mussten, hörte sich wie ein Märchen an. Das Mädel hat das mit Sicherheit alles erfunden.«

Der Anwalt lehnt sich zurück. »Warum erfunden? Ich kenne die Geschichte nicht, aber es gilt doch immer noch die Unschuldsvermutung. Oder kennt ihr das hier in Starnberg nicht?«

Der Beamte seufzt. »Also, fangen wir noch einmal von vorne an.« Er sieht Lena an. »Die Fotos, sagen Ihnen die etwas?«

Lena schüttelt den Kopf. »Nein, überhaupt nichts. Aber der Raum, das könnte schon der Raum sein, in dem ich einen Tag lang war. Die Fenster waren aber zugemauert, daran erinnere ich mich noch.«

»Dieser Mann, kennen Sie den?« Der Beamte zieht ein Foto hervor.

Lena beugt sich vor, um es sich genauer anzusehen. »Man kann ja nicht viel erkennen, aber der schaut aus wie Herbert.«

»Woher kennen Sie Herbert?«

»Da gab es ein Heftchen mit Adressen und Telefonnummern, ich fand es in einem kleinen Fiat … Irgendwann wurde ich neugierig und besuchte den einzigen Ort, der in der Nähe war und in diesem Heftchen stand. Da lernte ich Herbert kennen, er war der Sohn von dem Mann mit der Adresse im Heft. Das stellte sich dann heraus. Wir sahen uns alte Fotos an und verabredeten uns, um dann auch noch alte Dias anzuschauen, so erkannten wir unsere Eltern und einige alte Freunde und meinen Onkel. Damals waren sie noch ziemlich jung.«

»Was war da noch? Wussten Sie, dass er eine Entführung plante?«

»Entführung? Der Herbert? Da kann ich ja nur lachen.«

»Kennen Sie seine Schwester?«

»Ja freilich, die ist mir in seinem Haus einmal begegnet. Wir begrüßten uns, und das war es schon. Ich könnte nicht einmal mehr sagen, wie sie aussieht.«

»Als Sie in diesem Raum eingesperrt waren, wie wurden Sie versorgt?«

»Ich bekam ein Zeichen durch Anklopfen. Dann musste ich mir die Augen verbinden. Dann ging die Tür auf und ein Tablett wurde hereingestellt.«

»Wie oft geschah das?«

»Das kann ich nicht so genau sagen, da im Essen immer ein Schlafmittel war. Vielleicht waren es zwei Tage, vielleicht auch drei. Irgendwann lag ein Zettel auf dem Tablett und da stand, dass ich mich auf einen Hocker setzen und mir die Augen verbinden solle. Anschließend sollte ich mir Handschellen anlegen. Das machte ich, schließlich hatte ich Angst. Ein Mann kam in den Raum, er sprach mit einem seltsamen Dialekt. Ich hatte das Gefühl, er war ein Russe.«

»Aha, also doch ein Russe.«

»Das weiß ich aber nicht so genau, er könnte auch Pole gewesen sein.«

»Dann müssen wir davon ausgehen, dass Herbert einen Komplizen hatte.«

»Haben Sie denn den Lieferwagen gefunden?«, fragt nun der Anwalt.

Der Beamte nickt. »Wir glauben es zumindest. Wir haben einen Lieferwagen, in dem Kartons lagen.«

»Was für Spuren konnten Sie dort sicherstellen?«, fragt der Anwalt weiter.

»Das wollen wir hier nicht erörtern«, antwortet der Beamte knapp.

»Deutet denn irgendetwas auf die Mittäterschaft meiner Mandantin hin?«

»Bis jetzt nicht. Nur die Schwester hat behauptet, es wäre seine Freundin dabei gewesen.«

»Aber ich war niemals Herberts Freundin«, mischt sich Lena ein. »Vielleicht hatte er eine Frau, die ich nicht kannte.«

»Seine Schwester sprach auch eher von einer dunkelhaarigen mit einem roten Lackanzug.«

»Lackanzug?« Lena lacht. »Und das mit dem Herbert? Er

war eher der Typ Wandergeselle, Bergsteiger oder Segler. Eine Freundin mit Lackanzug, das kann ich mir nicht vorstellen. Wie geht es eigentlich seiner Schwester? Was hat sie zu dem Fall beigetragen?«

»Nun, Sie wissen es ja nicht, die Dame wurde als Mittäterin überführt. Sie hat bei Ihrer Entführung zumindest mitgeholfen.«

Lena tut total überrascht. »Ach, das kann ich mir nicht vorstellen. Sie ist doch eher der Typ ›Vorstadt‹.«

»Ich dachte, Sie haben sie nur einmal kurz gesehen?«

»Den Typ ›Vorstadt‹ muss ich nur einmal sehen, den erkenne ich im Vorbeigehen.«

»Dann machen wir hier für heute Schluss. Halten Sie sich bitte zu meiner Verfügung.« Der Beamte erhebt sich.

Lena sieht ihn trotzig an. »Wie lange muss ich mich noch zur Verfügung halten? Ich möchte Urlaub machen. Ich brauche dringend Erholung.«

Der Beamte grinst. »Ich dachte, Sie hatten gerade einen Erholungsurlaub im Wohnmobil in Marokko?«

Lena schaut ihn mit ernstem Gesicht an. »Wenn Sie darunter Urlaub verstehen …«

Der Anwalt bringt Lena zu ihren Eltern. Der Vater wünscht noch ein kurzes Gespräch mit ihm und bittet ihn in sein Arbeitszimmer. Lena bleibt mit ihrer Mutter allein zurück. Sie sitzen sich am Küchentisch gegenüber. »Da habt ihr mir ja ordentlich was eingebrockt. Jetzt stehe ich unter Mordverdacht«, bemerkt Lena kühl.

Ihr Mutter sieht ihr nicht ins Gesicht, als sie entgegnet: »Da können wir doch nichts dafür. Das muss halt aufgeklärt werden. Aber wie stellst du dir nun deine Zukunft vor? Was kommt noch auf uns zu?«

»Was auf euch zukommt? Da kommt gar nichts auf euch zu. Ich werde mir eine kleine Wohnung mieten und dann studieren.«

»Vater hat seinen Posten verloren, das weißt du ja mittlerweile. Wir müssen jetzt natürlich sparen. Die Rente fällt nicht so aus, wie wir uns das vorgestellt haben.«

»Keine Angst, ich sorge für mich selbst. Ich gehe arbeiten.«

»Aber du kannst doch bei uns wohnen. Ich brauche sowieso eine Hilfe im Haushalt. Du weißt, wie anspruchsvoll dein Vater ist.«

»Ach, du meinst, da ich ja schon im Senegal eine Haushaltshilfe war, bin ich jetzt in Übung? Aber die Ketten können wir doch wohl weglassen?«

Ihre Mutter sieht sie irritiert an. »Du warst im Senegal eine Haushaltshilfe?«

»Ach, vergiss es!« Lena funkelt wütend zurück.

Der Anwalt und ihr Vater kommen die Treppe herunter. »Also, Lena, so wie es aussieht, kommt da nichts weiter auf dich zu. Sie haben nicht den geringsten Verdacht, geschweige denn einen Anhaltspunkt«, verkündet ihr Vater.

»Wenn das so ist, kann ich ja Urlaub machen.«

Ihr Vater runzelt die Stirn. »Du musst erreichbar sein, mehr nicht. Finanziell kann ich dir allerdings nicht helfen, wir müssen sparen.«

»Das macht nichts, ich fahre mit der Bahn und wohne in Pensionen. Da brauche ich nicht viel«, entgegnet Lena.

Der Anwalt rät dann noch, dass Lena ein Handy mitnimmt, damit sie erreichbar ist. Nur für den Fall der Fälle.

»Das erledige ich«, sagt ihr Vater.

»Ruf doch mal Diri an, der hat sich damals sehr um dich bemüht«, sagt nun ihre Mutter.

»Du meinst, wenn er mich heiratet, dann seid ihr die Sorge los«, faucht Lena sie an.

»Wenigstens anrufen solltest du ihn«, beharrt ihre Mutter.

»Das hast du doch sicher längst selbst erledigt, so wie du ja auch gleich die Polizei angerufen hast«, entgegnet Lena und steht auf. »Ich gehe noch ein bisschen in die Stadt.« Und an ihren Vater gewandt fügt sie hinzu: »Denk bitte an das Handy, wenn dein Freund schon meint, dass ich erreichbar sein muss.«

Lena sitzt in der S-Bahn in Richtung München. Diese Tage wird sie nie mehr vergessen. Aber sie ist ja selbst schuld. Sie wollte ihr Zuhause und ihre Eltern wiedersehen. In ein paar Tagen muss sie zurück nach Genf, schließlich hat sie dort einen Job und ein neues Leben. Und der Kommissar sagte noch, sie bräuchte unbedingt neue Papiere. Wenn der wüsste …

Zurück in der Schwabinger Pension ist sie völlig entspannt. Sie hat es geschafft. Der Abstand ist geschaffen, auch wenn ihre Eltern niemals verstehen werden, dass sie nicht bei ihnen wohnen möchte. Vielleicht mit dem Diri im Dachgeschoss? Mit Augenmerk auf eine bevorstehende Hochzeit und anschließendes Kinderkriegen? Nein, das will sie sicher nicht. Diri ist ja ganz nett, aber als Ehemann kommt er sicher nicht infrage. Sie wird ihren Eltern sagen, dass sie zurück nach Afrika geht.

So sitzt sie noch lange auf dem Balkon der Pension und lauscht der Musik, einen Bierkrug in der Hand und eine Butterbrezel auf dem Teller. Afrika, warum eigentlich nicht? Einiges hatte sie ja gelernt und dank ihres Jobs auch den notwendigen Durchblick.

Nach einer entspannten Nacht und einem tiefen Schlaf sitzt sie wieder in der S-Bahn und fährt Richtung Starnberg. Was wohl aus ihrem niedlichen Cinquecento geworden ist? Sie läutet, aber es macht keiner auf. Ihre Eltern werden doch nicht in der Stadt sein? Einen Hausschlüssel hat sie ja nicht mehr. Also sieht sie mal um die Ecke, ob die Gartenpforte offen ist. Sie ist offen und ihre Mutter liegt im Sonnenstuhl. Ihr Vater scheint unterwegs zu sein. Vielleicht besorgt er das Handy, das sie nun gar nicht mehr braucht, weil sie ja nach Afrika will. Sie geht an ihrer Mutter vorbei und sagt kurz: »Hallo.« Aber es kommt nichts zurück. Sie schließt daraus, dass es dicke Luft gibt. Dann hört sie den Achtzylinder von Vaters Wagen. Das Garagentor geht auf und schließt. Ihr Vater kommt in den Garten und sagt: »Hier ist dein Handy.« Er reicht ihr ein kleines Paket.

Lena rührt sich nicht. »Danke, aber ich werde es nicht brauchen, ich gehe nach Afrika zurück«, sagt sie.

Wie im Chor hört sie ihre Eltern sagen: »Afrika?«

»Ja, trotz aller Gefahren und Unannehmlichkeiten habe ich erkannt, dass dieses Land meine Zukunft sein wird. Ich gehe in eine Missionsstation.«

Ihre Mutter starrt sie an. »Du bist ja von allen guten Geistern verlassen. Außerdem ist hier noch nichts ausgestanden. Du musst bleiben. Ich habe dein Zimmer schon hergerichtet. Wo warst du überhaupt letzte Nacht?«

»Mama, ich bin sechsundzwanzig, da kann ich machen, was ich will.«

Ihr Vater mischt sich ein. »Wir wollen wissen, wo du letzte Nacht warst. Ich habe Diri angerufen und der wollte dich hier treffen.«

»Tut mir leid, Diri mag lieb und nett sein, aber als Ehemann kommt er sicher nicht infrage. Auch wenn sein Vater die Geschäftsstelle deiner Versicherung leitet.«

»Was sollen wir mit dem Kleinen machen?« Ihr Vater klingt nun kühl.

»Du kannst ihn ja aufheben. Vielleicht gibt es irgendwann Nachwuchs, dann hat der schon mal einen fahrbaren Untersatz.«

Damit scheint für ihren Vater die Angelegenheit geklärt. Er wechselt das Thema. »Deiner Mutter geht es heute nicht so gut. Könntest du etwas zu Mittag machen?«

»Lass uns zum Hirschen gehen, da gibt es immer etwas Gutes«, entgegnet Lena.

Am Nachmittag ruft Lena den Kommissar an und teilt ihm mit, dass sie sich für den Posten einer Hilfsschwester beworben hätte und nach Kenia oder in den Senegal gehen würde. »Sie müssen aber noch das Protokoll unterschreiben. Außerdem brauchen Sie neue Papiere«, sagt er.

»Brauche ich nicht«, sagt Lena. »Den Pass hatte ich in meiner Nachttischschublade und meinen Führerschein ebenfalls.«

»Dann ist ja alles okay. Nehmen Sie aber das Handy mit, damit Sie erreichbar sind. Es gibt da vielleicht noch etwas zu klären.«

»Das mache ich, Sie können sich auf mich verlassen.« Damit ist das Gespräch beendet.

Lena besorgt noch am folgenden Tag einiges in der Stadt. Ihr Vater besteht darauf, dass er sie zum Flugplatz bringt, aber sie lehnt ab. »Wir treffen uns in Frankfurt. Ich fahre mit dem Zug, das ist billiger.«

Der Abschied ist kühl, kaum zu glauben, besonders die

Mutter wirft ihr nur einen kurzen Blick zu. Schade, jetzt ist sie beleidigt.

Lena sitzt in ihrem kleinen Renault und ist unterwegs nach Lindau. Nun ist sie erleichtert. Es war sicher nicht einfach, aber es musste sein. Das Handy wirft sie während der Fahrt aus dem Wagen. Sie vermutet, dass man es ihr nur mitgegeben hat, damit man sie anpeilen kann und immer weiß, wo sie sich aufhält.

Wieder in Genf: Lena trifft sich mit ihrer Freundin Jane. Jane will nach England und würde sie gerne mitnehmen. »Wir könnten einiges zusammen anstellen. Was hältst du davon?«

»Sofort geht das auf keinen Fall, da ich ja noch meinen Abschluss in Betriebswirtschaft machen möchte. Aber etwas später, warum nicht? Du suchst uns schon mal eine niedliche kleine Wohnung und dann gibst du Bescheid.«

Jane ist zufrieden. »Okay, da höre ich ja schon eine halbe Zusage.«

Als Lena die Betriebsstelle der Botschaft betritt, sieht sie sofort den Blumenstrauß auf ihrem Schreibtisch. »Woher wusstet ihr …?«, beginnt sie.

»Deine Freundin Jane hat vor einer halben Stunde hier angerufen und so zählten wir eins und eins zusammen und haben schnell Blumen besorgt.«

»Ihr könnt euch gar nicht vorstellen, wie froh ich bin, dass ich wieder hier bin. Was tut sich so? Gibt es etwas Neues?« Lena atmet innerlich auf.

»Die gute Nachricht zuerst: Du bist ab sofort fest angestellt, als Anwältin der Botschaft. Die schlechte: Du musst in den nächsten Tagen nach London.«

Lena denkt sofort an Jane. Na, die wird sich freuen. »Warum ist das eine schlechte Nachricht? Um was geht es denn?«

»Die Londoner Botschaft bekommt eine Europaabteilung für unser neues Handelszentrum. Du wirst es leiten.«

Lenas Herz macht einen Satz. »Das sind ja tolle Neuigkeiten. Wann soll es denn losgehen?«

»Deine Weiterbildung in Betriebswirtschaft haben wir für dich schon in London geregelt. Deine Abschlüsse sind dort bereits anerkannt. Das hat alles der Botschafter persönlich für dich geregelt.«

»Wow, da muss ich ihm ja richtig dankbar sein.« Lena staunt.

Gegen Abend trifft man sich zu einem geselligen Beisammensein im Nobelrestaurant am Genfer See. Auf der Terrasse sind extra einige Tische zusammengestellt worden und Sekt steht im Kübel bereit. Jane sitzt an Lenas Seite und freut sich mehr als ihre Freundin. Lena wäre gern noch ein bisschen am schönen Genfer See geblieben, aber der Beruf geht schließlich vor. So eine Gelegenheit bekommt sie nie wieder. Der Botschafter tritt nun zu ihnen. Lena begrüßt ihn und fragt dann: »Wie sieht eigentlich mein zukünftiges Gehalt aus? Darüber haben wir noch gar nicht gesprochen.«

Der Botschafter lächelt diskret und beugt sich zu ihr. »Du bekommst siebentausend englische Pfund, netto, versteht sich. Der Dienstwagen wird gestellt. Ist das okay für dich?«, sagt er leise.

»Das finde ich recht großzügig, vielen Dank.«

Zwei Wochen bleiben Lena, um alles vorzubereiten. Jane ist bereits in London und sucht nach einer passenden Wohnung. Nicht im Zentrum, aber trotzdem verkehrsgünstig soll es sein. Mit der Subway sollte man schnell zum Büro kommen, das war Lenas einziger Wunsch. Es gibt noch eine kleine Abschiedsfeier, dann ist auch schon der Tag der Abreise gekommen. Lena hat vier Koffer, mehr will sie nicht mitnehmen. Lieber neue Sachen kaufen, nicht immer die alten Klamotten mitschleifen, das ist ihre Meinung. Das Wohnmobil hat sie stillgelegt. Der Bauer, bei dem es untergestellt ist, wollte noch eine Jahresmiete im Voraus. Damit war alles erledigt. Mehr gab es nicht zu regeln. Ihren Eltern wird sie irgendwann eine Postkarte schicken, aber das hat noch Zeit.

Der Flug nach London ist sehr angenehm, es sind fast nur Geschäftsleute im Flieger. So hat sie Zeit, die letzten Tage noch einmal passieren zu lassen. Ein Taxi bringt sie zu ihrer zukünftigen Arbeitsstelle. Der Lift, ein Prachtexemplar völlig aus Glas, fährt sie in den fünften Stock des modernen Geschäftsgebäudes hinauf. Hier betritt sie ein helles, elegant eingerichtetes Büro. Eine Dame hinter einem Empfang sieht ihr entgegen. »Hi, ich bin Lena … ach, Entschuldigung, ich meine natürlich Frau Weißgerber.«

Die Dame lächelt. »Hallo, wir sind informiert. Du bist die Anni, nennst dich aber Lena, das hat man uns schon mitgeteilt. Du liebst deinen Kaffee mit Milch und drei Würfeln Zucker.«

»Und am Nachmittag einen Cognac dazu«, ergänzt Lena.

Eine herzliche Begrüßung folgt, linke Seite: Bussi, rechte Seite: Bussi. Dann kommt der Botschafter und mit ihm die offizielle Amtseinführung. Der Botschafter, der vorher noch ein lustiger Vogel war, zeigt nun seine ganze Würde. Sein Jackett knöpft er noch schnell zu. Dann wird er offiziell. »Ich heiße Sie im Namen aller Botschaftsangehörigen herzlich willkommen. Sie sind ab heute unsere neue Botschaftsanwältin in unserer Außenhandelsabteilung. Bereits morgen werden wir unseren Außenhandelsminister empfangen. Das wird dann Ihre Aufgabe sein. Und jetzt erheben wir mal die Gläser, damit wir alle wieder an unsere Arbeit kommen.«

Lena ist erstaunt, sie hat sogar eine eigene Sekretärin. Der Botschafter ruft sie ins Büro. »Vivien, kommen Sie doch bitte in den Empfang im fünften Stock. Wir haben einiges zu erledigen.«

Was folgt, sind Telefonate und diverse Schreiben, die schon länger auf eine Antwort gewartet haben. »Das machen wir zuerst, damit wir den Kopf für Neues frei haben.« Keiner achtet auf die Uhr. Erst als Lena aus dem Fenster blickt, merkt sie, dass es schon dunkel ist. Mein Gott, was für ein Tag, denkt sie. Für heute mache ich Schluss.

Jane ist schon sauer, da sie bereits seit einer Stunde mit dem Abendessen wartet. »Das nächste Mal rufst du bitte an, wenn es später wird«, motzt sie.

»Ja, Mama, entschuldige«, grinst Lena. »Was gibt es denn zum Abendessen?«

»Du kannst ja schon mal ins Esszimmer gehen. Da steht eine Flasche Bordeaux, die darfst du gern köpfen.«

Nach dem dritten Glas wird der Abend lustig und Jane erzählt, dass das mit dem Job doch nicht geklappt hätte. Also wird sie vorerst den Haushalt führen. »Wenn du mir ein Taschengeld gibst, dann ist das schon okay.«

»Taschengeld?« Lena tut, als würde sie das Wort nicht kennen. Dann erzählt sie, dass sie morgen den neuen Dienstwagen bekommt. »Mal sehen, was für einer das ist.«

»Sicher ein Rolls«, mutmaßt Jane.

Lena fällt ein, dass morgen außerdem der neue Handelsattaché ankommt. Hoffentlich ist er ein sympathischer Mensch, denkt sie.

Mit der Subway kommt sie schon ganz gut zurecht. Einmal umsteigen und dann befindet sie sich direkt vor dem Bürogebäude. Sie erfährt, dass sie sogar einen eigenen Parkplatz bekommt. Der neue Dienstwagen ist leider kein Rolls, es ist ein Mini-Countryman, also ein kleiner Lieferwagen, wie man in Genf sagen würde.

Lena sitzt schon an ihrem Schreibtisch, als die Telefonistin hereingewirbelt kommt. »Der Neue ist da. Er will dich sprechen. Er sieht sehr gut aus.« Das waren alle Informationen, die sie in etwa zehn Sekunden übermitteln konnte. Da klopft es schon an Lenas Tür. »Herein«, ruft sie, ohne den Blick von dem Dokument zu heben, das gerade vor ihr liegt. Nur noch die letzten zwei Sätze. Sie hört, wie die Tür aufgeht. »Sie müssen Anni sein«, sagt jemand.

Lena hebt den Kopf und setzt ein Lächeln auf, um ihren Gast zu begrüßen. Aber ihre Stimme versagt. Was ist los mit ihr? Sie erhebt sich, starrt ihren neuen Chef an und bringt keinen Ton heraus. »Sie sind …«

»Ich bin Jamie, der Handelsattaché.«

Vor Lena steht ein Zwei-Meter-Mann, athletisches Aussehen und schwarz, kohlrabenschwarz. Eine Erscheinung, die ihr tatsächlich die Sprache verschlagen hat. Dann aber fasst sie sich doch noch. »Sie kommen aus Windhoek?«

Er lächelt und seine weißen Zähne leuchten. »Ja, so ist es. Ich glaube, wir sollten erst einmal einen Kaffee miteinander trinken.« Für Jamie kommt diese Reaktion nicht überraschend. Er ist es gewohnt, dass seine Erscheinung solche Folgen hat.

Lena lässt Kaffee für sie kommen. Sie setzen sich an einen Tisch am Fenster im großen Büro. Langsam tasten sie sich aneinander heran. Keiner möchte den Chef spielen. Sie beäugen sich, prüfen, was als Nächstes kommt. Selbst Jamie, der sich seiner Wirkung bewusst ist, ist vorsichtig. Er spürt, dass Anni nicht nur eine einfache Sekretärin ist. Er hat schon in Windhoek erfahren, dass sie sehr fähig ist und einiges bewegen kann.

»Wir haben morgen eine Sitzung mit dem Botschafter von Kenia«, sagt Lena nun.

»Ja, richtig. Was haben Sie denn vorbereitet?«

»Ich brauche noch Ihre Zahlen, dann kann es losgehen.«

Das Eis ist gebrochen. Lena sitzt seit einer Stunde mit Jamie im Konferenzzimmer und vergleicht Zahlen. Es geht um ein Rohstoffabkommen zwischen beiden Ländern. Keine Peanuts, wie Jamie meint. Lena gibt alles, was sie an Wissen hat. Soll er nur sehen, dass sie nicht umsonst studiert hat. Sie legt ihm die Verträge vor. An alles hat sie gedacht. Es wird ein gutes Geschäft, da ist sie sich ganz sicher.

Die Sekretärin ist schon seit einer Stunde gegangen und Lena verspürt so etwas wie Hunger. Da fällt ihr ein, dass sie Jane vergessen hat. Sie wird schon mit dem Abendessen auf sie warten. Sie ruft kurz durch, aber Gott sei Dank hat Jane schon mit der Sekretärin telefoniert und weiß Bescheid.

»Du wirst später kommen. Ich habe es schon erfahren. Er sieht wohl ganz toll aus …«

»Ja, so könnte man es sagen.«

Lena fragt Jamie, ob er nicht Lust auf einen kleinen Happen hätte. »Gerne, ich bin froh, dass Sie gefragt haben. Ich bin da eher vorsichtig«, stimmt er zu. »Gleich um die Ecke gibt es ein italienisches Bistro. Da können wir auch noch einen Schluck trinken.«

Es wird spät, viel zu spät, da morgen der Vertrag unterzeichnet werden soll. Das ist für beide eine Bewährungsprobe. Schließlich will Windhoek wissen, ob sie fähig sind, solche Handelsabkommen zu meistern.

Es ist Dienstag und Lena sitzt eine Stunde früher als gewohnt hinter ihrem Schreibtisch. Da steht plötzlich Jamie vor ihr. »Na, alles noch einmal überprüft? Hast du auch an die Quote gedacht, die fällig wird, wenn sie nicht zahlen?«

Sie schaut kurz auf. Ja, er sieht immer noch ziemlich gut aus. »Klar doch, das ist schließlich der wichtigste Bestandteil.«

Gemeinsam überfliegen sie das Schriftstück und überlegen, ob nicht die eine oder andere Passage verändert werden soll. »Komm, mach dich jetzt nicht verrückt«, sagt Lena schließlich. »Hast du dir schon überlegt, wo du dein Büro einrichten wirst?«

Er lächelt sie an. »Nein, aber ich dachte, für den Anfang kommen wir in einem Büro auch ganz gut klar.«

»Okay, wenn ich dich nicht nerve, ich habe nichts dagegen.«

Vivien betritt den Raum. »Sie sind da.«

Lena nickt ihr zu. »Sie wissen ja Bescheid, Tee und so weiter …«

»Das ist alles schon vorbereitet«, bestätigt Vivien.

Zwei Herren in dunkelblauen Anzügen und mit tiefschwarzer Hautfarbe sitzen im Besprechungszimmer. Nun beginnt das gegenseitige Abtasten. Was für Verhandlungspartner werden die anderen sein? Mit einem Glas Tee und einem Gespräch über die Familie und die schlechten Geschäfte der letzten Monate kommt man sich näher. »Dann lassen Sie uns mal die Unterlagen durchgehen«, sagt Jamie schließlich.

Einer der beiden zieht eine Mappe aus seiner Aktentasche. »Das sind unsere Entwürfe.«

»Beginnen wir mit dem Abgleich«, schlägt Jamie vor.

Die beiden Herren vermeiden ein direktes Gespräch mit Lena. Sie sehen bei jedem Wortwechsel immer nur Jamie an. Lena fühlt sich übergangen, aber bleibt zurückhaltend. Es könnte ja auch eine Art Höflichkeit sein.

Gegen Mittag einigen sie sich auf eine Pause. Die Zeit soll genutzt werden, beide Parteien sollen sich besprechen können. Sie gehen getrennt ins gleiche Lokal und müssen lachen, als sie sich dort wieder gegenüberstehen. »Sie auch hier?«

Sie wählen einen großen Tisch und jetzt wird nur noch über Privates geredet. Das Eis ist gebrochen. Die weiteren Verhandlungen gehen zügig voran. Man sagt sich auch mal Dinge, die einem nicht so ins Konzept passen, und ist sich deshalb nicht gleich böse. Es ist halb zehn Uhr abends und die Verträge sind unterschrieben. Ein herzliches Dankeschön und noch die Versprechung, dass man sich bei der nächsten gemeinsamen Arbeit in Nairobi trifft.

Als die Herren gegangen sind, fragt Jamie Lena, ob sie nicht Lust auf einen Absacker hätte. »Das haben wir uns verdient.«

»… und wir werden es absetzen«, ergänzt Lena.

Sie sitzen in einer verrauchten Kneipe und sind mit sich und der Welt sehr zufrieden. »Das haben wir prima hinbekommen. Jetzt warten wir mal auf die kommenden Geschäfte«, resümiert Jamie. Aber dies sei wohl nur ein kleiner Happen gewesen. In zwei Wochen würden die Verhandlungen mit Südafrika beginnen. »Da geht es um gemeinsame Schürfrechte und die Vermarktung der Erzeugnisse, die im Grenzgebiet produziert werden«, erklärt er.

Als Lena nach Hause kommt, wird sie mit Kerzenlicht empfangen. »Lass uns auf deine erste geglückte Verhandlung anstoßen«, begrüßt sie Jane. Sie hat Brötchen mit einem leckeren Belag angerichtet und Getränke kaltgestellt. Sie machen es sich gemütlich in ihrer Behausung und überlegen, ob sie nicht ihre Möbel verändern sollten. »Wir bleiben hier sicher etwas länger oder siehst du das anders?«, fragt Jane.

Lena stimmt zu. »Ein neues Bett würde ich gern kaufen.«

»Auch im Badezimmer ist einiges fällig«, meint Jane.

»Mach das«, seufzt Lena. »Ich habe leider keine Zeit dafür, da ich schon bald mit einem größeren Auftrag rechnen muss. Jamie geht zügig an die Geschäfte heran. Bei jedem Fall braucht er den Rat eines Anwalts, und der bin nun mal ich. Den Mini überlasse ich dir, in der Stadt kannst du einen Wagen vergessen. Da bin ich lieber mit dem Bus unterwegs.«

Jane knufft sie aufmunternd. »Prost, lass uns auf deinen Erfolg anstoßen.«

Am nächsten Morgen erfahren Lena und Jamie, dass sie sich in der Zentrale in Windhoek einfinden sollen. Die Vorverhandlungen sollen dort stattfinden, da auch die Industrie an den Gesprächen beteiligt werden soll. Der Abflug soll schon in drei Tagen sein. Das passt Lena zwar nicht, aber das ist nun einmal ihre Zukunft.

In Windhoek hat Jamie seine Familie, dort wird er auch wohnen. Für sie ist eine Gästewohnung in der Botschaft vorhanden. Sie wird sich dort einquartieren und dann weitersehen.

Die Zeitverschiebung ist Gott sei Dank nur gering. Gerade mal zwei Stunden, da hat man wenigstens keinen Jetlag. Sie fahren gemeinsam zum Handelsministerium. Hier werden sie freundlich begrüßt und Lena merkt das erste Mal, dass man sie beobachtet. Schließlich ist sie ja hier fremd. Nach ihren Unterlagen ist sie aber hier geboren worden. Ein Mitarbeiter fragt sie dann auch prompt, ob sie das folgende Wochenende bei ihrer Familie sein wird. »Wo wohnen Sie denn«, fragt er weiter. Lena hat mit so einer Reaktion gerechnet. Von Jamie kann sie hier keine Unterstützung erwarten, da er ja auch davon ausgeht, dass sie von hier stammt. So hat sie sich eine Geschichte zurechtgelegt und teilt dem Kollegen mit, dass sie in Deutschland zur Schule ging, weil ihre Eltern wegen der Gesundheit Namibia verlassen mussten. Ihre Mutter war in Behandlung in Deutschland.

»Wo habt ihr denn gewohnt?«, fragt der Mann nun.

Lena lacht. »Woher soll ich das wissen? Damals war ich noch viel zu klein, aber ich erinnere mich, dass wir ein Haus am Meer für die Ferien hatten.«

Der Mann lässt nicht locker. Also er hätte den Namen mal recherchiert, da hätte er andere Informationen gefunden.

Lena tut interessiert. »Ach, erzähl mal. Was hast du denn gefunden?«

»Eine Frau Weißgerber gibt es in den hiesigen Unterlagen

nicht. Wenn es sie gegeben hat, dann muss das etliche Jahre her sein.«

»Als meine Eltern hier lebten, gab es noch nicht viele Computer. Wer weiß, vielleicht sind die Daten einfach verschwunden«, sagt Lena. Eine längere Pause entsteht und sie überlegt, warum sich der Kollege so engagiert. Ist sie vielleicht seine Konkurrenz? Vielleicht nimmt sie ihm gerade den Job weg? Oder hat er gar die Papiere für sie ausgestellt? Irgendjemand von hier muss es ja gewesen sein. Vielleicht hat er den Namen gehört und musste an den falschen Pass denken. Hat er Angst aufzufliegen? Sie nimmt sich vor, die Angelegenheit gelassen anzugehen. Schließlich hat sie ja seit einiger Zeit einen Diplomatenpass. Was soll schon passieren?

Der Kollege fragt sie nun, ob er sie zum Abendessen einladen dürfte. Sie soll ihm doch ein wenig von Deutschland erzählen.

»Bist du auch aus Deutschland?«, fragt Lena. »Du hast überhaupt keinen Akzent. Oder sind deine Eltern Deutsche?« Da kommt ihr ein ganz anderer Gedanke: Vielleicht ist es ihm so wie ihr ergangen und seine Papiere sind gefälscht. »Okay, lass uns zum Essen gehen. Kennst du ein gemütliches Lokal?«, willigt sie schnell ein, bevor er antworten kann.

Er nickt lächelnd. »Da weiß ich etwas, schließlich bin ich schon drei Jahre hier.«

Ach sieh mal einer an, drei Jahre ist er schon hier. Da könnte es tatsächlich sein, dass er aus Berlin stammt und dort neue Papiere gekauft hat.

Beim Abendessen, das sie in einem einfachen Restaurant einnehmen, erfährt sie dann, dass ihr Gegenüber tatsächlich ein Deutscher ist wie sie auch. Er stammt aus Berlin.

Sein Name ist Mattias Werdenfels. Von diesem Moment an, schneiden sie das Thema nicht mehr an. Sie wissen Bescheid, ein anderer muss es nicht wissen. Ein stillschweigendes Übereinkommen.

»Wie bist du denn an den Job bei der Botschaft in der Schweiz bekommen?«, fragt Mattias.

»Ganz einfach, ich bin hingegangen und habe gefragt. Zuerst war es Teilzeit, dann bin ich fest übernommen worden. Und wie war es bei dir?«

»Ich bin hier runtergeflogen, weil ein Freund aus Berlin schon hier war. Er verhökert alte Autos. Die kommen über Bremen, sind als Schrott getarnt und die Einfuhr ist umsonst. Die notwendigen Papiere stemple ich hier im Amt ab.«

»Das passt doch prima. Und sind die Wagen immer legal?«

»Das will ich gar nicht wissen. Ich sehe mir nur die Papiere an.«

Da steht plötzlich Jamie neben ihnen. »Was treibt ihr denn hier? Das ist ja eine ganz miese Spelunke.«

Lena schaut auf. »Und was machst du hier in der Gegend?«

»Ich habe da etwas am Laufen. Das ist aber ganz privat. Bin hier vorbeigekommen und sah euch beide hier sitzen.«

Nun würde Lena natürlich gern genauer wissen, was Jamie hier treibt. Das mit den Nebengeschäften ist wohl in diesen Ländern üblich. Man fragt nicht und akzeptiert einfach. Sie ist verwundert, wie normal Jamie aussieht, wenn er keinen dunklen Anzug trägt. Mit Jeans und buntem Hemd passt er in diese – wie sagte er gerade? – miese Gegend.

Sie reden noch ein bisschen und stoßen mit Jamie an. Dann brechen sie auf. Mattias bringt Lena heim und bleibt auf einen Absacker. Vielleicht hat er mehr erwartet, aber so leicht ist sie nicht zu haben. Sie beginnt zu grübeln, wann hatte sie ihren letzten Sex? Das ist schon Wochen her. Eigentlich hat Jane sie verführt. Es war das erste Mal mit einer Frau. Sie muss zugeben, es war wunderschön, eine neue Erfahrung. Sie drängt Mattias, zu gehen. »Mehr Absacker gibt es nicht«, sagt sie klar und deutlich.

Am nächsten Morgen soll sie Jamies Art der Arbeit kennenlernen. Er informiert sie, dass sie am kommenden Tag zum Meer nach Walvis Bay fliegen und zum Strand.

Lena schaut ihn überrascht an. »Am Strand? Gehen wir baden?«

»Ich hoffe nicht. Es sind die ersten Vorgespräche. Die finden immer auf neutralem Boden statt.« Die Sonne strahlt vom Himmel, es ist heiß. Lena fühlt sich an Jamies Seite sicher, auch wenn alles fremd ist, die Gerüche, die Menschen. Sie reden weiter. »Strand zählt also zu neutralem Boden«, stellt Lena fest.

»Ja, sicher, dort ist es am unauffälligsten. Was im Ministerium verhandelt wird, ist doch nur eine Farce. Das machen wir nur wegen der Medien.«

»Verstehe, irgendwie gefällt mir das.«

»Sag mal, kennst du Mattias besser?«

»Wieso?«

»Ihr wirktet gestern Abend im Lokal so vertraut miteinander.«

»Nein, ich hatte Hunger und er hat die Kneipe vorgeschlagen, sonst läuft da nichts.«

»Dann bin ich zufrieden. Was auch immer wir besprechen, geht ihn nichts an. Da muss ich mich auf dich verlassen können.«

Lena ist erneut überrascht. »Mattias ist doch nur ein Mitarbeiter der Registratur. Was soll der schon wissen?«

»Hier in der Zentrale musst du besonders aufpassen. Da wird gern an deinem Stuhl gesägt. Überall sind Leute, die dich ausspähen, ausfragen und hinter dir her recherchieren.«

»Ach, gäbe es denn etwas bei dir zu recherchieren?«

Jamie bleibt ihr eine Antwort schuldig. »Sieh mal, gleich sind wir da. Hast du Badesachen dabei?«

»Du meinst einen Bikini oder so?«

»Ja, natürlich, nackt kannst du unmöglich gehen.«

Sie schaut Jamie in die Augen. Er blitzt sie an und das verrät ihr, dass es für ihn nichts Schöneres gäbe, als mit ihr in den großen Teich zu springen. Natürlich nackt. Die Strandhütte, zu der er sie führt, ist recht gemütlich. Ein großes Vordach schützt vor der Sonne und die aufgestellten Liegen sind mit Handtüchern belegt. Zwischen den Liegen stehen Sonnenschirme. Sogar einen Bademeister gibt es.

Dann hält eine schwarze Limousine. Ein Herr springt heraus und reißt die Tür auf. Drei Schwarze steigen aus, alle in Jeans und buntem Hemd. Wie sagte mal ihr Vater? Wenn du jemanden siehst, vor dem du Angst hast, stell ihn dir einfach nackt vor. Dann hast du es überstanden. Sie muss grinsen. Jamie wirft ihr einen überraschten Blick zu und sie erklärt leise: »Ich habe mir gerade die drei Herren nackt vorgestellt.«

Er unterdrückt ein Lächeln und wendet sich seinen Gesprächspartnern zu.

Was folgt, sind zuerst einmal einige Drinks, dann gibt es ein sehr leckeres Picknick. Zwischendurch fallen Worte wie »B-Geld« und »Nebenwege«. Lena hat sich längst an diese Art der Verhandlungen gewöhnt. Ihr Vertrag, den sie später vorlegen muss, ist selbstverständlich deutlicher. Da steht nichts von B-Geld und Ähnlichem.

Jamie gibt ihr ein Zeichen, dass sie mal kurz ein wenig an den Strand gehen soll. Sie reagiert nicht gleich, deshalb sagt er: »Los, geh schon. Jetzt reden nur wir Männer unter uns.«

Lena zögert noch, dann steht sie auf und verlässt die Gruppe. Was haben sie nur zu bequatschen? Sicher lauter krumme Sachen. Aber das ist nun mal nicht Deutschland. Sie schlendert am Wasser entlang und lässt den Sand zwischen ihre Zehen fließen. Der Wind weht ihr warm entgegen und sie denkt an ihre Eltern, an Diri und Dari. Was machen sie wohl gerade? Sicher sitzen sie nicht am Starnberger See und ebenso wenig in der Kneipe am Bahnhof, in der sie immer waren. Ja, da hat sich einiges verändert. Diri wird inzwischen bei seinem Vater in der Agentur arbeiten und hin und wieder einen Gedanken an sie verschwenden.

Da hört sie die Limousine abfahren. War es das schon? So sehen also Handelsbeziehungen mit einem befreundeten Land aus. Man sitzt am Strand und spricht von Millionengeschäften. Aber: Was fließt über den Weg B?

Jamie kommt zu ihr gelaufen. »Gehen wir jetzt baden oder reden wir über etwas Geschäftliches?«, beginnt er. »Ich glaube, ich muss dir einiges erklären. Schließlich müssen wir zusammenarbeiten.«

Sie nickt. »Red schon und sag, was du meinst.«

»Bei den Minen geht es einmal um die Schürfrechte, dann um die Arbeiter, dann um den Vertriebsweg. Dann bleibt da noch die Art der Abrechnung.«

»Verstehe, ich glaube, ich sehe da kein Problem. Man muss es nur richtig ausdrücken, da kannst du dich auf mich verlassen. Das habe ich schließlich studiert und mehrere Male schon geprobt.«

Weitere Treffen am Strand folgen. Für Lena ist es ein Spiel mit vielen Unbekannten. Die Herren sind immer dieselben, der Ablauf immer gleich. Wenn sie fortgeschickt wird, ahnt sie schon, was sie sich gerade ausdenken. Dann aber soll in Johannesburg das Papier unterzeichnet werden. Es ist ein großer Auftritt. Nun sieht sie endlich die drei Herren im Anzug, mit Krawatte und den üblichen Bodyguards. Auch ihr Freund und Gauner Jamie trägt ein weißes Hemd und eine gestreifte Krawatte. Das Fernsehen ist da und sie wird als die ausführende Anwältin vorgestellt. Ja, sie hatte die Verträge ausgearbeitet und es war nicht immer leicht gewesen. Sehr oft musste sie sich die Herren nackt vorstellen, sonst wäre ihr der Kamm gestiegen. Alle schütteln sich die Hände und dann gibt es ein großes Buffet. Das Fernsehen geht durch die Reihen und leider wird die Kamera viel zu oft auf ihr Gesicht gehalten. Einer der Kameraleute hat sich wohl in sie verliebt. Er weicht nicht mehr von ihrer Seite und nutzt jede Gelegenheit, sie aufzunehmen oder besser gesagt: in Szene zu setzen.

Als sie in ihr Hotelzimmer kommt, findet sie ein kleines Päckchen vor. Das ist wohl das übliche Präsent, das man immer zur Nacht bekommt, denkt sie sich. Sicher ein Törtchen oder eine Praline. Sie zieht am Bändchen und streift das Seidentuch ab. Die hatten sich echt Mühe gemacht, das muss sie zugeben. Sie öffnet das Schächtelchen und sieht ein kleines Täschchen mit einer Kordel daran. Sie lockert die Kordel und glaubt zu träumen: Es glitzert und funkelt vor ihren Augen. Das müssen Brillanten sein, zumindest sind es sehr schöne Steine. Ist das die Bezahlung oder die Bestechung? Sie breitet die funkelnden Steine auf ihrem Kopfkissen aus und betrachtet jeden einzeln und ganz genau. Für so schöne Steine stellt sie sich doch gern die Herren nackt vor. Das ist eine angemessene Vergütung.

Sie wickelt die Steine in eines ihrer Höschen und legt sie so in ihren Zimmersafe. Die Bedeutung ist zweideutig, das muss sie zugeben.

Am nächsten Morgen: Sie hat sich kaum am Buffet ein kleines, aber leckeres Frühstück zusammengestellt und sitzt an ihrem Tisch, da steht Jamie neben ihr. »Und? Hast du dein Betthupferl gefunden?«

Lena muss lachen. Aus seinem Mund hört sich das Wort seltsam an. »Woher kennst du denn den Ausdruck?«

Er setzt sich zu ihr. »Ich war mal in München, es war ein sehr edles Hotel. Man fragte mich, ob ich vielleicht ein Betthupferl auf mein Zimmer haben möchte. Ohne zu wissen, was das bedeutet, sagte ich ganz einfach Ja. Als ich eine Stunde später auf mein Zimmer kam, empfing mich mein Betthupferl. Sie war bildschön, blond und ihr Geld wert. Seitdem weiß ich, was ein Betthupferl ist. Aber ehrlich, hast du alles bekommen?«, fragt Jamie.

»Ich glaube schon. Wie viel ist es denn wert, mein Betthupferl?«

»Ich habe es nicht nachgezählt, aber es müssten eigentlich zwei Prozent sein.«

»Zwei Prozent von was?«

»Na ja, zwei Prozent von dem, was du in deinen Verträgen ausgehandelt hast.«

»Ausgehandelt? Ich versteh nicht?«

»Du hast die Verhandlungen geführt, das ist dein Werk. Es sollte eine gute Million sein, was die Klunker wert sind. Echt sind sie auf jeden Fall.«

»Wow, darauf nehme ich jetzt erst einmal einen Schampus!« Lena kommen erstmalig Gedanken darüber, wo sie zukünftig leben will. London ist inzwischen aus ihrem Kopf verschwunden.

Die kommende Woche hat sie sich freigenommen. Sie muss nach Genf, die Oma besuchen. So sagt man das in diesen Kreisen. Kaum in Genf gelandet, bringt sie ein Taxi zu ihrer kleinen verschwiegenen Privatbank. Sie legt das Höschen samt Inhalt in den Safe, wirft einen Blick auf die Papiere und saugt den Geruch von Geld ein. Ein schönes Gefühl, so unabhängig zu sein.

Sie überlegt ernsthaft, ob sie vielleicht einen Besuch in München machen soll. Einen Tag, nicht länger. Einfach mal so Hallo sagen. Sie geht in ein Reisebüro und fragt nach den Flugverbindungen. »Das sind dann doch drei Tage, eigentlich einer zu viel ...« Sie überlegt, ob sie das wirklich machen soll. Dann sagt sie: »Was soll's? Buchen Sie bitte.«

In München gelandet, nimmt sie sich einen Leihwagen und ruft kurz bei ihrer kleinen Pension an. »Okay, drei Nächte, ich komme in einer Stunde vorbei.« Bei ihren Eltern will sie erst morgen vorbeischauen. Am heutigen Abend möchte sie einen Spaziergang zum Chinesischen Turm machen, einfach nur die angenehme warme Luft zu genießen. Im Restaurant genehmigt sie sich dann ein kleines Bier, ein halbes Hähnchen und einen Enzianschnaps als Absacker. Das war ziemlich viel München, stellt sie für sich fest. Sie wird in ein Gespräch mit Gästen am Nachbartisch verwickelt und diskutiert rund eine Stunde über die Frage, was ein echtes bayerisches Dirndl kosten darf.

Am nächsten Morgen hat sich der Himmel leider zugezogen, es fängt sogar an zu regnen. So hatte sie sich das eigentlich nicht vorgestellt. Sie nimmt die U-Bahn in die Innenstadt und tätigt einige Einkäufe. Zu ihren Eltern will sie erst gegen Abend fahren. Bei strömendem Regen dann nach Starnberg, aber diesmal mit Leihwagen. Sie klingelt, ihre Mutter öffnet. »Hi, ich wollte mal nach euch sehen. Wie geht es euch?«, begrüßt Lena sie.

Ihre Mutter bittet sie rein, ist sehr überrascht, bleibt aber kühl. »Das war nicht in Ordnung, dass du letztes Mal einfach verschwunden bist. Bleibst du diesmal länger?«

»Ich muss morgen weiter, ich wollte nur mal ein Bier trinken und einen Kurzbesuch bei euch machen.«

Sie setzen sich ins Wohnzimmer. Ihr Vater kommt dazu. »Wir haben immer wieder versucht, dich über das Handy zu erreichen. Ist es kaputt?«, fragt er.

Lena zuckt mit den Schultern »Keine Ahnung, ich habe es in Nairobi liegen lassen.«

»Ach, du bist also nach Nairobi gegangen. Was machst du da so?«, fragt ihr Vater weiter.

Lena sieht von einem zum anderen. »Das werde ich euch gleich erzählen. Aber vorher, dachte ich, bietet ihr mir ein Glas Sekt an. Oder habt ihr keinen im Kühlschrank?«

Ihre Mutter steht sofort auf. »Doch, haben wir, und gleich bekommst du ein Glas.«

Lena sieht ihren Vater an. »Also, zur Frage, was ich in Nairobi so treibe, kann ich euch sagen: Es geht um das Verteilen der Hilfslieferungen für Afrika. Das ist mein Job und da verdient man ganz ordentlich.«

»Soll ich nicht Diri anrufen?«, fragt ihre Mutter, während sie drei Gläser und eine Flasche Sekt auf den Tisch stellt.

Lena schüttelt den Kopf. »Was soll ich mit ihm reden? Er ist sicher schon verheiratet und hat drei Kinder.«

»Er hat zwei Kinder, die er alleine erzieht, und ist geschieden. Das wäre doch eine prima Partie.« Ihre Mutter schenkt allen Sekt ein. »Außerdem hat er das Versicherungsbüro seines Vaters übernommen.«

»Und was soll daran aufregend sein? Der sucht doch nur eine Mutter für seine beiden Kinder.«

Sie stoßen an und Lenas Vater fragt, ob sie nicht irgendwann zurückkommen möchte. Aber Lena erklärt, ihr Leben gehöre Afrika. »Ihr könnt euch gar nicht vorstellen, wie schön es dort ist.«

»Wir haben schon überlegt, ob wir dich nicht mal besuchen sollen. Nairobi ist ja nicht aus der Welt«, sagt ihr Vater nun.

Lena geht nicht darauf ein und wechselt das Thema. »Hat es noch etwas wegen der Entführung gegeben?«

Ihr Vater schüttelt den Kopf. »Nein, da war wohl alles geregelt.«

Der Abend verläuft recht friedlich. Es gibt keine weiteren Anschuldigungen und keine Vorwürfe, weil sie sich davongemacht hatte. Gegen halb elf verlässt Lena das Haus. Obwohl die Eltern eigentlich gehofft hatten, dass sie bleibt. Aber Lena sagt, dass sie noch einen Termin wahrnehmen müsse.

Am nächsten Tag macht sie noch mal einen Kurzbesuch bei ihren Eltern und dann ist auch schon Zeit, sich zu verabschieden. »In einem halben Jahr, komme ich euch wieder besuchen«, kündigt sie an. Sogar eine herzliche Umarmung hat es gegeben, so dass Lena dieses Mal nicht verärgert abreist.

Zurück in Genf besucht sie noch kurz ihre alten Kollegen und lädt alle zu einem Essen in das geliebte Bistro ein. »Tut mir leid, aber mehr Zeit ist nicht. Aber ihr wisst ja, wo ihr mich findet. So wie es aussieht, kann ich London vergessen, in Windhoek spielt die Musik zukünftig.«

Der Flieger nach Windhoek geht pünktlich. Lena hat sich sogar die erste Klasse geleistet, da sie ja weiß, dass sie es abrechnen kann. Ein Flug zur Arbeitsstelle ist immer in der ersten Klasse zu buchen, so steht es in der Dienstanweisung.

Sie blättert in einer Frauenzeitschrift und schlürft einen Softdrink. Da spricht sie jemand an: »Hi, Lena, was machst du denn hier?« Beinahe hätte sie ihren Drink verschüttet, das war ganz klar Angies Stimme, Herberts Schwester. Sie schaut auf und tatsächlich: Angie steht vor ihr. »Hi, Angie, das ist ja ein Zufall …«

Angie lächelt zuckersüß. »Nichts ist Zufall. Es war uns vorbestimmt, dass wir uns treffen. Schließlich gibt es da noch einiges zu klären.«

Lena lächelt zuckersüß zurück. »Lass uns das in Windhoek machen. In welchem Hotel bist du?«

»Noch habe ich keins. Aber vielleicht kann ich ja bei dir wohnen?«

»Nein, ich wohne alleine und will das auch nicht ändern. Ich gebe dir meine Telefonnummer, dann telefonieren wir morgen.«

»Die Nummer habe ich schon. Das ist doch die vom Ministerium?«

»Ja, das ist richtig.« Nun schießen die Gedanken in Lenas Kopf nur so herum. Das ist kein Zufall, dass sie hier im Flieger ist. Sie muss sie ausspioniert haben. Woher weiß sie vom Ministerium? Morgen wird sie es erfahren. Sicher hat sie sich einiges an Gemeinheiten einfallen lassen. Aber Lena wird sich zu wehren wissen.

Als sie in Windhoek landet, wartet Mattias schon auf sie. »Du hast Sorgen, oder nicht?«, fragt er sofort, als er ihr Gesicht sieht.

Lena nickt. »Ich hatte gerade im Flieger eine Begegnung der besonderen Art.«

»Erzähl, kann ich dir helfen?«

Sie erzählt ihm, dass sie vermutet, dass sie in Kürze von einer Frau erpresst wird.

»Hat es etwas mit deiner Identität zu tun?«

»Wie kommst du denn darauf?«

»Ich weiß ja aus eigener Erfahrung, dass es nicht immer leicht ist … Hattest du auch den Kontakt in Kreuzberg?«

»Ja, hatte ich.«

»Dann sitzen wir im gleichen Boot. Da müssen wir zusammenhalten.«

Mattias bringt Lena mit seinem Auto nach Hause. Auf der einen Seite ist sie froh, einen Verbündeten zu haben. Auf der anderen Seite, weiß sie, dass sie auch einen Mitwisser hat. Aber eines nach dem anderen, alles wird sich klären.

Zu Hause macht sie sich nur kurz frisch, dann geht's gleich ins Büro. Wie erwartet, erhält sie schon nach den ersten zehn Minuten, die sie am Schreibtisch sitzt, einen Anruf von Angie. »Wann sehen wir uns? Du weißt ja, es gibt einiges zu klären.«

»Wir treffen uns in einem kleinen Bistro, die Adresse maile ich dir noch. Du hast doch noch deine alte E-Mail-Adresse? Geht es um acht? Ach, das Lokal liegt etwas außerhalb, am besten du nimmst ein Taxi«, antwortet Lena sachlich.

»Okay, dann um acht.«

Sofort ruft Lena Mattias an. »Kannst du mal kurz zu mir kommen?«

»Bin gleich da.«

Lena informiert ihre Sekretärin, dass sie eine halbe Stunde keine Besucher braucht und auch die Telefonate umgeleitet werden sollen. Mattias ist tatsächlich wenig später bei ihr. Sie setzen sich an den Tisch am Fenster, Lena beginnt: »Mattias, hör mal, ich werde mich mit einer jungen Dame treffen. Ich deutete ja schon an, um was es geht. Ich möchte dich bitten, ihr zu folgen. Ich muss wissen, in welchem Hotel sie wohnt und was sie hier vorhat. Wir treffen uns im kleinen Bistro. Du kennst es, wir fahren da immer hin, wenn wir ungestört sein wollen.«

Mattias nickt. »Ich weiß, welches du meinst. Ich werde mich an einen anderen Tisch setzen und euch beobachten. Du gibst mir ein Zeichen, wenn sie geht. Es wäre besser, du bleibst noch eine Viertelstunde länger im Lokal sitzen. Vielleicht bestellst du dir noch einen Drink.«

Lena stimmt zu, so wird sie es machen. Bis zum Abend steigt ihre Nervosität. Noch hat sie keine Ahnung, wie sie die Angelegenheit lösen wird, aber eine Entscheidung muss her. Sie kann nicht damit leben, dass da eine Person ist, die sie bedroht. Sie bestellt sich ein Taxi und fährt vom Büro direkt zum verabredeten Treffpunkt. Noch ist das Lokal ziemlich leer, so dass sie einen Tisch auswählen kann, der etwas abgelegen ist. Sie bestellt einen Gin Tonic und wartet ab. Durch ein Fenster direkt neben dem Tisch sieht sie Angie aus einem Taxi steigen. Sie hat sich ziemlich hergerichtet, man könnte auch sagen, sie hat sich aufgedonnert. Sie betritt das Bistro, ihr Blick gleitet suchend durch den Raum. »Hallo Angie, hast du es gleich gefunden?«, ruft Lena ihr zu.

Sie kommt zu ihr und setzt sich. »Der Taxifahrer kannte es. Es war also kein Problem.«

Nun sieht Lena Mattias mit seinem kleinen Austin vorfahren. Er parkt ein, kommt mit einer Zeitung unter dem rechten Arm ins Bistro, setzt sich drei Tische weiter hin und bestellt einen Drink. Für einen Moment treffen sich ihre Blicke. Er zwinkert ihr zu.

Angie beginnt sofort aggressiv: »Du hast ihn umgebracht!« Sie spricht so laut, dass Mattias alles mithören kann.

Nun weiß er Bescheid, denke Lena. Sie versucht, Angie über den wahren Sachverhalt aufzuklären. »Warst du in dieser Wohnung? Warst du die zweite Person?«, fragt sie ruhig.

»Ich war nie in der Wohnung. Das hat Herbert mit Richi vorbereitet.«

»Wer ist denn bitte schön Richi?«

»Richi ist Richard, er wohnt auf Rügen. Der hat die Wohnung angemietet und den Umbau mit den Fenstern vorgenommen. Aber als Herbert dich dorthin gebracht hat, da war er schon wieder weg.«

»Woher willst du das denn wissen? Ich hatte die ganze Zeit das Gefühl, dass zwei Personen da sind.«

Dann will Angie wissen, wie es zum Mord kam, wie Lena ihren Bruder erschlagen hat.

Lena holt tief Luft, dann sagt sie: »Du kannst alles im Polizeiprotokoll nachlesen. Es war so, dass ich einen Zettel bekam, auf dem eine Anweisung stand, wie ich mich zu verhalten habe. Ich hielt mich daran, setzte mich vier Schritte von der Tür mit verbundenen Augen auf einen Hocker und schloss die beigelegten Handschellen. So sollte ich abwarten. Ich hatte ja keine Ahnung, dass es Herbert war.

Ich habe erst später die Fotos in der Zeitung gesehen. Da war mir klar, was eigentlich vorgefallen ist. Ich wurde mit verbunden Augen von jemandem abgeholt und zu einem Schiff gebracht. Dass es einen Toten gab, das habe ich erst viel später erfahren.«

Angie lehnt sich zurück, jetzt etwas ruhiger. »Dann war wohl doch der Richard im Spiel. Dann hat er wohl auch das Lösegeld an sich genommen.«

»Warum wurdest du denn eigentlich verhaftet? Was hattest du denn damit zu tun?«, lenkt Lena von ihrer eigenen Schuld ab.

Angie erzählt von Dingen, die Lena noch nicht wusste. Und sie kommt recht schnell auf den wahren Grund ihres Auftauchens zu sprechen: »Ich möchte von dir eine Million. Wie du die beschaffst, das ist deine Sache. Ich reise erst wieder ab, wenn ich das Geld in der Tasche habe.«

»Für was willst du von mir eine Million?«

»Dafür, dass ich den Mund halte, nichts davon sage, dass du unter anderem Namen hier arbeitest und sehr gut verdienst. Ich lebe von der Hand in den Mund.«

»Das mit dem Namen war ein Spiel. Nur habe ich es nie beendet, das gebe ich zu. Aber ob mir das eine Million wert ist …? Das glaube ich kaum.«

»Du kannst es mir auch in Diamanten geben.«

»Wie kommst du denn auf Diamanten?«

»Ich lese doch Zeitung und verstehe sehr gut, zwischen den Zeilen zu lesen.«

»Wie lange habe ich Zeit, die Steine zu besorgen?«

»Eine Woche bleibe ich hier. Übrigens, die Hotelkosten wirst du auch übernehmen. Ich habe nämlich kaum noch Geld.«

Lena überlegt kurz. »Okay, abgemacht. Wir treffen uns

genau in einer Woche hier im Bistro um dieselbe Zeit. Ich werde versuchen, über meine Möglichkeiten im Ministerium deine Wünsche zu erfüllen. Aber dann muss Schluss sein.«

»Du kannst dich auf mich verlassen.«

»Angie, sei mir nicht böse, aber ich erwarte noch einen Freund. Ich übernehme selbstverständlich die Rechnung ...«

»Wie du meinst ...« Angie steht auf und verlässt das Lokal. Mattias geht ihr hinterher.

Lena bittet den Ober noch um einen kleinen Absacker, da hört sie ein schreckliches Geräusch. Sie schaut aus dem Fenster und sieht einen schlingernden und bremsenden Laster. Er kommt gar nicht zum Stehen. Offensichtlich hatte der Fahrer die Ampel übersehen. Aufgeregt laufen Leute zusammen, es muss etwas passiert sein. Mattias kommt wieder an seinen Tisch und ordert einen Whisky. »Einen Doppelten bitte!«

Lena steht auf und kommt an seinen Tisch. »War etwas? Oder warum bist du schon zurück?«, flüstert sie ihm zu.

»Hat sich erledigt. Sie hatte gerade einen Unfall«, flüstert er zurück, ohne sie anzusehen.

Lena starrt ihn an. »Ja, warum denn das? Was ist passiert?«

Er schaut auf. »Sie hat nicht aufgepasst und ist direkt in den Lastwagen gelaufen. Sie hat wohl vergessen, dass wir hier Linksverkehr haben. Willst du gleich gehen?«

Jetzt ist Lena doch schockiert. »Ja ... eigentlich wollte ich jetzt mit dem Taxi ...«

Er unterbricht sie: »Ach, dann nimm doch die Tasche mit. Da sind einige Unterlagen drin, die ich gern loswerden würde.« Damit schiebt er eine Einkaufstasche über den Tisch.

Erst in der Wohnung sieht Lena in die Tasche. Was meinte er mit Unterlagen? Es ist eine Einkaufstasche, wie man sie in Kaufhäusern bekommt. Sie schüttelt sie aus, so dass alle Unterlagen herausfallen. Erstaunt stellt sie fest, dass es Angies Sachen sind, ihr Pass, ihre Geldtasche, der Zimmerschlüssel des Hotels, einige Unterlagen, die Lena betreffen. Woher hat Mattias die Unterlagen?

Am nächsten Tag schlägt Lena sofort die Morgenzeitung auf und liest auf einer der ersten Seiten: »Unbekannte Frau vor Lastwagen gelaufen. Wer kennt diese Frau?« Daneben ist eine Zeichnung abgedruckt, das tatsächliche Gesicht konnte man nicht zeigen, so steht es in der Bildunterschrift. Vielleicht war sie angetrunken, wird noch vermutet.

Kaum ist sie im Büro, steht Mattias in der Tür. »Hast du mal einen Moment?«

»Ja, klar, komm nur herein.«

Mattias wirkt nervös. Dann sprudelt es aus ihm heraus: »Es musste sein, keiner darf von dem Geschäft mit den Pässen etwas wissen. Ich habe es aufgebaut und verdiene ganz gut damit. Deshalb wusste ich auch, dass du eigentlich anders heißt. Ich habe dir deinen Pass besorgt. Aber nun reden wir vom Mittagessen, das haben wir uns doch sicher verdient …«

Ab diesem Tag spielt Mattias den Überlegenen, tut so, als sei er Lenas Chef. Sie beschließt, mit Jamie zu reden. Vielleicht sieht er eine Möglichkeit, Mattias zu versetzen.

Als Lena am nächsten Tag Jamie im Flur der Botschaft trifft, spricht sie ihn an: »Jamie, wir waren schon eine kleine Ewigkeit nicht mehr zusammen essen. Lädst du mich ein?«

Jamie muss herzhaft lachen. »Ja, gerne. Ich dachte immer, du willst nicht.«

»Ich wollte nur wegen deiner Familie vorsichtig sein.«

»Was meinst du mit meiner Familie?«

»Auf deinem Schreibtisch hast du ein Foto mit deinen Kindern und deiner Frau …«

»Das sind meine Schwägerin und meine Nichten. Mein Bruder ist sehr früh verstorben und so kümmere ich mich um meine Schwägerin.«

Lena strahlt. »Dann lass uns keine Zeit verlieren. Wie schaut es heute Abend aus?«

Jamie strahlt zurück. »Na klar habe ich Zeit. Ich freue mich auf einen Abend mit dir.«

Sie treffen sich in einem verschwiegenen Restaurant in der Innenstadt. Jamie hat es ausgesucht und sich wohl vorgenommen, offen zu reden. Sie sitzen seit zehn Minuten an einem runden Tisch in einer Nische. Die Bedienung, ein sehr hübsches schwarzes Mädchen, flitzt herum, um ihnen ihre Wünsche zu erfüllen. Jamie hat einen südafrikanischen Wein bestellt. Es ist ein leichter Wein, vielleicht ein bisschen zu süß. Sie stoßen an und Jamie sieht ihr in die Augen, dass ihr ganz komisch wird. Er sieht gut aus, denkt sie. Er hat eine ganz feine Persönlichkeit. Wenn sie mal wirklich heiraten wollte, dann müsste er es sein, denkt sie.

»An was denkst du denn gerade?«, fragt Jamie mit einem verschmitzten Lächeln. Er nimmt ihre Hand und streichelt ihren Handrücken. »Hast du eigentlich niemals ans Heiraten gedacht?«

»Doch schon, aber ich bin sehr anspruchsvoll und habe bis heute noch nicht den Richtigen getroffen«, antwortet sie, ihre Gedanken behält sie doch lieber für sich.

Inzwischen sind sie bei der Nachspeise angelangt und Jamie fragt: »Hast du Lust, bei Vollmond und um Mitternacht einen Spaziergang im schönsten Park nahe der Stadt zu machen?«

»Nein, warum auch? Alleine macht es sicher keinen Spaß, anderen beim Mondanbeten zuzusehen.«

»Würdest du mitgehen, für den Fall, dass ich dich zu diesem Erlebnis einlade?«

»Ich würde dir ohne Zögern folgen.« Eigentlich wollte Lena noch ihren Wunsch anbringen. Aber es hätte sicher die ganze Romantik kaputt gemacht. Also würde sie Jamie im Büro ganz dienstlich fragen, ob er nicht einen tollen Posten für Mattias hat.

Sie verlassen das Lokal und gehen zum Auto. Jamie ist heute mit seinem Privatwagen da, einem Volvo Cabriolet. Sie haben das Verdeck geöffnet und Jamie lässt den Wagen ganz leise gleiten. Es ist ein himmlisches Erlebnis. Lena beginnt zu träumen und spürt nun ganz deutlich den Wunsch, mit ihm verheiratet zu sein. Wie schön wäre es, aufzuwachen, und er läge neben ihr.

Sie parken und stehen vor einem Luxushotel, zu dem ein subtropischer Park mit See gehört. »Das Gras ist nachts besonders weich, die Grillen zirpen, die Pflanzen duften und Palmen rauschen im Wind, das ist Romantik«, sagt er. Sie hört ihn gar nicht, befindet sich gerade im siebten Himmel. Seine Hand spielt mit ihren Fingern und sie hakt ihren kleinen Finger in seinen. Er zieht seine Lederjacke aus und legt sie auf eine Grasfläche. »Komm, lass uns ein bisschen in die Sterne blicken.«

Sie liegen nebeneinander, halb im Sand, halb auf seiner Jacke. Was für eine Nacht! Die Luft, die Sterne – und dann sogar eine Sternschnuppe. Wie war das? Man soll sich ganz schnell etwas wünschen, wenn man eine Sternschnuppe sieht, dann geht der Wunsch in Erfüllung. Und Lena denkt: Ich wünsche mir …

Sie nehmen noch einen Drink in der Bar des Hotels und fahren durch die laue Nacht zurück. Als er sie vor ihrer Haustür absetzt, sind beide sehr glücklich. Es ist drei Uhr. Aber das macht nichts. Sie haben heute frei und so kann sie ausschlafen. Zur Verabschiedung legt sie ihre Arme um Jamie und sagt: »Lass es uns bitte langsam angehen. Wir haben unendlich viel Zeit.«

Die wundervolle Nacht endet mit einem langen und genussvollen Kuss. »Dann bis bald, es war wunderschön, spätestens am Montag im Büro sehen wir uns wieder«, flüstert Jamie und geht.

Gegen Mittag wacht Lena auf und ist noch vollkommen weggetreten. Sie läuft barfuß durch ihre kleine Wohnung und summt einen Schlager vor sich hin. Dann läutet es, sie öffnet und sieht überrascht in Mattias Gesicht. »Mattias, du? Wir haben doch heute frei, es ist Samstag.«

Er lächelt verlegen. »Eben, ich dachte, wir fahren ein bisschen raus in die Berge. Wir können auch über Nacht bleiben, ich kenne da ein sehr schönes Hotel.«

Lena holt tief Luft. »Mattias, ich möchte das nicht. Wir verstehen uns geschäftlich und freundschaftlich sehr gut, daran sollten wir nichts ändern. Intimes möchte ich da gern ausschließen.«

»Ich würde bei dem Ausflug gern über unser Privates sprechen«, entgegnet Mattias.

»Was denn … Privates? Ich möchte heute gern für mich sein. Nur Musik hören und ein gutes Buch anfangen. Ich hoffe, du respektierst das.«

Mattias wirkt aufrichtig enttäuscht. »Wie du meinst …«

Eine gute Stunde später ruft Jamie an. »Gut geschlafen?«

»Ja, und wenn es wirklich so ist, dass Träume erfüllt werden, dann bin ich bereit.«

»Aha, du hast also etwas Schönes geträumt?«

»Ja, es war wunderbar. Eigentlich wollte ich gar nicht aufstehen, aber der Kaffee … Du verstehst schon, ohne geht es einfach nicht. Was treibst du heute?«

»Ich gehe wandern mit meiner Familie.«

»Dann grüße sie recht herzlich von mir. Vielleicht lerne ich sie ja mal kennen.«

»Gleich nächste Woche, da kommst du mit zum Abendessen. Ich werde auch etwas ganz Besonderes kochen.«

Lena ist entzückt. »Du kochst?«

»Ja, das ist mein Hobby.«

Am Montag ist dann wieder der übliche Stress. Mattias steht im Türrahmen und fragt nach einem gemeinsamen Mittagessen. Lena stimmt zu. »Warum eigentlich nicht, gehen wir in die Kantine.« Sie verabreden sich für später. Als ihr unheimlich der Magen knurrt, fragt sie sich, wo er denn bleibt. Erst kämpft er um einen Termin, dann vergisst er ihn. Sie hat sich schon damit abgefunden, dass sie mal wieder zu einem Schokoriegel greift, da steht er vor ihr. »Und? Bereit?«

Sie wirft ihm einen verärgerten Blick zu. »Ich dachte schon, du kommst nicht mehr.«

»Entschuldige, aber ich musste in der Buchhaltung den Computer neu programmieren. Das zog sich leider etwas.«

Lena nickt nur und überlegt, ob sie gleich ihren kleinen Trumpf aus dem Ärmel zieht. Nach Angies Unfall hat sie sich Gedanken gemacht, wie sie Mattias »abfinden« könnte. Und hatte auch eine gute Idee. Da gibt es noch das Haus von Angie, das in Gauting. Es hat noch keinen neuen Besitzer. Mit einer Urkunde der Botschaft, so ihre Überlegung, könnte sie es an Mattias überschreiben. Als Gegenleistung müsste er sie endlich in Ruhe lassen. Nun legt sie ein Kuvert auf den Tisch. »Das ist für dich.«

Er schaut sie überrascht an. »Was ist das?«

»Du hast geerbt. Warum hast du mir eigentlich nicht gesagt, dass du Angie kennst?«, sagt sie. »Sie ist sogar deine Stiefschwester, wie ich erfahren habe.«

Er runzelt die Stirn. »Nein, bestimmt nicht. Das müsste ich wissen.«

»Dann sieh mal ins Kuvert. Sie hat dir als letzten Spross eurer Familie das Haus in Gauting vermacht.«

»Wo ist denn Gauting?«

»Das ist ein Vorort von München.«

Während er ihr in die Augen sieht, zieht er die Unterlagen aus dem dicken Kuvert. Dann liest er und Lena erklärt: »Ich habe diese Unterlagen in ihrer Tasche gefunden. Es ist ein Testament und die Besitzurkunde. Des weiteren gibt es da noch ein Konto, aber da musst du dich schon selbst drum kümmern.«

»Hast du das arrangiert?«

»Eine Hand wäscht die andere.«

Mattias ist begeistert. »Ein eigenes Haus, und das gleich bei München. Da muss ich hin«, sagt er leise.

»Mach das, es ist ein kleines, aber feines Haus. Alleine das Grundstück ist eine halbe Million wert.«

»Meinst du, ich bekomme Urlaub?«

»Das weiß ich nicht. Aber ich finde, du solltest nicht zu lange warten, sonst kassiert es der Staat. Nachfahren hat sie nämlich keine.« Damit ist ihr »Mittagstreffen« erledigt.

Zwei Tage später lässt sich Mattias einen Vorschuss geben und fliegt nach München. Gott sei Dank hat sie jetzt genug Zeit, um mit dem Personalbüro zu sprechen. Mattias soll versetzt werden, seine Nähe gefällt ihr nicht. Besonders sein Gehabe ist ihr unangenehm.

Zwei Tage später ruft Mattias von München aus an und berichtet, dass er schon in Verhandlungen mit einem Immobilienbüro stünde. Er wird das Anwesen verkaufen. »Es bringt wirklich viel Kohle«, sagt er. »In einer Woche ist alles über die Bühne, dann komme ich zurück. Das müssen wir feiern.«

Tags darauf hat Lena einen Termin im Personalbüro, Jamie begleitet sie und wird sie unterstützen. Sie hatte ihm erzählt, dass Mattias versucht, über sie zu verfügen. »Lass mich mal machen, wir brauchen dringend in Bombay neue Leute«, sagte er nur.

Die Personalchefin ist eine Schwarze der besonderen Art. »Was? Den Kleinen wollt ihr versetzen. Den habe ich aber besonders gern.«

Jamie gibt zu bedenken, dass er mit seinem Können dringend in Bombay gebraucht würde. »Wir haben dort keinen verschwiegenen Mitarbeiter, der die Computer füttert.«

Nun stimmt sie doch zu. »Da hast du recht. Dann werden wir das mal arrangieren. Weiß er schon davon?«

Lena lächelt. »Nein, es soll eine Überraschung sein. Er würde dann doch auch mehr verdienen, wenn ich das richtig sehe, oder? Außerdem habe ich gehört, dass er Inderinnen besonders mag.«

Als Mattias ins Büro kommt, läuft ihm die Personalchefin schon entgegen. »Du bekommst einen neuen Posten. Du wirst befördert«, ruft sie ihm strahlend zu.

Er bleibt überrascht stehen. »Im Moment schwimme ich wohl gerade auf einer besonderen Welle. Es geht stetig bergauf. Zuerst das Erbe, jetzt die Beförderung«, sagt er lächelnd.

Sie überreicht ihm ein paar Dokumente. »Hier sind deine diplomatischen Papiere. In einer Woche geht es los.«

»Los? Wohin?«

»Du wirst Chef in Bombay.«

»Bombay?«

»Da gibt es viele hübsche Inderinnen, wenn du verstehst, was ich meine.«

»Ich verstehe gar nichts mehr.«

»Das musst du auch nicht. Am besten, du gehst jetzt packen.«

Lena schlendert gerade mit Jamie über den Gang des Ministeriums, da kommt ihnen ganz aufgeregt Mattias entgegen. »Stell dir vor, ich bin versetzt worden. Ist das dein Werk?«, sprudelt er sofort los.

Darauf war sie gefasst. Gelassen sieht sie ihn an. »Nein, das Personalbüro fragte nur, ob wir einen fähigen Mann hätten, der Bombay auf Vordermann bringen könnte. Da haben wir an dich gedacht. Schließlich ist es ja mit einer erheblichen Gehaltserhöhung verbunden.«

Mattias ist nicht überzeugt. Er sieht von Lena zu Jamie und wieder zurück. »Aha, so habt ihr euch das gedacht. Aber eines musst du wissen: Ich komme zurück.«

»Soll das eine Drohung sein?«, fragt sie, immer noch gelassen.

Jamie muss laut lachen. »Komm, lass uns in die Kantine

gehen, ich habe schrecklichen Hunger.« Er zieht sie fort, der verdutzte Mattias bleibt zurück. Jamie redet einfach weiter, während er Lena mit sich zieht. »Wir haben in Kürze die Verhandlungen mit Angola. Das wird nicht einfach, da haben wir es mit korrupten Typen zu tun. Aber wir müssen das in den Griff bekommen, schließlich geht es um Aufträge im Wert von Milliarden Dollars.«

Einige Tage später feiert Mattias seine Versetzung und lädt Jamie und Lena zu der Feier ein. Selbstverständlich müssen sie annehmen. Er hat ein kleines Restaurant auf dem Land gemietet und lässt sich nicht lumpen. Alleine die Getränke haben ihn sicher ein kleines Vermögen gekostet. Aber er will wohl, dass sie ihn in guter Erinnerung behalten.

Als Lena einige Tage später an seinem Zimmer vorbeikommt, sind die Umzugskartons bereits gestapelt. »Pass auf, dass du nichts vergisst. Besonders deine Privatgeschäfte solltest du gut einpacken. Gibt es denn ein Verzeichnis über die Unterlagen, die du angefertigt hast?«, fragt sie mit einem leicht spöttischen Lächeln.

Er wirft ihr einen knappen Blick zu. »Nein, ich bin ja nicht blöd. Ich habe das immer ganz privat gehalten.«

»Wenn es so weit ist, sag uns Bescheid. Dann bringen wir dich zum Flughafen.«

»Mache ich«, sagt er und kommt einen Schritt auf sie zu, verlegen steht er da. »Aber du nimmst mich doch wenigstens noch einmal so richtig in den Arm, und wenn es nur zum Abschied ist?«

»Versprochen.«

Seit Stunden sitzt sie über den Verträgen für Angola. Die vielen Nebenklauseln, die sie wünschen, bringen sie noch zur Verzweiflung. So wird verlangt, dass jeweils die Hälfte der Erlöse auf ein Konto in den USA gehen. Jamie kommt des Weges. »Na, schon fix und fertig?«

»Diese Heimlichkeiten machen mich noch ganz rasend«, knurrt sie.

»Mach dich nicht verrückt. Wichtig ist nur, dass an der Grenze endlich Ruhe herrscht und wir das Sagen haben.«

Sie nickt geistesabwesend. »Ach, beinahe hätte ich vergessen, dass Mattias heute Nachmittag zum Airport muss. Jamie, kommst du mit?«

»Sei mir nicht böse, aber ich muss nicht sehen, wie du dich von ihm verabschiedest.«

»Du suchst ja nur nach einer Ausrede. Aber ist schon gut, ich mache es auch alleine.«

Und so steht sie wenig später mit Mattias am Gate. Er ist aufgeregt. »Meinst du, das ist ein guter Job?«

»Frag nicht so viel, schließlich hast du jetzt eine Abteilung für dich alleine.« Sie nimmt ihn fest in die Arme und wünscht ihm alles Glück der Erde.

Doch dann muss er los und geht, dann winkt er nochmals. Sekunden später verschwindet er hinter der Milchglasscheibe.

Zurück im Büro macht sich Lena wieder an die Verträge. Fünf Stunden später ruft sie Jamie an. »Jamie, hast du heute Abend Zeit? Ich würde gerne mit dir die Verträge durchgehen?«

»Nein, heute Abend haben wir keine Zeit. Da sind wir nämlich bei meiner Schwester zum Abendessen eingeladen. Du hast es wohl vergessen?«

»Tatsächlich, tut mir leid. Dann müssen wir morgen Vormittag alles durchgehen.«

Jamies Schwester Annika ist eine ganz Liebe. Da Jamie Lena erzählt hatte, dass sie weiße Schokolade liebt, hatte sie gleich mehrere Tafeln über die Schweizer Geschäftsstelle bestellt und übergibt sie ihr nun sofort in der Tür. Annika geht herzlich auf Lena zu und nimmt sie fest in die Arme. »Danke und willkommen, jetzt lerne ich dich endlich kennen. Jamie hat schon so viel von dir erzählt. Nur eines habe ich nie verstanden: Du nennst dich Lena, wo du doch eigentlich Annemarie heißt.«

Lena lacht und winkt ab. »Das ist eine uralte Geschichte, das war ein Spiel in der Schule. Wir mussten Namen erraten und man verwechselte mich mit Lena. Und dann nannten mich einige Mitschüler aus Spaß weiter so. Und dann blieb der Name.«

Sie gehen ins Esszimmer und setzen sich. Annika hat sich viel Mühe gegeben. Sogar an Blumen hat sie gedacht. Es ist ein bunter Strauß, der auf dem Tisch steht. Die beiden Mädchen sitzen schon. Sie sind elf und dreizehn Jahre alt und haben extra ihre Schuluniformen anbehalten. Dadurch wirken sie viel erwachsener. Es sind dunkelblaue Jacken und weiße Röcke. Das mit den weißen Röcken sei keine gute Idee, meint ihre Mutter. Es vergeht kaum ein Tag, dass sie nicht gewechselt werden müssen. Die jüngere der Schwestern heißt Linda und die ältere und fast einen Kopf größere ist Daisy.

Jamie hilft seiner Schwester beim Servieren und macht den Wein auf. »Ich hätte da auch noch einen Sekt? Wer möchte Sekt?«, fragt er in die Runde.

Beide Töchter johlen los: »Wir möchten lieber Sekt als den Apfelsaft.«

»Das fehlte noch«, sagt ihre Mutter.

Es wird ein wunderbarer Abend mit leckeren afrikanischen Spezialitäten. Ziemlich spät machen sich Lena und

Jamie wieder auf den Rückweg. Die Straßen sind leer und Jamie gibt Gas, lässt den Volvo fliegen. An einer Ampel hören sie Schüsse. »Versteck dich, runter«, ruft Jamie. Lena rutscht erschrocken in den Fußraum. Dann rasen zwei Wagen an ihnen vorbei. Weitere Kugeln fliegen ihnen um die Ohren und Jamie versucht, in eine Nebenstraße abzubiegen. Das gelingt zwar, aber Lena merkt, dass mit ihm etwas nicht stimmt. Er hält sich die Schulter und sagt nur noch: »Du musst weiterfahren. Ich kann nicht mehr ...« Als er am Straßenrand anhält, sieht sie das Blut, das über seine Jacke fließt. Das sieht nach einem Treffer aus. »Wo ist das nächste Hospital?«, fragt sie voller Angst.

»Da vorne ... und dann links«, flüstert Jamie. Das sind seine letzten Worte. Er wird ohnmächtig.

Als Lena vor der Notaufnahme hält, springen sofort zwei Sanitäter aus dem Eingang. »Wir haben schon gehört, es hat eine Schießerei gegeben«, rufen sie und reißen die Wagentür auf. Jamie wird auf einer Trage gleich in die Notaufnahme geschoben. Es sieht nicht gut aus. Der Blutverlust muss groß sein. Lena läuft im Gang der Notaufnahme auf und ab und wartet auf eine Nachricht des behandelnden Arztes. Schließlich öffnet sich die Tür, jemand vom Krankenhauspersonal tritt zu ihr. »Nehmen Sie einfach Platz. Ist das Ihr Wagen vor der Tür?«

»Ja, wenn es ein Volvo ist.« Lena schaut den Mann für einen Moment verwirrt an. Sie ist mit ihren Gedanken nur bei Jamie.

»Sie müssen den Platz frei machen und vor allem das Verdeck schließen, sonst fehlen später die Sitze und das Radio«, rät der Angestellte.

Sie nickt und geht. Im Wagen findet sie eine Notfalltelefonnummer. Sie greift zum Autotelefon und wählt. Es ist die Nummer von Jamies Schwägerin Annika. Lena erklärt ihr, was passiert ist.

»Wo seid ihr?«, fragt sie nur.

»Ich weiß es nicht, aber hier steht Hospital 14.«

»Dann weiß ich Bescheid, ich bin gleich da.«

Annika sitzt seit einer guten Stunde an Lenas Seite. Es dämmert, der Tag bricht an. »Am besten, du rufst kurz im Ministerium an. Das ist Vorschrift«, sagt Annika.

Lena folgt mechanisch ihrem Rat. Die Telefonistin stellt gleich durch. Ihr gemeinsamer Chef sagt, dass er umgehend vorbeikommen würde. »Aber was habt ihr in dieser Gegend um Mitternacht verloren? Ich verstehe das nicht?«, schimpft er voller Angst um Jamies Leben.

»Wir wollten eine Abkürzung nehmen«, erklärt Lena. »Wir waren zum Abendessen bei seiner Schwägerin eingeladen.«

»Er wird an den Verhandlungen mit Angola nicht teilnehmen können«, bemerkt ihr Chef.

Zwei Tage mit bangem Warten, dann endlich die Nachricht: Er hat es überstanden, aber er braucht mindestens vier Wochen absolute Ruhe. Ihr Chef sagt: »Sie müssen alleine verhandeln. Wir können das nicht auf die lange Bank schieben. Aber ich gebe ihnen Bodyguards mit.« Und dann vermutet er noch, dass man ganz bewusst Jamie treffen wollte. Schließlich seien die Verhandlungen wichtig. Er könne sich vorstellen, dass es Menschen gibt, die die Verhandlungen lieber nicht hätten.

Lena bereitet sich auf den Flug und die Verhandlungen vor. Zwei gewichtige Bodyguards stehen an ihrer Seite. Sie ist schon am Flughafen, als sie die Nachricht erreicht, dass der Wagen von vier Kugeln getroffen wurde. »Da haben Sie wirklich Glück gehabt, dass wenigstens Sie verschont geblieben sind … Und viel Erfolg. Wir zählen auf Sie!«

Das Treffen findet in einem der wenigen Nobelhotels von Luanda statt. Das Gebiet ist weitläufig abgeriegelt. Lenas Bodyguards müssen aussteigen und sich legitimieren. Dann endlich, sie fahren in die Tiefgarage. Von hier führt ein Gang direkt in den Konferenzsaal. Lena setzt sich an den Verhandlungstisch. »Willkommen, Frau Weißgerber.« Der Vorsitzende kommt zügig zum Kernproblem. »Wie regeln wir das Finanzielle?«

Sie beginnt mit ruhiger Stimme und unbeeindruckter Miene zu reden. »Wir erklären die USA offiziell als das Partnerland für die Verträge, dann hat jeder von uns das Recht, dort abzurechnen.«

Der Vorsitzende lehnt sich mit einem schiefen Lächeln zurück. »Sie sind ja eine ganz ausgekochte Anwältin.«

Am ersten Tag kommen sie mit den Verhandlungen zügig voran. Das meiste ist geklärt, es fehlt nur noch die Unterschrift des Präsidenten. Am nächsten Tag soll sie folgen. Lena liegt in ihrem Hotelbett und überlegt, was es doch alles an Schurken auf dieser Welt gibt. Aber die Unterlagen sind wichtig, damit es keine weiteren Schwarzverkäufe gibt. Gemeinsame Grenzkontrollen und gemeinsame Schürfrechte, das wäre der Durchbruch. Bevor sie einschläft, ruft sie noch kurz beim Krankenhaus an und erreicht die Oberschwester. »Wie geht es Jamie?«

»Morgen holen wir ihn aus dem Koma.«

»Na, Gott sei Dank!«

Am nächsten Morgen erfährt sie, dass der Präsident noch einige Änderungen verlangt. Er will die Namen der Konten festlegen und sie muss feststellen, dass es sich um seine Privatkonten handelt. »Da brauche ich die Zustimmung des Ministers«, erklärt sie. Die Verhandlungen werden für eine Stunde unterbrochen. Danach verkündet sie: »Mein Vorschlag, wir legen das mit den Konten in einem Anhang fest. Dann kann jeder mit dem Anhang machen, was er will.«

Nach weiteren vier Tagen ist alles in trockenen Tüchern. Die Verträge sind unterschrieben. Sie treten vor die Presse und einige Tage später sind die Zeitungen voll des Lobes über die geschickt geführten Verhandlungen. Lenas Name wird Gott sei Dank nicht erwähnt. Es heißt nur »die Verhandlungsführerin …«.

Sie steht schon am Gate, als ihr ein junger Mann ein Präsent übergibt. »Es ist persönlich vom Präsidenten«, sagt er nur. Als sie im Flieger sitzt, beginnt sie zu rätseln, was es sein könnte. Von der Form und der Größe erinnert es sie stark an das letzte Geschenk.

Nachdem sie gelandet ist, bringen ihre Bodyguards sie noch bis vor die Tür des Ministeriums, dann sind sie verschwunden. Ihr Chef kommt ihr entgegen und überbringt ihr die gute Nachricht, dass Jamie schon bald über den Berg ist. »Aber ob er dieses Jahr wieder zur Arbeit kommt, ist noch ungewiss. Seine Verletzungen waren viel schlimmer, als zuerst vermutet wurde. Insgesamt wurde er von drei Schüssen getroffen. Die Lunge ist angegriffen.«

Lena übergibt alle Papiere und macht sich sofort auf den Weg zum Hospital. Die Oberschwester begrüßt sie mit den Worten: »Er hat schon nach Ihnen gefragt.« Sie läuft den Gang entlang und schon steht sie vor seiner Tür. Jetzt ist sie nervöser und aufgeregter als bei den Gesprächen in Angola. Sie öffnet und tritt an sein Bett. Er sieht ihr entgegen, sie setzt sich zu ihm und greift nach seiner Hand. »Hi, Jamie, das war knapp«, flüstert sie zärtlich.

Er lächelt schwach. »Zum Glück hatten sie genug schwarzes Blut.«

»Ich sehe schon, du hast deinen Humor nicht verloren.«
Dann ist er wieder ganz der Attaché. »Wie liefen die Verhandlungen? Erzähl schon.« Jedes Details will er wissen.

Sie erzählt ihm alles, und ganz zum Schluss sagt sie: »Wenn du Kopien sehen möchtest, die habe ich dir mitgebracht.«

»Du Biest, warum sagst du das nicht gleich?«

Sie sitzen bis spät in die Nacht. Sie bekommt sogar einen Schluck Sekt, nur Jamie, der muss zusehen, wie sie ihn genießt.

In München, oder besser gesagt in Starnberg, trifft man Vorbereitung für eine Reise nach Nairobi mit Anschluss nach Mombasa. Es soll eine Überraschung sein. »Lena wird sich wundern, wenn wir plötzlich im Türrahmen stehen«, freut sich Helmut.

»Hast du auch die goldene Uhr?«, fragt Veronika.

»Ja, Mama, natürlich habe ich die goldene Uhr«, antwortet Helmut genervt. »Schließlich soll es ein besonderes Geschenk sein. Es wird heiß sein, vergiss den Strohhut nicht. Die Tabletten für Bluthochdruck tust du bitte in deinen Schminkkoffer.« Er sieht sich im Schlafzimmer um und seufzt. »Mehr als drei Koffer nehme ich nicht mit. Wer soll die denn tragen?«

»Du hast doch nicht vor, dein Golfgepäck mitzunehmen?«

»Nein, das kann man dort leihen. Ich habe schon mit dem Golfclub gesprochen.«

»Was? Du hast in Nairobi angerufen und das vollkommen selbstständig, ganz ohne deine Sekretärin?«

»Ja, so ist es. Die sprechen nämlich Englisch und kein Suaheli.«

Keiner von beiden will zugeben, dass er schrecklich aufgeregt ist. Morgen in aller Frühe geht der Flieger über Frankfurt nach Nairobi und Mombasa. An alles hat man gedacht, sogar der Transfer ins Nobelhotel ist schon reserviert. Es wurde auch schon verständigt, dass es die Anschrift von Lena recherchieren soll. »Du wirst sehen, alles läuft wie geschmiert«, sagt Helmut.

Der Flug ist nicht so ruhig, wie es sich Veronika gewünscht hätte. Sie hat nicht nur Flugangst, sie hat auch Angst vor einer Thrombose. Es ist schon einige Jahre her, da bekam sie auf einem Flug nach Kairo eine solche heimtückische Geschichte. Sie waren gerade zwei Stunden in der Luft, da begannen die Schmerzen. Es war Glück, dass ein Arzt an Bord war. Sein Köfferchen rettete alle vor einer Zwischenlandung in Athen.

Noch sind es eineinhalb Stunden, dann werden sie den Boden von Kenia betreten. »Du musst viel trinken«, ermahnt Helmut seine Frau. Aber es gibt keinen Zwischenfall, wie befürchtet. Der Flieger dockt an einem Metallfinger an und schon nach wenigen Minuten befinden sie sich in der Ankunftshalle von Mombasa. Ein Page in einer eleganten Livré hält ein Schild in der Hand auf dem der Name »Kainsz« steht. »Das sind wir«, meldet sich Veronika.

»Ich bin vom Hotel und soll Sie abholen. Der Wagen steht draußen.« Der Page verbeugt sich knapp.

Nach weiteren zwanzig Minuten stehen sie in der Halle des Fünfsternehotels.

»Rezeption, da müssen wir hin«, murmelt Helmut. »Wir sind die Kainsz aus Starnberg. Wir haben reserviert und zwar mit Terrasse und Pool.«

Die Dame an der Rezeption lächelt. »Alle Zimmer haben eine Terrasse und der Pool ist so groß, dass alle genug Platz haben. Sie werden zufrieden sein. Aber zuerst bekommen Sie unseren bekannten Welcome-Drink an der Bar.«

»Eine Frage habe ich noch, haben Sie nach meiner Tochter recherchiert?«

Die Dame nickt. »Wir werden Ihnen eine Nachricht auf das Zimmer schicken.«

Das Zimmer ist ein Traum, wie Veronika bemerkt, als sie eintreten. »Sieh mal, da gibt es sogar ein Parfüm auf der Toilette.«

»Beeil dich, wir müssen zum Abendessen, wir haben Halbpension gebucht«, brummt Helmut.

»Aber eine Dusche nehme ich noch. Du kannst ja solange an deinem Drink schlürfen und den Ausblick genießen.«

»Ich nehme den leichten hellen Sommeranzug zum Abendessen.«

»Ich finde, wenn du deinen Blazer nimmst, sieht das besser aus.«

»Wie du meinst, dann eben den Blazer.«

Nach dem Genuss des Abendessens reklamiert Helmut, dass er immer noch keine Nachricht von der Adresse seiner Tochter hat. Veronika steht nur stumm neben ihm. An der Rezeption erfahren sie, dass die Hilfsorganisationen überall verteilt sind. Er solle doch wenigstens den Namen der Organisation mitteilen. »Ich würde Sie nicht fragen, wüsste ich es«, bemerkt er verärgert.

Der Herr am Empfang nickt verständnisvoll. »Nehmen Sie doch bitte dort drüben Platz. Ich frage mal beim Roten Kreuz nach.«

Veronika sitzt in einem großen Sessel und blättert in einer Illustrierten. Helmut wandert in der Halle umher und betrachtet die Auslagen der verschiedenen Nobelgeschäfte. Soll er sich noch eine Zeitung kaufen oder nicht?

Die Frankfurter ist von gestern, wie er feststellt. Dann fällt ihm eine Illustrierte auf. Sie zeigt ein Foto einer Handelsgesellschaft. »Veronika, sieh mal, da ist Lena abgebildet!« Mit der Zeitung unter dem Arm geht er zurück zur Rezeption. »Sehen Sie mal, das ist meine Tochter«, sagt er zu dem Mann vom Hotel und zeigt auf das Bild.

Er nimmt die Zeitung. »Darf ich mal kurz lesen? Vielleicht klärt sich dann alles auf.« Er liest und nickt alle paar Sekunden. »Also, wenn das wirklich Ihre Tochter ist, dann heißt sie Weißgerber, nicht Kainsz. Und da ist noch etwas, die Dame heißt auch nicht Lena, sondern Annemarie.«

»Lassen Sie mal sehen, vielleicht habe ich mich doch getäuscht.« Helmut schnappt sich noch einmal die Zeitung und starrt auf das Bild. »Nein, das ist unsere Tochter. Sehen Sie, da, am Ohr, da hat sie ihren Leberfleck. Also ganz klar, das ist unsere Tochter. Sicher haben Sie den Namen verwechselt.«

Der Mann lächelt höflich. »Ich suche Ihnen die Adresse der Botschaft heraus. Fahren Sie doch dort vorbei, da erhalten Sie bestimmt Gewissheit.«

»Das ist endlich mal ein ordentlicher Vorschlag. Machen Sie das.«

Das Abendessen wird auf der Terrasse serviert. Es ist ein wundervoller Sonnenuntergang, fast könnte man sagen: Kitsch hoch drei. Zum Nachtisch bekommt Helmut ein kleines Tablett mit einem Zettel. Das ist die Anschrift der Botschaft von Namibia. »Da werden wir gleich morgen hingehen. Das alles muss ein Irrtum sein«, sagt er zufrieden und steckt den Zettel ein. »Außerdem soll da stehen, dass die Frau eine bekannte Anwältin ist. Unsere Tochter hat doch ihr Studium gar nicht angetreten. Sie sprach doch von Helferin in einer Hilfsorganisation.«

An diesem Abend genießen Veronika und Helmut den Service der Strandbar. Herrliche Getränke, eine Band spielt bekannte Musikstücke, nach denen sie sogar tanzen, was bei Helmut eher selten vorkommt. Er sei kein guter Tänzer, sagt er. Wahrscheinlich liegt es an seinem Bauch, dass ihm zu schnell die Luft ausgeht. Veronika hat damit keine Probleme, sie ist Mitglied in einem Turnverein. Da lässt sie keine Stunde aus. Das sei ihr heilig, wie sie immer erklärt.

Am folgenden Morgen bekommen sie ihr Frühstück aufs Zimmer. Helmut hasst das Gedränge am Buffet. Da zahlt er gerne etwas mehr für den Zimmerservice. Gegen halb elf ordert er ein Taxi, das macht er per Telefon, da er das Warten in der Halle nicht mag. Tatsächlich vergehen nur etwa drei Minuten, dann steht der Wagen vor der Tür. »Bitte zu dieser Adresse«, Helmut reicht den Zettel dem Fahrer.

Der nickt und sagt: »Zehn Minuten, die Botschaft ist eigentlich gleich um die Ecke.«

»Dann hätten ich das auch zu Fuß machen können. Warum hat mir das der Typ am Empfang nicht gesagt?«

Aber es sind dann doch keine zehn Minuten, da um diese Zeit Stau herrscht. So vergehen zwanzig Minuten, bis sie vor dem Portal stehen. Helmut erklärt sein Anliegen. Der Pförtner erklärt, dass es sich nur um eine Nebenstelle handele, das Hauptbüro sei in Nairobi. »Aber wir tun unser Möglichstes, nehmen Sie mal hier Platz.« Er geht, um wenig später wiederzukommen. »Wenn Sie mir bitte folgen möchten? Der Botschaftssekretär würde Sie gern sprechen.« Helmut steht auf und begleitet den Mann.

Der Botschaftssekretär empfängt ihn in einem eleganten Büro: »Sie sind also Herr Kainsz aus Starnberg. Dann zeigen Sie mir mal ein Foto Ihrer Tochter. Ich werde es einscannen und wir sehen weiter.«

Helmut zieht ein Foto aus seiner Brieftasche. »Hier, bitte, aber es ist schon einige Jahre alt.«

»Ah, dann haben Sie Ihre Tochter schon länger nicht mehr gesehen?«

»So ist es.«

»Vielleicht hat sie ja inzwischen geheiratet?«

»Das mag schon sein, aber warum der andere Vorname?«

»Also, da haben wir schon etwas. Ihre Tochter ist die Anwältin des Ministeriums. Da habe ich einen Sperrvermerk, da darf ich nicht weiterforschen. Das kann nur das Büro in Nairobi.«

»Dann schreiben Sie das Büro in Nairobi an und erklären Sie unser Anliegen.«

Der Botschaftssekretär sieht ihn einige Sekunden lang an, dann sagt er: »Also, wenn ich Ihnen einen Rat geben darf, ich würde den Flieger nehmen und das persönlich klären.«

»Wenn Sie meinen, … dann mache ich das in den nächsten Tagen.« Er erhebt sich.

Als Helmut auf der Straße vor der Botschaft steht, ist ihm gar nicht wohl. Den Rückweg geht er zu Fuß und ist tatsächlich schon nach einigen Minuten wieder im Hotel. Veronika liegt am Pool, er berichtet ihr und schließt mit dem Satz: »Die mauern, die wissen mehr. Die sagen bloß nichts.« An den jungen Mann am Empfang richtet er nun den Wunsch, dass man ihm einen Flug reserviert. Veronika möchte im Hotel bleiben, weil sie so ungern fliegt.

Zwei Tage später steht Helmut am Empfang der Botschaft von Namibia. »Herr Kainsz, kommen Sie bitte, der Attaché möchte Sie sprechen.«

Helmut ist ziemlich aufgebracht, da redet man von Heirat und von Anwältin, das ist doch alles gelogen.

»Was kann ich für Sie tun?«, fragt ihn der Attaché.

Helmut poltert gleich los. »Hören Sie mal, jetzt erzähl ich meine Geschichte schon der dritten Person. Es wird Zeit, dass jemand die Angelegenheit aufklärt. Schließlich haben Sie ja in Ihrer eigenen Regierung den Saustall.«

»Was ist Saustall?«

»Ach, hören Sie doch auf. Sie wollen doch nur Zeit schinden. Sagen Sie mir, was los ist.«

Der Attaché beginnt in seinem Computer zu surfen. »Da haben wir sie ja schon, Frau Weißgerber.«

»Sie heißt Lena Kainsz«, erbost sich Vater Helmut.

Der Attaché fährt fort: »Sie hat in Genf sechs Jahre an der Uni Jura studiert und ist auch schon in dieser Zeit für uns tätig gewesen. Damals allerdings nur als Aushilfe. Nach dem Studium hat sie angefangen, für uns die Handelsverträge zu prüfen. Etwas später ist sie dann an die Regierung nach Windhoek gegangen.«

»Das ist doch alles nicht wahr. Sie hat niemals studiert und ist niemals bei Ihnen tätig gewesen.«

»Mehr kann ich Ihnen nicht sagen. Das steht in unseren Unterlagen und die sind sicher korrekt.«

»Dann werde ich jetzt zum deutschen Konsulat gehen. Vielleicht wissen die mehr.«

»Machen Sie das.«

Kaum hat Helmut den Raum verlassen, telefoniert der Attaché mit seinem Vorgesetzten und erzählt ihm die ganze Story. »Das müssen wir überprüfen. Wir wissen ja, dass es in Berlin einen Angestellten der Botschaft gab, der Pässe verkauft hat.«

Der Vorgesetzte stimmt zu. »Wir werden Frau Weißgerber zu einem Gespräch zu uns bitten. Ich mache das umgehend, bevor uns die deutsche Botschaft zuvorkommt.

Wenig später im Büro von Lena ein Anruf: »Frau Weißgerber, Sie werden gebeten, um zwei Uhr bei Ihrem Vorgesetzten zu erscheinen.«

»Ja, wird gemacht. Aber ich stecke gerade in den neuen Verhandlungen mit unserem Nachbarn Sambia. Wir haben schon nächste Woche das Treffen mit den Ministern in Lusaka.«

»Es wird nicht lange dauern, es gibt da nur ein Missverständnis.«

In der Zwischenzeit sitzt Helmut beim deutschen Konsul. »Sie müssen das aufklären. Sie wird da sicher festgehalten und kann nicht mehr weg. Außerdem benötigen wir Sie in Deutschland. Meine Frau braucht dringend eine Haushaltshilfe. Wozu hat man denn eine Tochter?«

Noch im Beisein von Helmut ruft der Konsul bei der Botschaft von Namibia in Nairobi an. Der Botschafter lacht laut in das Telefon und sagt: »Bei uns war er auch schon, aber da ist alles in Ordnung. Wir vermuten, dass die Tochter ohne Wissen der Eltern geheiratet hat. Bei so einer Heirat kann man auch den Vornamen der Großmutter annehmen, so erklären wir uns die Veränderung des Vornamens.«

Helmut gibt sich mit dieser Auskunft nicht zufrieden, er will absolute Klarheit. »Ich will, dass meine Tochter umgehend bei uns in Starnberg antanzt.«

»Aber Ihre Tochter ist doch volljährig, oder irre ich mich da? Sie ist doch Anwältin, oder ist das auch nicht wahr?«

Helmut beharrt: »Meine Tochter hat niemals studiert, das ist alles getürkt.«

Lena geht auf die Tür der Anwaltskammer zu und vermutet irgendeine Intrige. Vielleicht will sie ja ein Kollege aus dem Amt werfen. Ihr direkter Vorgesetzter ist ein älterer Herr mit bereits weißen Locken. »Haben Sie Ihre Papiere mitgebracht? Ich muss mir Ihre Studienarbeiten ansehen. Außerdem möchte ich Ihren Diplomatenpass prüfen.«

Lena übergibt ihm alles. »Können Sie mir erklären, was los ist?«

»Sie werden beschuldigt, alles gefälscht zu haben. Da ist in der Botschaft von Deutschland ein Herr Kainsz, der behauptet, dass Sie seine Tochter sind. Außerdem behauptet er, dass Sie niemals studiert hätten.«

Lena wird schlagartig das Problem klar. Ihre Eltern … »Aber …«, beginnt sie, aber ihr Vorgesetzter unterbricht sie.

»Lassen Sie mich das in Ruhe überprüfen. Sie können inzwischen in die Kantine gehen und Mittagspause machen.«

Lena sitzt in der Kantine und ahnt, dass nun alles ans Tageslicht kommt. Vielleicht ist es an der Zeit, reinen Tisch zu machen. Da läutet ihr Telefon. »Hi, hier ist Jamie. Sag mal, ich hatte gerade so einen seltsamen Anruf vom Kammerpräsidenten. Deine Papiere seien nicht in Ordnung. Kannst du mir das erklären?«

»Jamie, ich wollte schon seit langem mit dir reden. Aber es ergab sich einfach nicht. Du hast recht, es muss einiges geklärt werden. Wie geht es dir? Wann kommst du raus?«

»Das zieht sich noch, außerdem muss ich dann noch in die Rehabilitation. Meine Lunge ist wohl stark angegriffen.«

Wenig später wird Lena über einen Lautsprecher in den

Besprechungsraum gebeten. Sie macht sich sofort auf den Weg. »Hallo, da bin ich«, sagt sie, als sie eintritt.

Der Präsident der Kammer mustert sie aufmerksam. »Da gibt es einiges zu klären. In Nairobi ist ein ziemlich aufgebrachter Herr, der umgehend seine Tochter zurückwill. Notfalls sogar mit der Polizei. Aber vorher möchte ich von Ihnen wissen, was ist hier gelaufen?«

Lena rutscht nervös auf ihrem Stuhl hin und her. »Ich fange bei null an und dann werden Sie mich sicher hinauswerfen«, beginnt sie. Dann erzählt sie von Kreuzberg und den Umständen ihrer Entführung. Sie berichtet alles minuziös. Sie will nichts auslassen und alles auf den Tisch legen.

Der Präsident der Kammer hört sich alles an und nickt immer wieder zustimmend. »Das ist ja schrecklich. Da müssen wir unbedingt eine Lösung finden«, so sein Kommentar nach zwei Stunden. »Warum haben Sie das niemals Ihren Eltern erzählt?«

»Meine Eltern sind ja an allem schuld. Sie haben mir Unterlagen gegeben, die mich erst in diese Situation gebracht haben.«

»Wir müssen Sie jetzt erst einmal aus der Schusslinie bringen. Sie nehmen am besten Urlaub.«

»Das geht nicht, da sind die Verhandlungen in Lusaka.«

»Dann macht das eben ein Kollege.«

Lena, jetzt wirklich fast wieder nur Lena, nimmt sich ein Taxi und fährt in die Klinik zu Jamie. Jamie sitzt im Rollstuhl, das ist schon mal eine gute Nachricht. Bisher durfte er nur im Bett sitzen und auch das immer nur wenige Minuten. »Hi, darf ich mit dir etwas in den Park. Ich muss dir einiges erklären«, beginnt sie. Von der Oberschwester erhält sie die Erlaubnis, aber nur für eine Viertelstunde, nicht länger.

Sie halten an einer Parkbank. »Jetzt klär mich auf. Du verstehst hoffentlich, in was für eine Lage du mich gebracht hast«, verlangt Jamie mit besorgter Miene.

Lena schildert auch ihm alle Details. Sie lässt nichts aus, beschönigt auch nichts. »Meinst du, sie werfen mich raus?«, endet sie dann.

Jamie sieht sie einen Moment lang schweigend an. Dann sagt er: »Sie können dich auf keinen Fall im Amt halten. Das geht sicher nicht. Wenn dein Vater da noch mehr Ärger macht, kann es sogar sein, dass sie dich verhaften.« Er streichelt ihr flüchtig über die Wange. »Bringst du mich wieder in mein Zimmer? Ich muss einige Telefonate führen. Ich habe noch keine Ahnung, wie wir das mit dem Namen rechtfertigen, schließlich steht er ja auf einigen Staatspapieren.«

Lena sieht ihn bestürzt an. »Da habe ich noch gar nicht dran gedacht ... Das ist ja schrecklich.«

Helmut telefoniert zwischenzeitlich mit München und verständigt die Polizei, dass man seine Tochter verhaften soll. »Sie muss sofort zurück nach Deutschland, machen Sie das, wie Sie wollen. Ich vermute sogar, dass sie ihren Freund umgebracht hat. Dann müssen Sie sie doch verhaften, oder nicht?«

»Herr Kainsz, das haben wir alles geklärt. Damit hat sie nichts zu tun. Die Akte ist geschlossen.«

»Aber sie hat sich einen falschen Pass zugelegt. Das ist doch verboten, oder nicht?«

»Das ist natürlich verboten. Aber wenn der Pass von einer ausländischen Behörde ausgestellt ist, wird das ein langwieriges Verfahren. Sagen Sie mal, ist Ihre Tochter vielleicht mit einem Ausländer verheiratet?«

»Natürlich nicht. Wie kommen Sie auf so einen Blödsinn?«

»Wir haben eine Mail von der Botschaft aus Genf bekommen. Die liegt hier schon seit einiger Zeit. Ihre Tochter hat dort einen Mann aus Namibia geheiratet. Er ist deutschen Ursprungs.«

»Das stimmt nicht. Da hat man etwas gedreht. Nun holen Sie endlich meine Tochter nach Deutschland. Dann wird sie einiges erklären müssen. Wir werden ihr dann klarmachen, dass sie in Starnberg zu bleiben hat.«

»Tut mir leid, aber so schnell geht da leider nichts.«

»Wenn Sie nichts unternehmen, dann werde ich …«

»Sie wissen, wir tun unser Möglichstes.«

»Das tun Sie eben nicht. Sie bewegen sich ja nicht einmal aus Ihrem Sessel.«

Lena wartet im Vorzimmer des Richters und hofft, dass sich alles zum Guten wenden wird. »Frau Weißgerber, kommen Sie bitte herein«, wird sie dann aufgefordert.

Der Richter macht ein ernstes Gesicht, als sie sich setzt. »Ihren Diplomatenpass ziehe ich mit sofortiger Wirkung ein. Ihr Diplom als Anwältin erkläre ich hiermit als ungültig. Sie sind vom Dienst suspendiert. Wir werden Ihnen in Kürze eine Klage zustellen«, sagt er. Lena reicht ihm bedrückt ihren Pass. Dann läutet das Telefon. Der Richter diskutiert aufgeregt und verlangt Aufklärung. »Das können Sie nicht mit mir machen …«, so seine letzten Worte, bevor er auflegt und ihr die Papiere über den Tisch zurückreicht. »Den Pass können Sie vorläufig behalten. Sie werden an der Grenze zu Angola erwartet, da gibt es ein Problem.«

Lena ist verwirrt. »Aber ich dachte, ich bin suspendiert?«

»Das dachte ich auch. Aber der Staatsminister verlangt Ihr sofortiges Erscheinen am Kontrollpunkt. Der zuständige General meinte, wenn jetzt jemand helfen könne, dann nur die Weißgerber. Also, fahren Sie schon los. Oder besser, Sie nehmen den Flieger.«

Lena versteht die Welt nicht mehr, ruft kurz bei Jamie durch und teilt ihm mit, dass sie sofort an die Grenze von Angola müsse. Er lacht leise. »Na fein, dann hat das ja geklappt. Du kommst aber bitte bei mir im Hospital vorbei, bevor du fliegst. Ist das klar?«

»Ja, Chef, wird erledigt.« Lena schnappt sich in ihrer Wohnung einige Kleidungsstücke, wirft sie unordentlich in eine Tragetasche aus Leder und ruft sich ein Taxi. »In das Hospital 14, bitte.«

Jamie muss sie vom Fenster schon gesehen haben. Als sie mit dem Lift im dritten Stock ankommt, steht er schon mit seinem Rollstuhl vor der Lifttür. »Na endlich«, sagt er.

Sie küssen sich. »Was ist denn los? Warum muss ich plötzlich …?«, fragt Lena ihn dann aufgeregt.

»Nachdem du mir alles erzählt hast, habe ich es meiner Schwägerin erzählt. Sei mir nicht böse, aber ich musste mit irgendjemandem reden.«

»Ja und dann?«

»Ein Freund meines verstorbenen Bruders ist in Angola bei der Minenbehörde. So hatte meine Schwägerin die Idee mit dem Ärger.«

»Was für einen Ärger?«

»Damit du sofort dorthin musst. So bist du aus der Schusslinie. Verstehst du?«

»Irgendwie stehe ich im Moment auf der Leitung, aber es wird mir schon noch klar werden.«

»In Angola wird dich der Freund meines Bruders abholen. Er wird dich in die Botschaft bringen und dann warten wir ab, bis wir Klarheit haben. Deinen Diplomatenpass hast du doch noch?«

»Ja, der Richter hat ihn mir verärgert über den Tisch gereicht.«

»Du fliegst jetzt dorthin und wartest ab, bis du von mir eine Nachricht erhältst.«

»Okay, alles klar.«

Am Flughafen von Luanda steht ein Boy mit einem Schild »LENA«. Sein weißer Anzug ist frisch gebügelt und auch sonst sieht er aus, als wäre er der Minister persönlich. »Ich bringe Sie in die Villa von Halleva«, erklärt er ihr.

»Wer ist Halleva?«, fragt sie zurück.

»Das ist der Minister vom Handelskontor.«

Sie fahren in einem vornehmen Rover. Die Klimaanlage ist viel zu kalt, so dass Lena sofort niesen muss. »Könnten Sie vielleicht die Klimaanlage etwas wärmer einstellen? Sonst habe ich in einer halben Stunde eine Grippe«, bittet sie.

»Entschuldigung, das sagt der Chef auch immer. Aber wenn ich alleine fahre, dann schalte ich sie gerne etwas kühler.« Der Mann stellt die Anlage sofort wärmer ein.

»Sind Sie denn nie krank, haben nie eine Erkältung oder so?«

»Nein, niemals, ich liebe es so kalt.«

Nach einer Viertelstunde halten sie vor dem Tor zu einer pompösen Villa. Der Fahrer drückt auf eine Taste und das Tor öffnet sich. Zwei Männer patrouillieren mit einem Gewehr im Anschlag vor dem Haupthaus. »Warten Sie bitte einen Moment, ich muss Sie erst anmelden«, sagt der Fahrer und läutet.

Ein Butler öffnet die Tür. Die Männer reden kurz miteinander. Dann nickt der Butler Lena zu, die am Auto gelehnt wartet. »Würden Sie mir bitte folgen.«

Sie ist von dem Luxus beeindruckt. Nichts ist übertrieben, aber dass es an Geld hier keinen Mangel hat, merkt man sofort. Der Butler klopft an eine schwere Eichentür. Dann ist ein leises »Herein« zu hören. Sie treten ein.

Ein Mann in feinem Anzug begrüßt sie: »Herzlich willkommen, ich bin Robert Halleva.«

»Hallo, mein Name ist Weißgerber«, stellt sich Lena vor.

Er nickt. »Jamie hat mir von Ihrem Problem erzählt. Er sagte, dass Sie erst einmal hierbleiben sollten. Aber glauben Sie nicht, dass wir für Sie keine Arbeit hätten. Ihr Ruf als gute Anwältin eilt Ihnen ja voraus.«

»Tut er das?«

»Ich darf Ihnen in unserem Gästetrakt ein Zimmer anbieten. Es wird Ihnen an nichts fehlen. Sie haben sogar einen kleinen Pool direkt vor Ihrer Terrasse. Als Dankeschön erwarte ich, dass Sie für uns die Verträge durchsehen. Wir bereiten einen Deal mit unseren Nachbarn in Zaire vor. Es wird wahrscheinlich auch notwendig sein, dass Sie dort hinfliegen. Aber das machen wir mit einer unserer eigenen Maschinen von der Minengesellschaft.«

»Wie Sie meinen. Wo kann ich mir die Verträge ansehen?«

»Mein Butler wird Sie in die Bibliothek begleiten. Aber vorher machen Sie sich erst einmal frisch und richten sich in Ihrem Zimmer wohnlich ein. Zu Abend essen Sie dann mit mir, meiner Frau und den Kindern.«

»Vielen Dank, wann wird das sein?«

»Die Haushälterin wird Sie benachrichtigen.«

Robert ist ein fast westlicher Geschäftsmann. Er hat überhaupt nichts Afrikanisches an sich. Das Foto seiner Frau hat Lena auf dem Schreibtisch gesehen, sie scheint aus Europa zu stammen.

Ein großer Obstkorb wird hereingebracht, dann bekommt sie frische Handtücher, einen Bademantel und ein großes Badetuch. Sie entschließt sich zu einem entspannten Schwimmen im kleinen Pool, der aber immerhin die doppelte Größe vom Pool in Starnberg hat. Danach schaltet sie den englischen Nachrichtensender ein und erfährt, dass es Probleme mit den Schürfrechten in Zaire gibt. Ein englisches Unternehmen ist nicht bereit, seine Anteile mit dem Land zu teilen, so wie es eigentlich vereinbart war. Es wird einen neuen Vertrag geben, wie angedeutet wird. Das ist dann wohl der Vertrag, den sie überarbeiten soll.

Dann hört sie ein leises Klopfen. »Kommen Sie nur herein«, ruft Lena.

»Ich bin Ihr Zimmermädchen und heiße Vanessa. Wenn Sie etwas brauchen, dann drücken Sie diesen Knopf an der Tür. Ich wasche Ihre Wäsche und wenn ich Ihnen zur Hand gehen soll, dann zögern Sie nicht. In einer halben Stunde gibt es Abendessen. Wenn ich beim Umkleiden helfen soll, so sagen Sie es bitte auch.«

Lena entscheidet sich für ein langes, leichtes Abendkleid. Wenig später klopft es erneut. »Sind Sie so weit, Frau Weißgerber?« Die Haushälterin ist gekommen, um sie abzuholen. Die Gänge sind so lang und verwinkelt, dass sie sich sicher ist, dass sie nicht alleine zurückfindet. Alleine landet sie mit Sicherheit in einem Nebenflügel des Gebäudes. Nun scheinen sie angekommen, zwei Butler öffnen eine zweiflügelige Tür aus schwerem Eichenholz. Ihr Blick fällt sofort auf eine Frau. »Seien Sie willkommen«, wird sie von ihr mit offenen Armen begrüßt. Das ist die blonde Dame, die sie schon auf dem Bild auf dem Schreibtisch gesehen hat. »Ich bin Maike und Sie sind Lena, wie ich gehört habe.«

Lena nickt lächelnd. »Ich möchte mich bei Ihnen bedanken, dass Sie mich aufgenommen haben. Das habe ich wohl Jamie zu verdanken.«

Maike bittet sie, sich zu setzen, und sagt dann: »Ja, so ist es. Jamies Bruder war ein enger Freund meines Mannes. So haben wir dann auch Jamie kennengelernt. Jamie hat übrigens mit mir in London studiert.«

»Ach was, in London?«, antworte Lena etwas erstaunt. »Ich dachte, er hätte wie ich in Genf studiert.«

»Ach, das ist ja toll. Sie haben in Genf studiert? Genf ist die Stadt meiner Träume, aber dieser Traum wird mir wohl niemals erfüllt. Wir werden hier bis zu unserem Lebensende in dieser feinen Villa leben müssen.«

Nun betritt auch Robert den Raum, gefolgt von den beiden Kindern Bessy und Tessy. Die Haushälterin und ein Butler rücken die Stühle zurecht und die Küchenhilfe bringt den ersten Gang.

Eigentlich dachte Lena, dass man nun von ihr wissen will, was geschehen ist. Aber nichts dergleichen wird besprochen. Es wird über das Tagesgeschehen geredet, dass der Botschafter von Namibia übermorgen kommt und dass es ein Handelsabkommen mit der Schweiz geben wird. Rohedelsteine sollen verarbeitet und dann von Zürich aus vermarktet werden. Das macht eine neue Firma, die Robert mit einem Freund gegründet hat. Alles interessante Dinge, aber Lena mischt sich nicht ein. Sie hört nur aufmerksam zu und denkt sich ihren Teil. Nach dem Essen verabschieden sich die Kinder sehr höflich auf Englisch, reichen ihr sogar die Hand. Sie wünscht ihnen eine gute Nacht.

»Wir gehen noch in die Bibliothek. Wenn Sie bitte mitkommen möchten? Es würde uns eine Ehre sein«, lädt Robert sie ein.

»Gerne.« Lena folgt ihm und seiner Frau.

Die Bibliothek befindet sich zwei Räume weiter. »Whisky oder lieber einen Cognac?«, fragt Robert.

»Cognac, bitte.«

Sie setzen sich. »So, wo wir jetzt unter uns sind, würde ich gern Ihre Geschichte hören«, beginnt Robert.

Lena nippt erst an ihrem Glas, dann sagt sie: »Wo soll ich anfangen? Wollen Sie alles hören oder nur den Teil ab dem Tag, an dem ich Jamie traf?«

»Es wäre mir lieber, Sie fangen in Genf an. Später werde ich Ihnen sagen, warum.«

Lena beginnt an dem Punkt zu erzählen, als sie aus der Wohnung geflohen ist. Dann berichtet sie von Berlin, dass sie keinen Pass hatte, der lag ja in der Wohnung ihrer Eltern. Sie erzählt von einem Unbekannten, der ihr einen neuen Pass anbot. Ihr Studium in Genf schildert sie mit allen Freuden und Problemen und wie sie schlussendlich nach Windhoek kam. Roberts Frau beginnt zu gähnen, keiner hat gemerkt, dass inzwischen drei Stunden vergangen sind. »Ihr seid mir nicht böse, aber ich ziehe mich in mein Bett zurück«, sagt Maike nun lächelnd.

Robert gibt ihr noch einen Gutenachtkuss und fährt dann fort mit seiner Befragung. »Warum haben Sie alles so umständlich gemacht? Sie hätten doch nur zur nächstgelegenen Polizei gehen müssen und der Fall wäre abgeschlossen gewesen.«

»Als ich sah, dass es Herbert war, sah ich das anders. Natürlich dachte ich erst genauso wie Sie. Aber jeder Beamte hätte doch gesagt, das wäre abgesprochen und ich hätte die Beute für mich gewollt.«

»Okay, ich verstehe. Wie alt sind Sie eigentlich?«

»Ich bin gerade dreißig geworden.«

»Dann haben Sie es ja weit gebracht, ich meine beruflich. Das war schon eine tolle Leistung. Ich möchte Ihnen einen Vorschlag machen. Wir brauchen hier unbedingt für unsere internationalen Geschäfte eine fähige Anwältin. Wir würden Sie einstellen, Sie hätten diplomatischen Schutz und Sie würden weltweit für uns arbeiten. Der Verdienst wäre natürlich um einiges höher als bisher.«

»Darf ich es mir überlegen?«

»Aber nicht zu lange. Wir haben gerade einen Fall, der muss betreut werden.«

»Mit einem Fall habe ich kein Problem. Meine Zulassung ist ja auch hier gültig.«

Robert wirkt zufrieden. »Gut, dann stelle ich Sie morgen unserer Rechtsabteilung als neue Kraft vor.«

Inzwischen sind Lenas Eltern von ihrer Afrikareise zurück und treffen sich mit Max. Er erwartet natürlich einen genauen Bericht. »So bekommt ihr sie sicher niemals nach Starnberg zurück. Da müsst ihr schon etwas diplomatischer vorgehen«, bemerkt er nur.

Helmut erzählt, dass er bei der Botschaft bereits angekündigt hätte, dass er Lena notfalls mit einem Haftbefehl abholen lassen würde.

»Wie willst du das denn machen?«, fragt ihn sein Bruder. »Da müsstest du ja behaupten, dass sie dir erzählt hat, dass sie ihren Freund umgebracht hat.«

Diese Idee setzt sich im Kopf von Helmut fest. Schon am

nächsten Morgen fährt er nach München zu dem Kommissar, der den Fall damals bearbeitet hat. »Herr Bichlmeier, ich möchte eine Aussage machen.« Dann behauptet er, dass Lena ihm damals erzählt hätte, dass sie ihren Freund Herbert umgebracht hätte, um endlich freizukommen. Er würde aber vermuten, dass Lena zu keinem Zeitpunkt von Herbert wirklich festgehalten wurde. Vielmehr, dass sie mit ihm gemeinsame Sache gemacht hätte. Vielleicht wollte sie sich an ihm, ihrem Vater, für irgendetwas rächen.

Bichlmeier sieht ihn lange an und sagt dann: »Sie wissen schon, was Sie da erzählen? Wenn Sie das unter Eid aussagen, muss ich nach Ihrer Tochter fahnden lassen. Dann wird sie ab sofort gesucht.«

»Dann machen Sie das.«

Herrn Bichlmeier ist nicht wohl beim Aufsetzen des Protokolls. »Haben Sie sich das auch wirklich gut überlegt?«, fragt er nochmals.

Lena sitzt gerade über einem Protokoll einer Sitzung, als das Fax anspringt. Sie sieht hinüber und erkennt sofort ihr Foto. Sie springt auf und liest. »Das kann ja nicht wahr sein. Was haben die sich denn jetzt ausgedacht?« Sie geht mit dem Papier sofort zu Robert. »Was soll ich tun?«

Er überfliegt das Fax und sagt: »Du fliegst umgehend nach Genf. Für die Reise erhältst du den Schutz unserer Botschaft. In Genf gehst du zu deiner Botschaft von Namibia. Erzähl ihnen den Vorfall und bitte um Unterstützung. Sie werden dir sicher helfen.«

Zwei Tage später steht Lena mit gepackten Koffern vor der Tür ihrer Botschaft. Vorher war sie noch bei ihrer Bank und hat weitere Beutel mit Diamanten ins Depot gelegt. Sie hat noch kurz ihr Vermögen überschlagen und ist dann die

Flucht nach vorne angetreten. Einen guten Anwalt kann sie sich ja leisten. Zusammen mit einem Anwalt der Botschaft geht sie zur zuständigen Polizeibehörde. »Wir werden Sie nach Deutschland ausliefern, das müssen Sie wissen. Noch haben Sie diplomatischen Schutz, aber wenn Sie darauf verzichten, können wir Sie nicht mehr schützen«, sagt man ihr.

Lena telefoniert mit Onkel Max, erzählt ihm, was passiert ist.

»Ich habe deinen Eltern gesagt, dass sie genau wissen müssen, was sie da tun. Aber selbstverständlich verteidige ich dich. Du kannst davon ausgehen, dass dir nichts passiert.«

»Danke, Onkel Max, dann machen wir das. Ich werde auf meinen diplomatischen Schutz verzichten, dann werde ich verhaftet und nach München überstellt.«

Ein Tag später: In Begleitung eines Beamten wird Lena nach München gebracht. Dort erwartet sie am Flughafen schon ihr Onkel. »Wir werden das schon hinbekommen. Ich werde natürlich auf unschuldig plädieren. Du wirst sicher bei deinen Eltern wohnen. Vielleicht glättet sich der Ärger dann auch wieder.«

Lena wird mit einem Streifenwagen direkt in die Abteilung für Kapitalverbrechen der Polizei in München gebracht. Dort wird ihr die Anklage vorgelesen und ihr Onkel steht daneben und sagt nichts. »Du musst sagen, dass es so nicht war«, flüstert Lena ihm zu. Aber er schweigt weiter. Warum sagt er nichts? Lena ist das unerklärlich. Aber vielleicht kommt er ja später zum Zug.

Lena kommt nach Stadelheim und sitzt nun in Untersuchungshaft. Der Onkel sagt: »Ich mache das schon. Das kann aber einige Tage dauern.«

Lena wird geholt, sie hat Besuch. Ihr Vater steht vor ihr und sagt: »Es wird Zeit, dass wir das endlich klären. Anschließend wirst du bei uns wohnen und dich um deine Mutter kümmern.«

Lena bittet darum, wieder in ihre Zelle gebracht zu werden. Für ihren Vater hat sie nur einen vernichtenden Blick. Am nächsten Morgen kommt ihr Onkel. Sie sitzen sich gegenüber und Max beginnt, sich auf den Prozess vorzubereiten. »Lena, zuerst muss ich wissen, wo du dein Konto hast. Wie viel hast du denn überhaupt?«

»Onkel Max, mein Konto geht keinen etwas an. Außerdem ist es in Namibia und nur ich persönlich kann an das Konto ran. Sollte ich verurteilt werden, bringt das also niemandem etwas.«

»Ja, schon, aber wie viel ist es denn?«

»Nicht viel, hauptsächlich Honorare aus Verhandlungen.«

»Ja, aber die drei Millionen, wo hast du die denn?«

»Die habe ich niemals gehabt. Herberts Schwester hat mich in Afrika besucht und erzählt, dass sie es einem Richard gegeben hat. Der hat das Geld.«

Am ersten Prozesstag wiederholt Helmut seine Aussage. Lena stellt klar, dass sie das niemals gesagt hat. Max fragt sie nochmals, wo das Geld geblieben sei. Lena hofft auf eine Wende, aber ihre Chancen stehen schlecht. Außerdem merkt sie, dass sie von ihrem Onkel schlecht verteidigt wird. Sie nimmt das selbst in die Hand, aber es richtet sich alles gegen sie. Der Fall erregt internationales Aufsehen. Da gibt es nur Indizien, der einzige Zeuge ist Lenas Vater. Der Richter versucht einen Deal, aber Lena lehnt ab.

Lena hat nun viel Zeit, über Vergangenes nachzudenken. Im Traum kommen ihr verschiedene Szenen wieder in Erinnerung. Wie sie auf dem Stuhl sitzt und wartet, wie sie zurückzählt und wie sie zuschlägt, einfach ins Nichts. Wie sie erkennen muss, dass sie Herbert erschlagen hat. Sie entschließt sich, reinen Tisch zumachen. Sie kann mit diesen Geschichten nicht mehr leben. In zwei Tagen wird die nächste Verhandlung sein. Sie will alles sagen.

Lena wird in den Saal gebracht, die Richter und Staatsanwälte und Onkel Max als ihr Verteidiger lesen ihre Anträge vor. Dann bittet Lena um das Wort. »Ich möchte eine Erklärung abgeben …«

Nach zwei Stunden ist sie fertig. Ihr Onkel sagt kein Wort, eigentlich hätte er jetzt einen Antrag stellen müssen, aber er schweigt. Der Richter lässt sich das mit dem Reisepass in Genf nochmals schildern und dann sagt er, dass sich nun alles verändert hätte. Eine Anschuldigung wegen Mordes käme jetzt nicht mehr infrage. Totschlag? Vielleicht …

Ein gewisser Richard wird zur Fahndung ausgeschrieben und nach Angie wird gesucht. Die Ermittlungen laufen erneut an. Inzwischen sind drei Monate vergangen. Lena sollte zwischenzeitlich freigelassen werden, aber dann hat der Staatsanwalt wieder abgelehnt, es war ein einziges Desaster. Ihr Vater war beim Richter und sagte dort, dass er vielleicht doch etwas falsch verstanden habe, Lena vielleicht doch nicht gesagt hätte … Dann erfährt Lena, dass sie am Nachmittag Besuch bekommen würde. »Doch hoffentlich nicht meine Eltern«, sagt sie zum Beamten. Sie wird in den Besuchsraum geführt und vor ihr steht Isa. »Hi, das ist die erste gute Nachricht seit langem«, freut sich Lena. »Isa, wie geht es dir?«

Die Frauen fallen sich um den Hals. Der Beamte will

schon eingreifen, aber Isa sagt:»Lassen Sie mal, das muss sein. Wir haben uns fast zwölf Jahre nicht gesehen.« Isa will von Lena wissen, was eigentlich passiert ist. Lena beginnt ganz von vorne, erzählt von dem Heftchen und der Adresse in Gauting, von einem Treffen und von Angie. Alles erzählt sie so, wie es war.

»Wer verteidigt dich eigentlich?«, fragt Isa schließlich.

»Das macht mein Onkel.«

»Den wirst du in den Wind schießen, der ist meiner Meinung nach unfähig. Ich hab dir einen Anwalt besorgt, der kennt sich aus. So wie es aussieht, bist du unschuldig.«

Der neue Anwalt heißt Walter Koch und ist ein Münchener Staranwalt. Schon beim ersten Durchlesen der Unterlagen stellt er Verhandlungsfehler fest. Lenas Onkel erscheine ihm nicht koscher, wie er sagt. Er durchleuchtet den alten Fall der Demo in Wackersdorf, der längst verjährt ist. Dabei stellt er fest, dass die beiden Brüder am Tod von Herberts Vater schuldig sind. Der Prozess beginnt unter riesigem Medieninteresse. Schon nach einer Stunde der Verhandlung stellt der Staatsanwalt in Aussicht, dass Lena freikommt. »Unter Auflagen«, wie er hinzufügt.

Isa lässt es sich nicht nehmen und holt Lena persönlich in Stadelheim ab. Der Vater wartet zwar auch, aber Lena schenkt ihm keinen Blick. Isa hakt sie unter und zieht sie mit sich. »Du kommst jetzt erst einmal mit in meine Wohnung. Dort werden wir dann über die vergangen zwölf Jahre reden. So wirst du auch meinen Mann Ole kennenlernen.«

»Du bist verheiratet? Und Kinder?«, fragt Lena, während sie in Isas Auto steigt.

»Sind uns nicht gegönnt. Aber wir sind sehr glücklich verheiratet. Ole ist ein ganz netter Typ.«

Zwanzig Minuten später fährt Isa in die Tiefgarage eines modernen Gebäudes. »Wir haben die Kanzlei und die Wohnung in einem Gebäude. Das hat zwar den Fehler, dass man niemals zu arbeiten aufhört, aber wir sind ein ganz prima Team und leben ja meistens in Oslo.«

»Du bist Anwältin geworden?«

»Ja, und zwar in Norwegen. Wir haben dort die Hauptkanzlei. Es ist eine Partnerschaft, Norwegen und Deutschland. Von deinem Fall hab ich in Oslo gehört, da fiel mir sofort mein Studienkollege Walter ein. Du musst ihm übrigens kein Honorar bezahlen, er ist uns noch etwas schuldig. Wenn du verstehst, was ich meine.«

Lena erzählt von ihrem Studium in Genf und merkt dabei überhaupt nicht, dass Ole im Raum steht. Er hat sich an den Kaminsims gelehnt und lauscht Lenas Geschichten. »Wenn du willst, dann kannst du für uns arbeiten«, sagt er, als sie schließlich eine Pause macht.

Isa springt auf. »Hi, da bist du ja. Lena, das ist Ole. Ole, das ist Lena.«

Ole sorgt für Getränkenachschub. »Am besten, wir stellen die Flasche gleich auf den Tisch.«

Lena erzählt von Afrika, Jamie und wie es zu dem Unfall kam. Wie er seine Hand schützend über sie legte. »Du bist doch nicht etwa verliebt? So wie du erzählst, magst du ihn wohl sehr«, bemerkt Isa.

»Vermutlich. Aber da gibt es noch die Frau seines Bruders und ihre Kinder. Er fühlt sich verpflichtet, sich um sie zu kümmern. Das geht mir etwas zu weit. Da bleibt kaum noch Zeit für mich«, sagt Lena.

»Was machst du eigentlich, wenn du mit deinem Fall durch bist? Ole und ich könnten eine gute Fachanwältin brauchen. Du hast dich doch auf Handelsrecht spezialisiert?«

»Ja, aber auf afrikanisches Recht, und da geht es nicht in jedem Fall wirklich um Recht. Da gehört auch ein gewisses ›Einfühlen‹ dazu. In Namibia denkt man anders als in Deutschland.«

»Dann wäre dein Platz in Norwegen, da haben wir viel mit Afrika zu tun.«

»Norwegen? Ist es da nicht schrecklich kalt?«

»Wir haben gute Pullover und warme Strickjacken.«

Die nächsten Tage tut sich mit dem Prozess nichts. Walter Koch ist ständig am Ball und kommt sogar eines Abends vorbei. Er will die Strategie besprechen, seine Vorstellung geht in die Richtung, dass die »Sache« eigentlich der Vater und sein Bruder ausgelöst haben. Sie sind quasi verantwortlich, dass die Entführung aus dem Ruder lief und Lena überhaupt hineingezogen wurde. Sie ist eigentlich die Geschädigte.

»Und du bist dir sicher, dass du damit durchkommst?«, fragt Ole.

»Zumindest kommt Lena mit einer Bewährungsstrafe davon. Sie war ja fast noch ein Kind, als das geschah.«

»Jetzt glaubst du aber selbst nicht mehr, was du sagst«, lacht Ole.

»So nach dem Abi, da denkt man doch noch nicht an etwas Böses«, entgegnet Walter.

Isa sagt: »Aber wenn sie Bewährung bekommt, kann sie da noch als Anwältin arbeiten?«

»In Afrika sicher, da ist Bewährung noch gar nichts. Das ist so wie eine Rüge«, antwortet Walter.

»Aha, verstehe, dann könnte sie in Namibia weiter tätig sein …«, überlegt Isa.

»Sicher, aber das hängt natürlich auch von ihren Fürsprechern ab. Wenn die sie brauchen, dann macht sie da einfach weiter.« Walter lehnt sich zurück, überlegt kurz, dann fragt er: »War da nicht noch etwas mit falschen Papieren, die ausgestellt wurden?«

Lena grinst. »Schon, aber das hat die Botschaft geregelt. Sie haben mich mit Herrn Weißgerber verheiratet und den geänderten Vornamen haben sie mit einem Übertragungsfehler gerechtfertigt.«

»Ja, aber die Vornamen Greta und Annemarie …«

»Das waren die Vornamen der Mutter meines Bräutigams. Die wurden mir anverheiratet.«

»Anverheiratet? Was ist das denn?«, fragt Isa.

»Da geht es um Familientraditionen und so.«

Walter macht sich eine Notiz. »Das geht mir zu weit. Die Hauptsache ist, es wurde geregelt. Bist du noch verheiratet?«

Lena schüttelt energisch den Kopf. »Nein, die Ehe wurde annulliert, da sich mein Ehemann nicht um mich gekümmert hat.«

Isa lacht. »Ach, du Arme, dann bist du ja geschieden. Erzähl mal, was für ein Typ war er denn?«

Lena grinst alle der Reihe nach an. »Ihr wisst ja, wie das in Afrika ist. Du kennst deinen zukünftigen Mann nicht, dann siehst du ihn nie und dann hast du ihn auch schon wieder vergessen.«

Isa ist ganz aufgekratzt. »Heute Abend haben wir einen Gast. Volker ist auch Anwalt, aber für Patentrecht. Er ist sehr genau, streitet sich sogar über eine Lasche an einer Dose.« Sie reicht Ole und Lena Schüsseln und Besteck. »Wenn das Wetter hält, bleiben wir auf der Terrasse.«

Da trifft auch schon der Gast ein und steht plötzlich hinter Lena. »Hi, ich bin Volker.«

Lena zuckt zusammen. »Oh Gott, hast du mich erschreckt. Warum hast du dich an mich herangeschlichen?«

»Isa hat gesagt, ich soll dich auf andere Gedanken bringen.«

Den halben Abend wird über Lenas Fall geredet, aber Lena merkt das erste Mal, dass sie mit einem gewissen Abstand darüber sprechen kann. Etwas später steht plötzlich Dari im Türrahmen. »Was machst du denn hier? Woher kennst du Ole und Isa?«, fragt Lena völlig verblüfft.

Ole erklärt es ihr. »Da gab es mal einen Prozess, da haben wir einen guten Mann von der Presse gebraucht und uns für Dari entschieden. Er hat den Sachverhalt so verdreht geschildert, dass sogar der Richter die Übersicht über den Fall verloren hat. So haben wir dann gewonnen.«

Lena freut sich. »Dari, lass dich anschauen. Du hast dich nicht verändert. Verheiratet?«

»Ja, und geschieden. Sie fand einen mit mehr Geld.« Dari setzt sich an Lenas Seite und nimmt sie in den Arm. »Ach ... Diri ist übrigens der neue Chef der Agentur. Sein Vater hat ihm die Firma übergeben.«

»Das habe ich mir gleich gedacht, dass der mal die Firma seines Vaters übernehmen wird. Deshalb habe ich mich zurückgezogen. Eine Versicherungsfrau wollte ich nicht sein. Das stand schnell für mich fest.«

Dari erzählt von Lenas Fall, wie er von den Medien betrachtet wird. An Ole gewandt sagt er: »Da werden wir uns noch engagieren müssen. Die beiden Brüder müssen es ausbaden, da bin ich mir sicher.«

Lena muss an ihren Vater denken. Was war nur in ihn gefahren, dass er so etwas zu Papier bringt? Vielleicht war es Mama, sie hat nicht verstanden, dass sie sich für Afrika entschieden hatte.

Übermorgen wird das Urteil verkündet. Der Staranwalt Walter Koch hat noch einen befreundeten Psychologen geordert, der Lenas Lage in der Wohnung mit den Panikausbrüchen schildern wird. »Es war ein Befreiungsschlag«, so wird er es vortragen. »Sie war wie von Sinnen, nicht fähig, ihre Gefühle zu kontrollieren.«

»Das hat gesessen«, gibt sogar Ole zu. »Wenn Lena jetzt noch weint, dann bekommt sie einen Freispruch.«

Lena hat geweint, die Beisitzerin griff nach einem Taschentuch und reichte es ihr. Was folgte war ein Freispruch. Lange noch sitzt Lena auf ihrem Stuhl, sie kann es gar nicht fassen, dass nun alles vorbei ist. Nur eines beschäftigt sie noch: Wer ist Richard?

Wenig später stehen sie vor dem Gericht und überlegen, was sie mit dem angebrochenen Tag anfangen sollen. Da gehen Lenas Eltern an ihr vorbei. Sie hoffen natürlich auf ein Gespräch, aber das ist noch zu viel für Lena. Sie weiß, das Gespräch steht ihr noch bevor. Einfach gar nichts sagen, das kann sie nicht. In den nächsten Tagen wird sie ein Treffen mit ihnen vereinbaren. Auf neutralem Boden, keinesfalls in der Villa. Sie bittet Dari, die Eltern zu informieren. Lena ist das momentan einfach noch unmöglich.

Dari nimmt Lenas Hand und sagt: »Komm, lass uns gehen. Was hältst du von einem Spaziergang im Englischen Garten? Ich bin ein guter Zuhörer, wie alle Journalisten. Du kannst auch gern einen Artikel in der Zeitung haben, ich mache das.«

»Ich will einfach nur meine Ruhe, keinen Wirbel. Ich werde nach Genf fahren und ausspannen. Wenn du Lust hast, dann schließ dich mir einfach an. Aber ohne großes Wenn und Aber.«

Wenig später schlendern sie durch den Englischen Garten. »Komm, erzähl mir ein bisschen aus deinem Leben«, verlangt Lena. »Was treibst du in der Redaktion? Für was bist du zuständig? Ich will mehr über dich wissen.«

So kommen sie am Chinesischen Turm an und Dari sucht nach einem schönen Platz. Ein bisschen Schatten, mit Blick auf den Turm, im Hintergrund hört man die Musik des kleinen Karussells. Es ist ein schöner Tag, als wolle sich München bei Lena für den Prozess entschuldigen. Sie sieht den kleinen Wolken nach und verliert sich in Gedanken. Afrika, der Genfer See, wo wird sie zukünftig ihr Zelt aufschlagen? Dann trifft ihr Blick den von Dari.

»Woran denkst du gerade?«, fragt er.

»Ich überlege, wo ich zukünftig mein Zelt aufschlagen werde. Wo würdest du gern wohnen?«, fragt sie zurück.

»Welch eine Frage, in München natürlich.«

»Isa hat mich nach Oslo eingeladen. Da suchen sie eine Anwältin für internationales Recht.«

»Oslo? Allein der Gedanke lässt mich schon frieren.«

»Isa meinte, da gebe es warme Pullover, lange Schals und dicke Mützen.«

»Wann fährst du denn nach Genf?«

»In den nächsten Tagen. Aber vorher will ich das mit meinen Eltern noch klären. Ich kann nicht einfach so gehen. Schließlich habe ich sie ja mal geliebt. Ach, da fällt mir ein, da gibt es immer noch meinen kleinen Cinquecento. Sie haben ihn in einer Scheune untergestellt.« Lena sieht ihren Kleinen in Gedanken vor sich und überlegt, ihn mitzunehmen. Dann taucht Jamie in ihren Gedanken auf. Sie stellt sich vor, wie er mit seinen zwei Metern in dem kleinen Wagen sitzt, und muss unwillkürlich lachen.

»Warum lachst du?«, fragt Dari.

»Ach nur so, mir schoss da gerade etwas durch den Kopf.«

Längst haben Lena und Dari die Nachspeise verdrückt und überlegen nun, ob sie nicht eine Rundfahrt mit dem Fiaker machen sollen. »Das habe ich mir immer schon gewünscht«, gesteht Lena.

»Dann schiebe es nicht auf die lange Bank, lass es uns machen«, sagt Dari.

Am Ende der Rundfahrt sagt sie: »Ich möchte, dass wir uns nicht wieder verlieren. Meinst du, dass du Urlaub nehmen kannst? Dann komm mit nach Genf.«

Dari überlegt kurz und sagt: »Vor einigen Tagen haben wir in der Redaktion über den Genfer See gesprochen. Da steht ein Artikel an. Ich werde mal mit meinem Chef sprechen, vielleicht teilt er mir ja den Job zu.«

»Mach das, da kann ich dir auch helfen, schließlich habe ich dort fast sechs Jahre gelebt und mein Studium absolviert.«

Sie trennen sich mit einer innigen und langen Umarmung. »Bis die Tage …«

»Ach, du brauchst ja noch meine Handynummer …« Dari gibt Lena noch schnell seine Visitenkarte.

Dari hat Glück, wenige Tage später bekommt er tatsächlich die Aufgabe, am Genfer See zu recherchieren. So werden sie übermorgen gemeinsam die Reise antreten. Aber vorher, genauer gesagt heute Abend, wird Lena ihre Eltern besuchen.

Lena betritt das Restaurant, das sie für dieses Treffen ausgewählt hatte. Ihre Eltern warten bereits an einem Tisch in einer Nische. »Hallo, bevor ich abreise, möchte ich noch eine Aussprache«, beginnt sie.

Ihre Mutter kann ihr kaum in die Augen sehen. Eisige Stille herrscht, ihr Vater sieht an die Decke.

Lena fährt fort. »Also, dann hört mal zu. In den letzten Jahren ist nicht alles so gelaufen, wie ihr es euch vorgestellt habt. Ich verzeih euch das Vorgehen gegen mich. Wenn ich ehrlich bin, dann habe ich es schon vergessen. Ich bleibe noch zwei Tage, dann reise ich nach Genf ab.«

Jetzt sieht ihr Vater sie doch an. »Du lässt uns also hier alleine zurück. Eines möchte ich dir schon mal vorweg sagen, das Erbe kannst du vergessen. Aber wahrscheinlich hast du eh genug Geld. Es waren ja etwa drei Millionen, oder täusche ich mich da?«

»Wenn du das so siehst, immer noch nicht nachgedacht hast, dann hat ein Gespräch keinen Sinn. Dann gehe ich, und zwar für immer.«

Nun schaut auch ihre Mutter auf. »Bitte, gehe nicht einfach so. Du warst doch mal sehr glücklich in unserem Haus. Was da wirklich gelaufen ist, das werden wir nie verstehen. Vielleicht habt ihr gemeinsame Sache gemacht oder auch nicht. Aber es war ja nicht unser Geld, es kam von der Versicherung.«

»Aber ich habe dadurch meinen Posten verloren, das vergisst du wohl«, poltert Lenas Vater dazwischen.

Lena schüttelt den Kopf. »Ich sehe schon, wir werden damit niemals klarkommen. Ich fahre morgen nach Genf, anschließend werde ich nach Rügen fahren und nach dem ›unbekannten Dritten‹ suchen. Schließlich will ich Klarheit haben, wer eigentlich auf die Idee kam, mich zu entführen.«

Lenas Mutter versucht einzulenken. »Ich glaube, wir brauchen jetzt erst einmal alle einen Cognac.«

Dann fragt ihr Vater, ob sie noch die Unterlagen aus dem Auto hätte.

»Nein, die habe ich bei Herbert gelassen. Schließlich war es ja sein Vater, der sich erhängt hat. Herbert meinte, dass du und dein Bruder das zu verantworten hätten.«

»Vielleicht ist da ein Fünkchen Wahrheit dran. Aber warum hat er sich erhängt? Er wäre doch nach zwei Jahren freigekommen«, entgegnet ihr Vater.

»Du weißt also doch einiges. Warum hast du nicht darüber gesprochen? Dann wäre uns das alles erspart geblieben.«

Ihr Vater antwortet nicht darauf, sondern fragt: »Was ist eigentlich aus Herberts Schwester Angie geworden? Die ist wie vom Erdboden verschluckt. Das Haus in Gauting ist übrigens verkauft worden. Ich bin mal dort gewesen und da waren Bauarbeiter, die meinten, das Anwesen gehöre jetzt einem reichen Münchener.«

»Ach, du hast dir die Mühe gemacht und versucht, mit Angie zu reden?«

»Ja, habe ich. Ich hatte ein schlechtes Gewissen und wollte ihr Geld anbieten.«

»Ach, du meinst, so etwas kann man mit Geld regeln? Wenn der Vater sich erhängt hat?«

Ihr Vater geht wieder nicht darauf ein. »Warum suchst du nach dem unbekannten Dritten? Du sagtest, er sei auf Rügen oder dort in der Umgebung. Wie war sein Name?«

»Richard oder Richi.«

»Ich kannte mal einen Richi«, ihr Vater runzelt die Stirn. »Er war der Anführer unserer Protestbewegung. Er hatte immer einen Revolver in der Tasche, obwohl wir sagten ›nur friedlich‹, etwas anderes hätten wir niemals akzeptiert.«

»Wie alt ist denn der Richi, den du kennst? Hast du von ihm Bilder?«

»Da müssten wir mal in der Kiste auf dem Speicher kramen. Vielleicht ist da ja noch etwas?«

»Was hat Richi beruflich gemacht? Weißt du das noch?«

»Damals war er arbeitslos, hat von den Geldern der Demos gelebt. Wir hatten da ja einige, die das finanziert haben.«

»Wie finanziert?«

»So eine Demo ist gesteuert. Da gibt es immer Leute, die daraus Kapital schlagen, wenn du verstehst, was ich damit meine.«

»Ich versteh dich sehr gut, das ist ja wie in Afrika.«

Die Stimmung entspannt sich. Lenas Mutter schlägt vor, in der Villa gemeinsam zu essen. »Ihr habt doch Hunger?«

»Ja, doch, warum nicht essen?«, willigt Lena ein. Ihr Vater nickt. Gemeinsam brechen sie auf.

In der Villa machen sie es sich in der Küche gemütlich. Ihre Mutter bereitet das Essen zu, ihr Vater möchte nun wissen, wie Lena das Studium gemeistert hat. »Woher hattest du das Geld, um studieren zu können?«

»Ich habe doch in Berlin den falschen Pass bekommen. Damit bin ich in Genf zur Botschaft. Ich wollte einfach testen, ob sie ihn anerkennen. Und die haben den Pass als vollkommen normal angesehen. Ich fragte ganz frech, ob sie Arbeit für mich hätten. Sie nahmen ja an, dass ich aus Windhoek komme. Da haben sie gesagt, dass sie dringend eine Hilfe für die Registratur bräuchten. So konnte ich mir das Studium finanzieren. Die Wohnung habe ich mir mit einem sehr netten Mädchen geteilt. So konnten wir beide sparen.«

»Also bei allem Ärger, ich muss schon sagen: Respekt, Respekt.« Ihr Vater schaut sie an und sie entdeckt Stolz in seinem Blick.

»Die Zeit verflog nur so. Einmal stand ich vor eurer Haustür, aber ich habe mich nicht getraut, zu klingeln.«

»Aber du bist doch immer willkommen«, sagt ihre Mutter am Herd.

»Ja, aber als ich das zweite Mal hier war, da habt ihr die Polizei geholt. Das war nicht besonders fein.« Lena wirft ihre Mutter einen giftigen Blick zu. Sie schaut schnell auf den Kochlöffel in ihrer Hand.

Dann schlägt Lenas Vater vor, dass Kriegsbeil endlich zu begraben. »Wir waren immer eine Familie und wir sollten es auch bleiben. Was hast du denn vor in Zukunft?«

»Ich habe ein Angebot in Oslo. Und ich habe natürlich auch Angebote in Afrika, wo ich außerdem eine Herzhälfte liegen habe. Da muss ich noch einmal hin, um mich von ihr zu verabschieden.«

»Und wann willst du nach Rügen?«

»Das hängt ein bisschen von Dari ab. Wenn er wegkommt, dann bald. Dann machen wir dort zusammen Urlaub. Aber zuerst kommt er mit an den Genfer See.«

Ihr Vater hebt eine Augenbraue. »Sag mal, haben wir da etwas nicht mitbekommen?«

»Dari mochte ich schon immer, aber damals war ich doch mit Diri zusammen.«

Lenas Mutter deckt den Tisch im Wohnzimmer als wäre Sonntag. Die geschliffenen Gläser holt sie extra aus der Vitrine. »Papa, holst du noch den Prosecco aus dem Keller?«

»Bin schon unterwegs. Aber vorher will ich meine Tochter in die Arme nehmen. Entschuldige für alles, was ich dir angetan habe. Das mit dem Erbe war natürlich reiner Blödsinn.«

Auch ihre Mutter kommt nun und drückt Lena besonders fest.

Alle drei sind nun doch sehr erleichtert, dass sich alles noch zum Guten gewandt hat.

Für diese Nacht und die nächste bleibt Lena bei ihren Eltern und genießt ihr altes Zimmer. Ihr Vater bringt sie und Dari am übernächsten Tag zum Bahnhof nach München. Von hier nehmen sie einen Intercity nach Genf. Sie hätten auch fliegen können, aber sie wollten es langsam angehen, sich Meter für Meter besser kennenlernen. Dari hat schon mal durchblicken lassen, dass er auch bereit wäre, Französisch zu lernen. Dann könnte er sich in Genf um eine Stelle bemühen.

An Bern sind sie schon vorbei, noch eineinhalb Stunden, dann fährt der Zug in Genf ein. Aber wo werden sie wohnen? Die kleine Wohnung wird längst vergeben sein, aber da gibt es noch die Immobilientante, die für die Konsulate zuständig ist. Die hat fast immer eine Lösung.

Die erste Nacht verbringen sie in einer kleinen Pension, die Lena aus alten Zeiten kennt. Am nächsten Morgen werden sie weitersehen. In der Botschaft wird Lena wie ein verlorenes Huhn begrüßt. »Da bist du ja wieder. Wie geht es dir? Was hast du Schreckliches durchgemacht?«

»Könnten wir die Fragen vielleicht nach und nach durchgehen?«, wehrt Lena schmunzelnd ab.

Der Botschafter ordert umgehend eine Flasche vom besten Champagner. Nach dem Anstoßen möchte er natürlich wissen, wie es in Zukunft weitergehen soll. »Du kannst bleiben. Wir brauchen dringend eine gute Kraft und den Job kennst du ja schon, vom Schreibtisch ganz abgesehen.«

»Ich habe meinen Freund dabei und der muss sich erst eine Arbeit suchen. Außerdem wollen wir noch drei Wochen Urlaub machen. Schließlich müssen wir uns noch richtig kennenlernen.«

»Ach, kennst du ihn erst kurz?«

»Eigentlich nicht, er war immer der Freund meines Jugendfreundes, jetzt sind wir uns nähergekommen.«

»Wie lange bleibst du denn?«

»Erst mal nur zwei Tage. Ich muss mein Wohnmobil in Ordnung bringen und dann fahren wir damit nach Rügen. Dort werden wir es verkaufen.«

Dari ist inzwischen auch in der Botschaft angekommen. »Ah ... ist das dein Freund?« Der Botschafter lächelt ihm entgegen.

»Ja, das ist Dari.« Lena reicht ihm ihre Hand und zieht ihn an ihre Seite. Er bekommt ein Glas Champagner gereicht.

»Und? Haben Sie einen Job gefunden?«, fragt der Botschafter.

»Vielleicht, aber zuerst muss ich noch Französisch lernen. Das ist die Voraussetzung.«

»Dann viel Spaß bei eurer Reise nach Rügen und mit dem Wohnmobil.«

Dari sieht Lena etwas verwundert an. »Habe ich da etwas verpasst?«

»Ich wollte dich überraschen. Ich habe bei einem Bauern ein Wohnmobil untergestellt.«

»Es ist aber nicht zufällig eines mit einer Schwalbe auf der Front?«

»Nein, es ist eines mit einem Mercedesstern vorne drauf.«

Am Nachmittag machen sie sich mit einem Leihwagen auf den Weg zum Bauern. Dari ist von der wunderbaren Landschaft begeistert. »Also, eines weiß ich schon, wenn wir mal hier wohnen, dann in dieser Gegend, etwas oberhalb von Genf und mit Blick über den See.«

Lena grinst. »Ach, du hast ja schon recht konkrete Pläne.«

Noch durch den kleinen Wald, dann sind sie da. Der Bauer ist gerade auf dem Feld und winkt. »Ich halte mal kurz, damit er weiß, wer ich bin. Schließlich war ich ja schon einige Zeit nicht mehr hier«, sagt Lena und fährt rechts ran. Sie steigt aus und begrüßt den Bauern wie einen alten Freund.

»Mädchen, du hast dich ja richtig gemacht. Du bist eine Frau geworden. Wo ist das kleine Mädchen geblieben?« Er tätschelt ihr gutmütig das Haar.

»Weggeflogen, aber ist ja deshalb nicht schlechter. Ich bin froh darüber, das kleine Mädchen verloren zu haben.«

Sie sprechen noch kurz über dies und das, dann fragt Lena nach dem Wohnmobil.

»Das Wohnmobil steht in der Scheune.« Der Bauer zeigt in Richtung Hof.

Wenige Minuten später stehen Lena und Dari vor einem großen Scheunentor. Mit vereinten Kräften schieben sie es zur Seite. »Wo steht denn nun dein Wohnmobil?«, fragt Dari und starrt in die dunkle Scheune.

Lena lacht auf. »Ach du dickes Ei, das müssen wir erst einmal freilegen. Es steht hier ja schon einige Zeit. Da hat der Bauer natürlich sein Heu drübergeworfen.«

Da steht der Bauer auch schon hinter ihnen. »Wir ziehen es besser erst mit dem Trecker heraus. Danach befreien wir es vom Heu.«

Nach einer weiteren halben Stunde steht das Wohnmobil endlich auf dem Vorplatz. Dari ist begeistert. »Das ist ja tatsächlich ein fast neues Fahrzeug. Woher hast du das?«

»Von Rügen, aber hergerichtet habe ich es in Berlin.«

»Das ist nicht zufällig das Fahrzeug, mit dem man dich entführt hat?«

»Doch, das ist es. Zumindest glaube ich es. Es stand vor dem Haus, in dem man mich gefangen gehalten hat. Ich nahm den Schlüssel und fuhr los. Irgendwie musste ich ja wegkommen.«

»Dann hatte es also doch mal eine Schwalbe auf der Front.«

»Das kann ich dir nicht sagen, weil ich nicht darauf geachtet habe. Ich hatte nur großes Glück, dass die Papiere im Wagen waren. So konnte ich ihn ummelden.«

Dari winkt ab. »So genau will ich es gar nicht wissen.«

Sie steigen ein, Dari dreht den Zündschlüssel – nichts, außer einem jämmerlichen Geruckel »Also, das mit dem Starten habe ich mir einfacher vorgestellt. Ich glaube, wir müssen die Batterie erneuern. Ich fahre mal schnell zur Tankstelle und kaufe eine neue.« Er steigt wieder aus.

Lena folgt ihm. »Wir werden ihn zum Service bringen. Das Öl müssen wir sicher auch wechseln und die Bremsen sind vermutlich angerostet.«

Dari besichtigt das Fahrzeug noch einmal genauer und ist begeistert. »Damit können wir einmal rund um die Welt fahren. Da fehlt es ja wirklich an nichts.« Sie steigen doch noch einmal ein, ein zweiter Versuch, da endlich lässt der Motor ein leises Brummen hören. Dann eine dicke schwarze Wolke. »Das kommt vom langen Stehen, da hat sich einiges abgesetzt«, sagt der Bauer.

Langsam rollt das Wohnmobil vom Hof. Der Motor läuft immer ruhiger und die Bremsen verlieren das Quietschen. »Wir bringen es am besten gleich zu Mercedes. Dann ist er in ein paar Tagen fertig«, überlegt Lena.

In drei Tagen könnten sie ihn abholen, verspricht der Kfz-Meister. Sie würden das Wohnmobil auch gleich reinigen und alles nachfüllen, was wichtig ist.

»Wir werden den Mietwagen noch behalten, damit sind wir in der Stadt beweglicher«, schlägt Dari vor.

Am nächsten Morgen hat Lena einen Termin bei der Bank gemacht. Aber da wird sie alleine hingehen, schließlich geht Dari ihr Geld nichts an. Sie kontrolliert die Depotbestände und sieht sich die Zinsabrechnung an. »Wir müssen etwas umbuchen, weil ich auf eine größere Reise gehe«, sagt sie zu dem Bankangestellten.

Das Funkeln der Edelsteine macht Lena glücklich. Es war ein langer Weg, bis sie diese kleine Sammlung beisammenhatte. Aber nun müssen sie wieder in den Safe. Schnell wirft sie einen Blick auf den derzeitigen Wert und ist mit sich und der Welt zufrieden. Sie stellt beruhigt fest, dass sie eigentlich nicht mehr arbeiten muss. Der angesammelte Wert würde für den Rest ihres Lebens ausreichen. Die Idee mit Afrika hat sich also ausgezahlt.

Sie verlässt die Bank wieder und geht ganz in Gedanken über die Straße auf das Café zu, in dem sie sich mit Dari verabredet hat. »Hi, alles erledigt?«, begrüßt er sie, als sie sich an seinen Tisch setzt.

Sie nickt. »Ja, und es war dringend notwendig, dass ich mal wieder dort war.«

»Aber warum hast du dein Geld hier und nicht in Starnberg?«

»Weil das mein Verdienst der letzten Jahre ist und der stammt aus Afrika. Ich versteuere das doch nicht in Deutschland.«

»Wo hast du eigentlich deinen Wohnsitz?«

»Hier in Genf natürlich. Da brauche ich das Afrikageld nicht zu versteuern.«

»Reicht es für die Reise oder soll ich mit meinen Eltern reden?«, fragt Dari nun.

»Nein, wenn wir sparsam sind, kommen wir gut durch«, antwortet Lena.

Tags darauf können sie den Wagen abholen. Alles bestens, und so packen sie zusammen und los geht die Fahrt. Ihr Weg führt sie durch die wunderschöne Schweiz, schnell haben sie die Grenze nach Österreich überschritten. Dari fährt, das Mobil surrt, als sei es tatsächlich neu.

Lena betrachtet ihn von der Seite und spürt ein Gefühl der Verbundenheit. Dari könnte es sein, denkt sie. Er ist zwar kein Draufgänger, aber ein besonnener Mann, wie sie ihn braucht. Ein Draufgänger läge ihr zwar mehr, da sie das Abenteuer liebt, aber die Vernunft sagt ihr, dass es Zeit wird, ruhige Tage schätzen zu lernen.

In Lindau entschließen sie sich zu einem Halt. Am Bahnhof finden sie einen großen Parkplatz und kaufen in einer Bäckerei ein Baguette und in der Metzgerei daneben einen leckeren Leberkäse. »Prost, auf unsere gemeinsame Reise«, sagt Dari, der noch keine Ahnung hat, warum Lena die Insel Rügen ansteuert. Er ahnt zwar etwas, aber den wahren Grund hat sie ihm verschwiegen.

Die kommende Nacht werden sie auf einem Campingplatz kurz vor München verbringen. Es ist die Testnacht. Beide gehen sehr vorsichtig miteinander um. Der Baderaum ist sehr schmal, die Toilette eng. Aber daran werden sie sich gewöhnen müssen. Dari bevorzugt die zum Campingplatz gehörenden Waschräume. Aber dann ist es so weit, beide liegen Seite an Seite in der kleinen Koje, eins fünfundneunzig breit und eins neunzig lang. Da gäbe es zwar noch ein Zusatzbett, aber den Aufbau wollten sie sich ersparen.

Lena nimmt Dari in den Arm. »Ich freue mich, dass wir beisammen sind.«

»Ich mich auch. Meinst du, wir halten es miteinander aus oder werden wir uns umbringen?«

»Lass es uns einfach versuchen, aber bitte keinen Stress.«

Lena wird das erste Mal so gegen halb fünf wach. Regen schlägt gegen das Wohnmobil. Ach, wie schade, das ist ja richtiges Sauwetter. Die Scheiben des Fahrzeuges sind beschlagen, das lässt einen Wettersturz vermuten. Sicher ist es jetzt draußen lausig kalt. Sie dreht sich um und kuschelt sich noch etwas enger an Dari. Wie gut es doch tut, wenn man jemanden zum Kuscheln an seiner Seite hat, denkt sie. Dari beginnt nun ebenfalls, sich etwas zu strecken, und dreht sich mit dem Rücken zu Lena. Sie ist leise empört: Also so etwas, da zeigt er ihr doch glatt die kalte Schulter.

Die Herrschaften neben ihnen fahren wohl gerade ab. Leider geht das nicht so ruhig zu, wie es sich gehören würde. Das Kind der Familie meint die Abreise mit lautem Getöse kundtun zu müssen. Es ist wohl eine kleine Tröte, die er immer wieder erklingen lässt. »Schön ist das ja nicht, aber selten.« Mit diesen Worten begrüßt Dari nun Lena. »Was haben wir uns da für ein Wetter ausgesucht?«

»Wie spät haben wir es denn eigentlich?«, fragt sie verschlafen.

Dari tastet nach dem Wecker. »Was? Sieh mal, es ist bereits kurz nach neun«, stellt er erschrocken fest.

Lena gähnt. »Hab dich nicht so, wir fahren ja nur bis Fulda. Das machen wir mit links, wenn wir in einer Stunde losfahren. Lass uns erst einmal frühstücken. Ich habe gestern schon einmal ins Bistro geschaut. Die haben recht leckere Sachen in der Vitrine.«

Kurz darauf sitzt Lena mit Dari an einem Fensterplatz. Sie schauen zum Wohnmobil, und Dari fragt: »Wie bist du eigentlich ausgerechnet auf Blau gekommen?«

»Die Werkstatt hatte drei Farbkübel und der Mann dort sagte, die seien übrig und billiger. Da habe ich dann nicht lange überlegt. Außerdem finde ich ihn so unheimlich chic.«

»Wie du meinst.«

Seit drei Stunden sind sie nun auf der Autobahn und es regnet ohne Unterlass. »So wird er mal richtig abgewaschen«, sagt Lena.

Sie nähern sich Würzburg und Lena erzählt von ihrem letzten Besuch in Würzburg, der über zehn Jahre her ist. Sie schwärmt von den Kostümen. »Hätten wir etwas Zeit, würde ich eine Nacht bleiben. Aber du hast uns ja schon bei deiner Tante angemeldet.«

»Ich musste es ihr versprechen. Sie ist eine ganz Liebe, sie schließt mich jede Nacht in ihr Gebet ein, das hat sie mir versprochen, als ich Kind war.« Dann, nach einigen Sekunden, fügt er noch hinzu: »Lass uns eine Pause machen, ich muss mir mal die Beine vertreten.«

»Wenn du nur auf die Toilette musst, das kannst du auch während der Fahrt erledigen. Bei dem Regen merkt das keiner«, sagt Lena und muss laut lachen bei der Vorstellung, dass Dari den Haupthahn öffnet und das Wohnmobil entleert.

Dari will gerade gegen den Vorschlag protestieren, da poltert Lena: »Das war doch nur ein Scherz.«

Einige Kilometer weiter: »Würzburg-Nord, lass uns da abfahren. Etwas Salat könnte nicht schaden«, sagt Lena.

Dari kontrolliert das Navi. »Nur noch eine gute Stunde bis Fulda. Ich freue mich schon auf ein richtiges Bett.«

Tante Betti steht schon am Fenster, als sie ankommen. »Wie lange steht sie da wohl schon?«, fragt Lena.

»Lass uns das Wohnmobil hinter das Haus fahren. Onkel Bertram wird es nicht gefallen, wenn seine Aussicht verstellt ist.«

Eine halbe Stunde später sitzen alle am Abendtisch, und Onkel Bertram will nun genau wissen, was zwischen Lena und Dari für eine Beziehung herrscht. »Wollt ihr heiraten?«

Dari will gerade ansetzen und eine Erklärung abgeben, da fährt ihm Lena dazwischen. »Von Heiraten kann keine Rede sein, schließlich beschnuppern wir uns gerade erst. Dann müssen wir noch klären, wo wir unsere Zelte aufschlagen. Sollte ich mich wieder für Afrika entscheiden, dann wird Dari umschulen müssen. Da sind Journalisten weniger gefragt.«

»Wieso? Haben die dort keine Zeitungen? … Ach, ich vergaß, die sind ja alle Analphabeten.«

Lena ist erbost. »Also so etwas … Das stimmt nicht, dort leben viele gebildete Menschen. Sie sprechen fast alle drei Sprachen, haben Fernsehen und Internet.«

Tante Betti sagt: »Warum zieht ihr nicht nach Frankfurt? Das wäre in unserer Nähe und hier gibt es genug Zeitungen. Was hast du eigentlich für einen Beruf?« Sie sieht Lena fragend an.

»Ich bin Anwältin für Handelsrecht und habe mich auf afrikanisches Recht spezialisiert.«

»Gibt es da überhaupt ein Recht?«, fragt der Onkel.

»Ja, natürlich, das ist nicht anders als bei uns. Vielleicht wird es etwas anders ausgelegt.«

Nun mischt sich Tante Betti wieder ein: »Viel Zeit hast du ja sowieso nicht mehr.«

»Wie meinst du das?« Lena sieht sie verwirrt an.

»Du bist doch sicher schon über dreißig. Da wird es Zeit,

an Kinder zu denken. Wie lange wollt ihr denn noch warten?«

»Noch wissen wir gar nicht, ob wir zusammenbleiben … Und Kinder kommen dann eben später. Außerdem kann man auch welche adoptieren.«

Tante Betti macht große Augen. »Du willst keine eigenen Kinder?«

»Doch schon, aber wenn es nicht sein soll … Mein Beruf ist mir wichtiger.«

»Aber du wirst doch deinen Beruf aufgeben, wenn ihr Kinder bekommt.«

»Niemals werde ich meinen Beruf aufgeben. Schließlich verdiene ich erheblich mehr als Dari.«

Dari, der sich lange zurückgehalten hat, ergreift nun das Wort. »Du hast wohl keine Ahnung, wie viel ein guter Journalist verdient. Das sind locker zwölftausend.«

Lena wirft ihm einen belustigten Blick zu. »Ach, du meinst ernsthaft, ich lebe mit dir und den Kindern von deinen zwölftausend, die netto höchstens noch sechstausend sind?«

»Aber da kommt doch noch das Kindergeld dazu«, sagt Onkel Bertram.

Lena beachtet ihn nicht, sondern starrt Dari an. »Hast du eigentlich eine Vorstellung, was ich bekomme, wenn ich die Schürfrechte von zwei Ländern verhandele? Da geht es um Millionen, davon erhalte ich ein Prozent.«

»Bertram, ich glaube, du holst jetzt erst einmal einen Schnaps«, versucht Tante Betti die Wogen zu glätten.

Lena fühlt sich in eine frühere Zeit zurückversetzt. Wo sind sie hier gelandet? Haben sie in Fulda noch eine andere Zeitrechnung? »Pures Mittelalter«, entfährt es ihr. »Ich glaube, ich gehe zu Bett. Wir haben morgen eine lange Reise vor uns.«

»Wo schlafen wir denn?«, fragt Dari nun.

Tante Betti schaut ihn verlegen an. »Du sagtest, ihr kommt mit einem Wohnmobil. Da dachte ich, ihr schlaft da auch drin. Duschen könnt ihr ja hier im Gästebad.«

»Da hast du natürlich recht. Das machen wir auch so«, nickt Dari.

In dieser Nacht schläft Lena sehr unruhig. Niemals käme ihr der Gedanke, ihren Beruf aufzugeben. Schon gar nicht wegen Kindern, schließlich gibt es Kindermädchen. ...
»Und wenn wir es nach Afrika mitnehmen …«

»Hast du etwas gesagt?«, fragt Dari, der gerade in der Nasszelle ist. »Was meinst du, Lena? Warum benutzt du eigentlich nicht das Gästebad? Dann wären wir schneller fertig.«

»Lass mal, nachher muss ich das noch desinfizieren und putzen. Ist das eigentlich die Verwandtschaft von deinem Vater oder von deiner Mutter?«

»Tante Betti ist die Schwester von meinem Vater. Wenn wir zurückkommen, wirst du meine Familie kennenlernen.«

»Muss das sein? Eigentlich reicht mir schon deine Tante.«

Am nächsten Morgen: Es klopft heftig an die Tür des Wohnmobils. »Frühstück ist fertig. Duschen könnt ihr ja anschließend.«

»Was freue ich mich auf Rügen, da sind wir ganz für uns. Wir, der Strand, der Wind, die Natur«, brummt Lena.

»Vergiss die Touristen nicht«, entgegnet Dari verschlafen.

Gegen Mittag sind sie bereits in der Nähe von Hannover.

»Wir werden von hier in Richtung Berlin fahren. Vielleicht sehen wir uns zuerst Usedom an. Da wollte ich schon immer hin«, schlägt Dari vor.

»Kein Problem, solange du dort keine Verwandtschaft hast.«

Inzwischen haben sich Lena und Dari schon so an das Fahren mit dem Wohnmobil gewöhnt, dass sie es sich gar nicht mehr anders vorstellen können. »Wie eine Schnecke, immer das Haus dabei.«

»In Usedom müssen wir unbedingt einen Platz finden, wo man auch einen Service machen lassen kann«, bemerkt Dari.

»Und ein schönes Restaurant muss auch dabei sein.«

»Ich dachte, wir kochen selbst?«

»Bei schönem Wetter gern, aber wenn es regnet, steht die Luft im Wagen, und das ist nicht so toll.«

Inzwischen sind sie an Braunschweig vorbei und halten in Richtung Berlin. »Wir könnten auch einige Tage in Berlin bleiben. Da gibt es sicher auch einige schöne Plätze«, überlegt Dari und füttert das Navi. So werden sie zuverlässig auf einen Platz in der Nähe von Potsdam gelotst. »Für eine Nacht ganz okay«, stellt Lena fest.

Sie leisten sich ein Taxi in die Stadt und gehen richtig gut essen. »Berlin ist immer ein gutes Essen wert«, sagt Lena. Sie erinnert sich an ihre Zwischenstation damals. Ob sie die kleine Pension wiederfinden würde? Es war gleich um die Ecke vom Lackierer, ach ja, es war in Kreuzberg. Sie entschließt sich, den Abstecher nicht mit Dari zu machen. Irgendwann später, dann wird sie dort nochmals anhalten.

Während des Abendessens erhält Dari einen Anruf seines Chefs: »Das mit den drei Wochen geht nicht. Entschuldige, aber Franz liegt im Krankenhaus, wir brauchen dich spätestens in einer Woche wieder hier in der Redaktion.«

»Okay, wenn es sein muss.« Dari legt auf. »Wir haben nur noch eine Woche, ich muss zurück«, sagt er zu Lena.

»Dann lass uns morgen nach Rügen fahren. Eine Woche wird reichen.« Seltsam, sie ist gar nicht traurig deswegen.

»Was machen wir eigentlich auf Rügen?«, fragt Dari nun.

»Ich will Richard finden. Das bin ich mir schuldig. Ich muss wissen, ob er etwas mit der Entführung zu tun hatte.«

»Ach, jetzt verstehe ich. Du brauchst einen Journalisten, um zu recherchieren.«

»Vielleicht, aber wenn du nicht willst, ich schaffe das auch alleine.«

»Nein, natürlich machen wir das zusammen. Wie gut, dass ich meinen Presseausweis dabei habe.«

»Den hast du doch sicher immer dabei, schon wegen der Vergünstigungen im Restaurant.«

Am nächsten Morgen brechen sie sehr früh auf, da sie sich nicht hetzen wollen. »Rügen, das ist locker zu schaffen. Da muss man nicht mal rasen«, meint Dari. Es wird schon dunkel, als sie Rügen erreichen und von ihrem Navi auf einen sehr schönen Platz in der Nähe von Saßnitz gelotst werden. Mit direktem Meerzugang, wie es heißt. Das Wetter hat sich von seiner besten Seite gezeigt und so freuen sie sich schon auf die gemeinsame Woche am Strand. Das mit Richard, das wollen sie so nebenbei machen. Außerdem, wenn die Zeit nicht reicht, fliegt Dari eben alleine nach München zurück.

Der Platzwart besorgt ihnen einen kleinen Polo, so dass sie nicht mit dem Wohnmobil unterwegs sein müssen.

Am nächsten Morgen nimmt sich Lena vor, zu dem Abrisshaus zu fahren, wo sie festgehalten wurde. Hier hofft sie eine Spur von Richard zu finden. Dari will protestieren, weil er eigentlich einen Tag am Strand verbringen möchte, aber Lena hat ihren Plan und den zieht sie durch. Sie sitzen gerade unter ihrer Markise, als es zum Streit kommt. Dari will jetzt ins Meer.

»Dann machst du einen Badetag und ich recherchiere ein bisschen. Am Abend gehen wir dann schön gemeinsam essen«, schlägt Lena vor.

»Okay, wenn es das ist, was du dir unter einem Badeurlaub vorstellst, dann machen wir das so«, entgegnet Dari beleidigt. Mit einem großen Badehandtuch unter dem Arm geht er in Richtung Meer.

Lena schwingt sich in den Polo und steuert das verlassene Gebäude an, wo sie Richard vermutet. Sie findet es auch gleich und parkt auf dem Platz vor dem Haus. Nichts hat sich in all den Jahren verändert. Das Gebäude will wohl niemand. Zwischenzeitlich hat man einen Zaun montiert. »Betreten verboten« steht unübersehbar auf einem Schild. Aber dann entdeckt Lena, dass sich doch etwas verändert hat. Vor einigen Fenstern hängen Gardinen. Da haben sich wohl einige Hausbesetzer eingefunden. Sie schlüpft durch den Zaun und bemerkt, dass sie beobachtet wird. Als sie auf die offene Haustür zugeht, ruft jemand: »Da haben Sie nichts verloren. Warum steht da wohl ein Zaun?«

»Ich muss da rein. Ich habe hier mal gewohnt«, ruft Lena zurück.

Aus dem Eingang kommt ein etwas heruntergekommener Mann. »Sie haben hier gelebt? Das glauben Sie doch selbst nicht. Sie sind sicher so eine Maklerin, die das Ganze billig kaufen will.«

»Kaufen? Nein danke, nicht mal geschenkt würde ich das Haus nehmen.«

»In welchem Stockwerk waren Sie denn damals?«

Lena schaut an dem Haus hoch. »Es muss im fünften Stock gewesen sein, aber ich muss es selbst sehen.«

Es stellt sich heraus, dass der Kerl ein Wachmann ist, oder besser »Wachhund«. Er begleitet sie, ohne von ihrer Seite zu weichen. »Der Lift geht schon lange nicht mehr«, brummt er.

»Das weiß ich. Der ging schon damals nicht. Ich würde das Zimmer lieber alleine anschauen. Sie brauchen nicht mitgehen.«

»Ich lasse da niemanden alleine herumlaufen.«

Also steigen sie zusammen die knarrende Treppe hoch. »Sagen Sie mal, kennen Sie zufällig einen Richi oder Richard?«

»Klar kenne ich den. Der wohnt im zweiten Stock. Da ist die einzige Wohnung, wo es noch Licht und Wasser gibt. Er hat sie mal gekauft, deshalb kann ihn keiner vertreiben.«

»Gekauft? Wurden die Wohnungen mal an Feriengäste verkauft?«

»Ja, aber es fanden sich nur wenige Käufer. Die meisten haben es kurzerhand abgeschrieben. Aber der Richi, der ist eingezogen und hat es durchgehalten.«

»Hat er zufällig einen alten Mercedes?«

»Damals, da hatte er einen alten Mercedes. Aber heute geht er nur noch zu Fuß. Die Rente, Sie verstehen schon, da kann man sich keinen Wagen leisten.«

Sie gehen nun über den langen Gang zur Wohnung. »Was wollen Sie denn hier?«, fragt der Wachmann. »Hier gab es mal einen Mord. Da darf niemand rein.«

Lena holt tief Luft. »Ich schon, ich war die Geisel.«

Der Mann tritt einen Schritt zurück und mustert sie mitleidig. »Verstehe, dann lasse ich Sie mal alleine. Ich gehe da nicht rein. Es heißt, da spukt es.«

»Das kann ich gut verstehen. Wenn ich alles gesehen habe, komme ich noch einmal bei Ihnen vorbei.« Lena geht die letzten Schritte allein. Sie spürt, wie sich ihre Kehle zuschnürt. Sie hat einen Knoten im Hals. »Scheiße, das siehst du dir jetzt an. Es dauert ja nur zehn Minuten«, redet sie sich selbst leise zu. Sie drückt die Tür auf. Kein Schloss ist angebracht. Eines der Fenster ist eingeschlagen. War sie das vielleicht? Sie kann sich nicht mehr erinnern.

Alles ist noch so wie damals. Sogar der Blutfleck ist noch zu erkennen. Die Liege ist auch noch da, nur die Matratze fehlt, die hat sich wohl einer geholt. Der Hocker … Die Steine von den Fenstern liegen noch wie damals, als Lena sie aufgeschichtet hatte. Das Tuch, das sie verwenden musste, um sich die Augen zu verbinden, liegt auch noch auf der Liege. Das Badezimmer … sie erinnert sich, wie sie sich damals umgesehen hatte. Da liegt sogar noch ihre Haarbürste. Ein Waschlappen und die Zahnbürste, alles noch da. Nach so vielen Jahren, keiner wollte die Dinge entsorgen. Warum auch?

Sie sucht nach Spuren. Vielleicht kann sie Spuren finden, die auf einen Dritten schließen lassen. Dann hört sie Schritte. Das wird der Wachmann sein, der sie abholen will. Aber es ist jemand anders, ein fremder alter Mann. »Sie haben nach mir gefragt? Ich bin Richard«, stellt er sich vor.

»Hallo, ich bin Lena Kainsz.«

Schweigend stehen sie sich gegenüber. »Sie sind also Lena Kainsz.«

»Ich bin hier, um herauszufinden, ob Sie an dem Fall beteiligt waren.«

»Aber hören Sie mal, das ist ja mindestens zehn Jahre her.«

»Es sind zwölf Jahre«, sagt Lena mit bitterer Stimme. »Haben Sie meinen Vater gekannt?«

Richard mustert sie. »Haben Sie Zeit?«

»Ja, natürlich.«

»Dann kommen Sie mal mit in meine Behausung. Ich werde Ihnen etwas zeigen.« Richard geht vor. Er fühlt sich hier als Hausherr. »Es gibt noch drei weitere Wohnungsbesitzer, die hier ausharren. Nur wir vier haben noch Strom und Wasser, die anderen Wohnungen wurden abgeklemmt. Das heißt: Wir haben die Leitungen gekappt.« Er schließt seine Wohnung auf. Lena ist erstaunt, wie ordentlich es hier ist. Und Richard scheint hier nicht alleine zu wohnen. Da liegt Damenkleidung herum. Seine Wohnung scheint erheblich größer zu sein, als die Wohnung, in der sie gefangen gehalten wurde. »Ich habe hier erweitert. Einen Durchbruch habe ich gemacht und die beiden Nachbarwohnungen mit dazugenommen. Das war ganz einfach, nur mit dem Strom, da musste ich improvisieren.«

»Das ist ja alles recht wohnlich«, stellt Lena fest.

»Nehmen Sie im Wohnzimmer Platz, meine Frau wird gleich zurück sein und Ihnen etwas anbieten.«

Da erscheint auch schon Richards Frau. »Hallo, wer sind Sie denn? Mein Mann hat nichts von Besuch gesagt.«

»Ich bin Lena Kainsz, hallo«, stellt sich Lena vor.

Die Frau überlegt. »Helfen Sie mir auf die Sprünge, woher kenne ich Ihren Namen?«

»Es ist zwölf Jahre her …«

»Ach ja, jetzt weiß ich es wieder. Da war etwas mit einer Entführung, damals war ich mit meinem Mann in Spanien.«

»Sie waren die ganze Zeit in Spanien?«

»Einige Wochen vorher musste mein Mann etwas umbauen. Das war doch im vierten Stock, oder?«

»Was hat Ihr Mann denn umgebaut?«

»Er musste die Fenster zumauern. Es sollte für ein Labor sein, so wenigstens hat uns das der junge Mann erklärt, von dem wir den Auftrag hatten.«

»Wieso hat der junge Mann denn ausgerechnet die Wohnung im vierten Stock ausgesucht?«

»Sie hat seinen Eltern und seiner Schwester gehört. Die waren auch so blöd und haben hier gekauft.«

»Ich verstehe, jetzt geht mir ein ganzer Kronleuchter auf.«

»Was erzählst du denn da?«, Richard steht plötzlich hinter seiner Frau im Türrahmen. Er hat einen Schuhkarton in der Hand. »Jetzt werde ich Ihnen mal zeigen, was für tolle Hunde wir damals waren.«

Seine Frau winkt ab. »Ach, lass doch den alten Kram. Dafür interessiert sich doch keiner.«

»Aber das ist doch die Tochter vom Helmut, einer der beiden Kainsz-Brüder. Kannst du dich nicht mehr an die erinnern?«

»Ach ja, die beiden ...«

Richard kramt in der Box und zieht einige Fotos heraus. »Siehst du, Lena, ich darf doch Lena sagen? Du bist ja schließlich die Tochter ...«

»Ja, ist schon recht, sagen Sie nur Lena.« Sie betrachtet die Fotos, die ihr Richard gibt. »Sagen Sie mal, sind die beiden mit den Anzügen etwa mein Vater und Onkel Max?«

»Ganz genau, sie trugen beide immer Anzug und Krawatte. Das hat vielleicht scheiße ausgesehen. Aber sie sagten immer: ›Auch zur Demo muss man gut gekleidet sein.‹ Ja, so waren die.« Richard und seine Frau lachen leise. Dann fährt Richard fort: »Du musst wissen, wenn der Wasserwerfer kam, dann waren sie die Ersten, die türmten.«

»Sonst hätten doch die Anzüge gelitten«, ergänzt seine Frau.

»Können Sie mir etwas über den Vorfall sagen?«, fragt Lena die beiden.

Richard nickt bedächtig. »Ich bin übrigens der Richi, aber nur für Freunde. Über den Vorfall? Du meinst sicher die Geschichte mit Herberts Vater. Das war ein ganz blöder Zufall. Ich hatte wie immer meinen Revolver dabei. Natürlich ohne Patronen, zumindest dachte ich das. Aber irgendjemand hat da Munition reingetan. Es kam zu einem Gerangel, da löste sich ein Schuss. Einer der Polizeibeamten dachte, ich wolle ihn erschießen. Aber weit gefehlt, ich habe mir fast selbst in die Hose …, als sich der Schuss löste. Hanns Herman, also der Vater von Herbert, hatte gerade eine Latte in der Hand. Vor Schreck schlug er damit nach hinten. Nur blöd, dass da ein Beamter stand. Er traf ihn so ungünstig, dass er an dem Schlag gestorben ist.«

»Wo waren denn mein Vater und sein Bruder zu dieser Zeit?«

»Die waren längst auf und davon. Es hätte ja ihrem Anzug schaden können, wenn du verstehst, was ich meine. Da hätte die Krawatte einen Fleck abkriegen können«, brummt Richard.

»Jetzt bin ich aber erleichtert, ich dachte schon …« Lena atmet aus.

»Nein, wie gesagt, wenn es brenzlig wurde, machten sie eine Fliege.«

»Ich würde euch beide gern zu einem Abendessen einladen. Mein Freund ist auch da und er soll ruhig hören, wie es wirklich war.«

»Gerne, wenn du uns einlädst. Weißt du, mit dem Geld, das ist so eine Sache. Unsere Rente ist ziemlich schmal.«

»Wie gesagt, ihr seid eingeladen. Wie sieht es morgen Abend aus? Ich würde euch abholen?«

Richards Frau nickt. »Okay, dann morgen Abend, aber bitte nicht so vornehm. Am besten gehen wir in den Grünen Bock.«

»Wie du meinst, also bis morgen. Was ist eigentlich aus dem alten Benz geworden?«

Richard sieht Lena verwundert an. »Was für einen alten Benz meinst du?«

»Ach, vergiss es.«

Lena ist auf dem Weg zum Strand und muss über Richis Schilderung nachdenken. Immer in Anzug und Krawatte, was waren denn das für Demonstranten? Also, Richi hat offensichtlich nichts mit ihrer Entführung zu tun. Aber wer hat den alten Benz genommen? Lena geht schnell und beruhigt sich langsam. Vielleicht wurde er ja ganz einfach nur gestohlen. Oder, wie sagt man doch gleich in den besseren Kreisen, es hat ihn sich jemand geborgt …

Dari kommt gerade vom Strand, als Lena die Tür des Wohnmobils aufsperrt. »Na, wie war es? Bist du fündig geworden?«

»Ich werde es dir gleich erzählen. Aber vorher brauche ich noch einen Whisky.«

Sie setzen sich jeder mit einem Glas vor die Tür des Wohnmobils. Lena berichtet ausführlich von der Begegnung. »Morgen Abend treffe ich sie noch einmal. Du kommst doch mit?«

Aber Dari schüttelt den Kopf. »Nein, das machst du am besten alleine. Ich wüsste gar nicht, was ich mit ihnen reden soll.«

Am folgenden Tag verbringt Lena einen wunderbaren Tag am Strand. Baden ist angesagt und gegen Mittag wird es so voll, dass sie sich in ihr Wohnmobil zurückziehen. Ein ausgedehnter Mittagsschlaf darf nicht fehlen. Dann, gegen Spätnachmittag, macht sich Lena nochmals auf den Weg. Sie will erneut in die Wohnung. Ein unbestimmtes Gefühl treibt sie an. Vielleicht gibt es da noch etwas in den Schränken. Jetzt, wo sie weiß, dass die Wohnung den Geschwistern gehört hat, möchte sie nochmals nachforschen. Als sie den Polo startet, sieht sie Dari im Wohnmobil. Ihr kommen Gedanken über ihre Zukunft.

Als sie zur Hauptstraße abbiegen will, glaubt sie ihren Vater gesehen zu haben. Da war ein dunkelblauer Benz, aber die Nummer konnte sie nicht erkennen. Nur der Mann sah ihrem Vater zum Verwechseln ähnlich. Aber was sollte der hier machen? Das kann ja nur ein Irrtum sein.

Kurz darauf steht sie wieder vor dem Bauzaun, aber diesmal ist die Tür offen. Sie läutet kurz bei Richi und sagt: »Gebt mir eine halbe Stunde. Ich möchte noch einmal in die Wohnung oben.«

»Ist schon recht, wir sind sowieso noch nicht so weit«, sagt Gerti.

Lena durchstreift den Wohnraum. Es muss ein Versteck geben. Warum sie sich da so sicher ist, kann sie sich auch nicht erklären. Sie überlegt, wo würde sie etwas verstecken, was keiner finden soll? Sie sieht in die Schränke, aber außer alter Kleidung ist da nichts zu finden. Sie macht sich sogar die Mühe und sieht in den Anzugtaschen nach. Sie beginnt, die Schränke zu verschieben, und siehe da: Eine schmale Aktentasche kommt zum Vorschein. Sie blättert und ist erstaunt, was sie hier alles findet. Da sind Unterlagen von einer weiteren Wohnung in Berlin. Und da sind Unterlagen über einen Vorfall aus den Siebzigern. Es muss, nach den Fotos zu urteilen, in München gewesen sein. Eine Hausbesetzung? Dann erkennt sie ein Gebäude, in dem ehemals die Kanzlei von ihrem Onkel war. Also gibt es doch eine Verbindung, so vermutet sie jetzt wenigstens. Dann steht da etwas von einem Großbrand, zwei Bewohner seien verbrannt. Aufgeregt blättert sie weiter. Sie muss diese Unterlagen mitnehmen. Hastig rollt sie alles in ihre Jacke, damit Richi das nicht gleich sieht. Dann stürmt sie die Treppe wieder herunter und ruft noch in Richards Wohnung hinein: »Ich warte am Wagen auf euch. Lasst euch nur Zeit.« Beim Polo angekommen, verstaut sie die Papiere unter der Matte im Kofferraum. Warum waren diese Unterlagen so gut versteckt? Nun ist sie sich ganz sicher, dass ihr Onkel mit dem Gebäude etwas zu tun hat.

Da kommen auch schon Richard und Gerti zum Wagen. Sie haben sich chic gemacht. Gerti trägt ein großes Schultertuch zu einem langen dunkelgrünen Rock. Richi hat seinen Sonntagsanzug herausgeholt, sogar mit Krawatte.

»Seid ihr so weit?«, fragt Lena.

Sie nicken, und Richi fragt: »Und hast du noch etwas gefunden?«

»Nichts Wichtiges, ich habe nur meine Sachen mitgenommen, die ich damals zurückgelassen habe.«

»Ach, das war das, was du in deine Jacke gewickelt hast.«

»So ist es. Im Badezimmer lagen ja noch meine Sachen. Außerdem habe ich das Tuch mitgenommen. Warum ich das getan habe, weiß ich auch nicht.«

»Lass nur, es ist ja eine wichtige Erinnerung«, sagt Richi.

Sie steigen ein. »Sagt ihr mir noch, wo ich lang muss,

um zum Grünen Bock zu kommen.« Lena lässt den Wagen an.

Nach wenigen Minuten stehen sie vor einem recht vornehm wirkenden Lokal. »Da gehen wir immer hin, wenn wir vorher einen Lottogewinn abgeholt haben«, erzählt Gerti. Ein freundlicher Ober kommt auf sie zu und möchte wissen, ob sie reserviert haben. »Wir dachten, Sie werden schon ein Plätzchen für uns finden«, sagt Richi.

Lena drückt dem Ober einen Schein in die Hand und sagt: »Wenn es ein ruhiges Plätzchen wäre, dann würde ich mich freuen.«

Er deutet eine Verbeugung an. »Dann sehen wir mal, was ich für Sie habe.« Damit führt er sie in eine lauschige Nische. »Einen Aperitif?«

»Gern, für mich einen Prosecco. Was nehmt ihr?« Lena sieht ihre Gäste an.

»Für uns beide ein Pils«, sagt Richi.

Dann vertiefen sie sich in die Karte. Es gibt nichts, was es nicht gibt, stellt Lena fest.

»Krautwickerl stehen auf der Tageskarte, dann sind sie auf jeden Fall gut«, sagt Richi.

Sie sitzen gerade so richtig lustig beisammen, da geht die Tür auf. Dari steht mit Lenas Vater im Raum. Fast hätte sie sich verschluckt. Was soll das? Was will ihr Vater hier? Dann hatte sie sich also nicht geirrt. War er ihr gefolgt? Nein, er hatte es von Dari erfahren. Aber woher weiß er von dem Wohnmobil? Sicher hatte er mit Dari telefoniert. So muss es gewesen sein. Sie fängt sich und begrüßt die beiden: »Hallo, was macht ihr denn hier?«

»Wir möchten uns dem Abendessen anschließen, wenn es euch nichts ausmacht«, sagt ihr Vater. »Hallo Gerti, Richi, so sieht man sich wieder.«

Richi nickt. »Wie heißt es so schön? Man sieht sich immer zweimal im Leben.«

Lena winkt dem Ober. »Wir brauchen noch zwei Stühle und zwei Gedecke. Wollt ihr auch einen Prosecco?«

Es ist nicht zu übersehen, dass die Stimmung auf den Gefrierpunkt gefallen ist. Richi will von Lena wissen, ob sie das vorbereitet hätte. »Niemals hätte ich mich mit diesem Mann nochmals an einen Tisch gesetzt«, stellt er mit bitterer Stimme fest.

Lena sieht ihn betroffen an. »Richi, könntest du mir das erklären?«

»Damals in München haben uns dein Vater und dein Onkel aufs Kreuz gelegt. Sie haben hinter unserem Rücken mit dem Hausbesitzer gesprochen und wir standen am Ende ohne Wohnung da. Wir mussten uns unter die Isarbrücken legen.«

Nun wird Lena klar, was es mit dem Haus in den Unterlagen auf sich hat. Sie kann die Sekunden zählen, bis ihr Vater an die Decke geht. Sein Puls ist schon deutlich gestiegen. Sein Atmen wird heftiger. Gerti versucht zu schlichten: »Lasst doch die alten Dinge ruhen. Wir haben damals doch eine ganz gute Lösung gefunden.«

Richi langt über den Tisch und packt Helmut an der Krawatte. »Unser Kind ist damals gestorben. Das hast du wohl vergessen?«

Helmut versucht seine Hand abzuschütteln. »Das Kind war ja noch gar nicht geboren. Wie soll ich da schuld sein?«

»Gerti hat es verloren, als wir unter der Isarbrücke schlafen mussten.«

»Das tut mir leid, aber das hat doch mit dem Räumungsbeschluss nichts zu tun.«

»Dein Bruder hat sich mit dem Geld eine neue Kanzlei aufgebaut. Wir mussten in die Röhre schauen. Das habe ich euch beiden niemals verziehen.« Da zieht Richi plötzlich seinen Revolver. »Ich knall dich ab, du Lump, du …!«

Dari greift dazwischen, versucht Richi zurückzudrängen. »Hört doch auf! Was soll das?«

Da kommt auch schon die Polizei, die der Lokalbesitzer gerufen hatte. Als Richi die Waffe zog, bekam er es mit der Angst. Und nun bekommt Richi Panik. »Ihr steckt mich nicht in den Knast«, ruft er. Ein Schuss fällt, Lenas Vater sackt zusammen. Ein zweiter Schuss fällt, Dari kippt vom Stuhl. Dann ist ein Beamter zur Stelle und überwältigt Richi.

Ein Krankenwagen fährt vor. »Das waren nur Streifschüsse, nicht so wild«, so der Kommentar vom Notarzt.

»Woher hat er die Waffe?«, will der Streifenbeamte wissen.

»Die hat er immer dabei, und das schon seit vierzig Jahren. Aber geladen war sie nie«, erklärt Gerti unter Tränen.

Richi wird abgeführt. Gerti setzt sich zu Lena in den Streifenwagen. Dari und ihr Vater werden in die Notaufnahme gebracht. Dari war schlimmer getroffen, als man annahm. Und keiner wusste, dass er Bluter ist. Als es der Arzt in seinem Ausweis sieht, ist es schon zu spät. Dari verstirbt noch in der gleichen Nacht. Der Notarzt hat es zu locker gesehen, so der Kommentar des Beamten.

Schon am nächsten Tag wird Lenas Vater entlassen. Er muss aber noch einige Tage bleiben, um seine Aussage zu machen. Natürlich trifft ihn keine Schuld, wenigstens nicht, was den Schusswechsel betrifft. Aber wenn Lena so überlege, gibt es da noch einiges zu klären. Am nächsten Tag trifft sie sich nochmals mit Gerti. Sie sagt, dass sie das alles geahnt hätte, als plötzlich Helmut in der Tür stand. Da gab es diesen uralten Streit, der nun sein schreckliches Ende gefunden hat. Aber warum Dari? War er einfach zur falschen Zeit am falschen Ort? Was hatte er damit zu tun?

Lenas Vater erklärt später, dass er ihn gebeten hätte, mitzufahren. Aber warum? Das Lokal hätte er auch alleine gefunden. Und was wollte ihr Vater hier?

Lena sitzt am Strand und begreift die Zusammenhänge nur ganz langsam. Sie sieht den Wellen zu und beobachtet die vorbeiziehenden Schiffe. Wie friedlich doch das Meer vor ihr liegt. Dann entschließt sie sich, noch ein drittes Mal in die Wohnung zu gehen. Die Mappe mit den Unterlagen legt sie in den Safe im Wohnmobil. Dafür benötigt sie etwas mehr Zeit. Ihre Hand streicht über die Jacke von Dari. Warum hatte er ihr nicht erzählt, dass er Bluter ist? Das muss man doch wissen. Es hätte ja ein viel geringerer Anlass genügt und sie hätte Bescheid wissen müssen. Sicher wollte er sie nicht beunruhigen. Sie bekommt das Gefühl, dass eine feste Bindung für sie nichts ist. Zuerst Jamie, der wohl ein Leben lang an seinen Verletzungen leiden wird. Nun Dari ... Sie bleibt wohl besser alleine, bevor sie noch einen Freund verliert.

Gerti steht im Eingang und fragt, ob sie wohl einen Tee mit ihr trinken würde.

Lena stimmt zu. »Gern, es wird Zeit, dass wir reden.«

»Weißt du, ich habe seit Jahren darauf gewartet, dass sich dieser alte Hass entlädt. Aber so habe ich es nicht erwartet. Sie werden Richi wohl nicht mehr freilassen. Außerdem ist er sehr krank. Er hat sowieso nur noch ein oder zwei Jahre zu leben. Damals unter den Brücken hat er sich eine Nierenerkrankung zugezogen und die hat er niemals auskuriert. Seit einigen Wochen hängt er täglich an der Maschine. Unser Ausflug nach Spanien, das war sein letzter Wunsch. Wir haben dafür einen Kredit aufgenommen.«

»Darf ich den übernehmen? Irgendwie habe ich das Gefühl, dass ich an allem schuld bin.«

»Du darfst ihn übernehmen. Du hast ja noch etwas auf der Seite, wie ich vermute.«

»Wie meinst du das?«

»Es gibt da so eine Geschichte, aber die kenne ich nur vom Hörensagen. Angeblich hat man dich damals mit einer großen Tasche aus dem Haus kommen sehen. So musste ich nur eins und eins zusammenzählen.«

»Verstehe, aber da war kein Geld drin. Es war nur meine Kleidung.«

»Ach, ich will es gar nicht wissen. Der Alptraum muss ein Ende haben. Wenn du den Kredit erledigen kannst, dann danke ich dir. Ich schreibe dir meine Kontonummer auf. Es sind dreitausend.«

Am selben Abend klopft Lenas Vater an die Tür des Wohnmobils. »Komm nur herein, die Türe ist offen«, ruft Lena.

»Hallo, du wirst dich gewundert haben, dass ich plötzlich aufgetaucht bin, aber ich hatte einen Grund«, beginnt Helmut.

»Ich hatte dich schon gesehen, aber ich war mir nicht sicher, ob du es wirklich warst. Und jetzt gib mir bitte eine Erklärung: Was ist damals passiert?«

Lenas Vater setzt sich und beginnt mit den Demos zum Flughafen Frankfurt. Da wollten sich einige profilieren und die haben gut bezahlt. »Max und ich waren immer knapp bei Kasse. Also nahmen wir den Auftrag an und machten mit. Friedlich natürlich, so war die Vereinbarung.

Wir erhielten Schilder, das Fernsehen wurde bestellt und wir zogen umher. Einige Tausend werden es gewesen sein. Bezahlt wurden aber nur die, die organisiert hatten. Dazu gehörten wir beide, Herbert und Richard. Richard hatte immer eine Waffe dabei. Warum, das wissen die Sterne. Aber er brauchte sie wohl, um sich stark zu fühlen. Geladen war sie übrigens nie, deshalb dachte ich auch im Lokal, dass das wieder sein alter Trick sei. Jetzt zieht er wieder seine alte Nummer ab, so dachte ich.«

»Aber sie muss von jemanden geladen worden sein?«

»Vielleicht von seiner Frau? Die war schon immer eine ganz Scharfe. Die hielt Reden, da wurde dir ganz anders. Sie hatte die Begabung, alles in Schwung zu halten.«

»Gerti?«

»Sie mag heute nicht mehr so wirken, aber damals trug sie Lederklamotten und ein Nietenhalsband. Sie war auf den Demos bekannt wie ein bunter Hund. Dein Onkel kam auf die Idee, in München ein Haus zu besetzen. Damit drehte sich alles. Max verstand es sehr gut, mit dem eigentlichen Besitzer zu kommunizieren. Dem Besitzer kam das gerade recht, er hoffte so auf eine Baugenehmigung. Der Stadt München war es gar nicht recht, dass es hier plötzlich Hausbesetzungen geben sollte. Das sollte im Keim erstickt werden. Dein Onkel lancierte es geschickt, so dass er die Zusage für eine eigene Kanzlei bekam. Das Studium ging zu Ende, einen Partner hatte er schon. Schorsch war damals recht bekannt und suchte nach einem Partner für eine neue Kanzlei. Das ist eine Geschichte ohne Ende, ich kürze sie mal ab. Zwei Jahre später entstand dann dort ein Prachtbau und die Kanzlei konnte eingeweiht werden. So kam Max zu seiner Kanzlei.«

»Ja, aber was geschah mit den Bewohnern?«

»Siehst du, hier beginnt der Wahnsinn. Das Haus musste geräumt werden. Max sperrte auf, das alles geschah um eine Uhrzeit, wo kaum jemand im Haus war. Die Polizei räumte und alle mussten gehen. Der Abrisskran parkte schon um die Ecke. Bis zum Abend war das Dach schon runter. Alle, die hier gewohnt hatten, schworen Rache.«

»Um Klarschiff zu machen, kannst du mir die Story mit dem Versicherungsdirektor auch noch erzählen? Oder war das vielleicht rechtens?«

»Im Dachgeschoss zog ein Vorstandsmitglied der Versicherung ein. Es war ein Penthouse der Extraklasse. Eines Tages fand dort oben eine Party statt, zu der Max eingeladen wurde. Ich kam mit, zu einem Zeitpunkt, wo ich noch nicht richtig wusste, was nun werden sollte. Mit dem Studium fertig, deine Mutter, eine fesche Lady, war mit dir schwanger. In dieser Partynacht passierte es, dass ein Gast mit einer Dame erschien, die dort nichts verloren hatte. Es kam zu Peinlichkeiten mit dem Vorstand. Ich nahm das vorsichtig in die Hand, begleitete die junge Dame nach Hause. Damit war wieder Frieden im Hause des Vorstandes. Am nächsten Morgen bekam ich einen Anruf, dass man solche Leute wie mich brauchen könne. Nach dem Motto ›eine Hand wäscht die andere‹ wurde ich als Abteilungsleiter eingestellt. Mein Höhenflug endete erst, als ich persönlicher Referent des Vorstandes wurde. Dann bekam ich den Posten des Sprechers und dann wurde ich in den Vorstand gelobt. Das war's. Seitdem bin ich ›wichtig‹ gewesen. Immer wenn es um komplizierte Fälle ging, wurde ich eingeschaltet. Max war auch immer beteiligt, so verdienten wir ein kleines Vermögen.«

»Und was unternahmen die Ehemaligen?«

»Sie wurden unangenehm. Einmal mussten wir sogar

Herren aus dem Osten bitten, ein wenig nach dem Rechten zu sehen. Unser Richi war der Unangenehmste. Er drohte sogar mit der Waffe.«

»Nun scheint die Tortur ein Ende zu haben. Richi ist übrigens sehr krank, er hat nur noch ein oder zwei Jahre.«

»Diese Geschichte hat er uns schon vor zwanzig Jahren erzählt. Damit hat er immer Mitleid erregt und ein paar Mark bekommen. Das darfst du nicht glauben.«

Lena seufzt. Wem kann sie überhaupt glauben? »Also, ich hoffe, es ist ausgestanden. Nur das mit Dari, das hätte nicht passieren dürfen.«

»Du hattest ihn wohl recht gerne?«

»Er war ein prima Kumpel. Ob es zur Hochzeit gereicht hätte, da bin ich mir nicht so sicher. Ich habe es nicht eilig.«

»Aber du verstehst schon, dass deine Mutter Enkel möchte?«

»Nur Mutter?«

»Na ja, es würde sich im Garten schon gut machen, wenn da ein paar Kleine herumtollen würden. Aber drängen möchte ich dich natürlich nicht.«

»Sag mal, würdest du mich mit nach München nehmen? Aber ich muss noch das Wohnmobil verkaufen, das kann etwas dauern.«

»Das passt mir ganz gut. Ich wollte für eine Woche nach Heiligendamm. Dann kommst du einfach nach, wenn du den Wagen los bist.«

Lena schaut aus dem Fenster des Wohnmobiles und überlegt, ob es eine kluge Entscheidung ist, den Wagen abzustoßen. Es stecken ja einige Erinnerungen darin. Aber man muss auch bereit sein, einen Schlussstrich zu ziehen. Sie wird morgen zum örtlichen Autohändler gehen. Vielleicht bezahlt er ja etwas für das Wohnmobil mit Erinnerungen.

Am nächsten Tag: Die Erinnerungen interessieren den Händler nur wenig. Er zahlt zehntausend und will ihn für sich behalten. Für seinen Sohn, wie er sagt.

Lena kauft noch zwei neue Koffer, nimmt alles aus dem Fahrzeug und belädt damit den Polo. Es ist Spätnachmittag, als sie in Heiligendamm ankommt. Zuerst will man sie abweisen, aber als sie erwähnte, dass ihr Vater Gast ist, lässt man sie vorfahren. Noch zwei Tage genießt sie den Luxus, dann fährt sie mit ihrem Vater nach München zurück. Es ist ein Traum, den Benz gleiten zu lassen. Ihr Vater strahlte die Ruhe aus, die sie von ihm immer gewohnt war. Es war gut, mit den Querelen Schluss zu machen.

Als sie auf dem Platz vorm Haus vorfahren, winkt ihre Mutter aus der Küche. Lenas Vater hatte versprochen, dass Lena einen Stahlschrank bekommt, damit sie die alten Akten einsperren kann. Vernichten kommt nicht infrage. Sie sollen für immer eingesperrt, aber doch existent sein.

Sie holen den kleinen Cinquecento aus der Scheune. Lena streichelt ihn und fragt ihn, ob er sie noch kennen würde. Am Abend besucht sie Daris Eltern. »Wir haben uns leider nie kennengelernt, aber es tut mir alles so leid …«

»Wir hatten ein Leben lang immer Angst wegen seiner Blutkrankheit. Es ist übrigens vererbt. Die Schwester seines Vaters hatte das ebenfalls und ist auch daran gestorben«, sagt Daris Mutter unter Tränen.

»Aber warum?« Lena ist entsetzt. »Das ist doch nichts, woran man stirbt.«

»Sie hatte einen Unfall. Die Ärzte haben es übersehen, fast genauso wie bei Dari.«

Lena sitzt auf der Terrasse, als ein Anruf sie erreicht. Sie glaubt zu träumen, es ist Jamie. »Hi, wie geht es dir? Ich vermisse dich«, sagt er, als hätten sie sich gestern noch gesehen. »Seit einer Woche bin ich zu Hause. Es geht mir recht gut und ich möchte nun wissen, wann du kommst?«

Sie kann förmlich spüren, wie ihr das Herz aufgeht. Ein Glücksgefühl durchströmt ihren Körper. Sie sieht sich bereits in Afrika auf einer Terrasse sitzen, Jamie neben ihr mit einem Gin Tonic und sie mit einem leichten Sommerdrink im Schaukelstuhl. »Jamie, ich liebe dich. Ich komme so schnell wie möglich. Gib mir eine Woche. Ich habe erfahren, dass man in Kapstadt eine gute Anwältin sucht. Was meinst du dazu?«

»Kapstadt ist ein Traum. Außerdem könnte ich da in der freien Wirtschaft arbeiten. Ich hatte da schon einmal ein Angebot, aber ich musste damals ablehnen. Es war in der Zeit, als mein Bruder verstarb.«

»Dann erkundige dich mal, ob sie dich noch brauchen? Ich freue mich schon, wenn wir uns wiedersehen. Tschau, in einer Woche bin ich bei dir, versprochen.«

Sie legt auf und bemerkt nun, dass ihre Mutter wohl zugehört hat. Sie steht hinter ihr und sagt nach langem Zögern: »Du willst uns verlassen?«

»Mutter, das musst du doch verstehen, meine Welt ist in Afrika. Dort habe ich meine Freunde und Kontakte. Auch beruflich habe ich dort meinen Platz gefunden.«

Ohne ein weiteres Wort dreht sich Veronika um und geht. Lena hört sie telefonieren. »Helmut, kommst du bitte sofort nach Hause. Ich habe gerade von Lena erfahren, dass sie nach Afrika zurückgeht, und das schon bald.«

Natürlich versteht Lena, dass ihre Eltern enttäuscht sind. Aber es ist doch ihr Leben, das müssen sie doch einsehen.

Nach zwanzig Minuten hört sie die Haustür. »Hallo ich bin da, wo seid ihr denn?«, ruft ihr Vater.

Dann hört sie ihre Mutter rufen: »Ich bin im Garten, komm doch heraus. Es gibt Zitronentee.«

»Ist Lena auch da oder ist sie ausgegangen?«

»Lena ist in ihrem Zimmer. Du musst unbedingt mit ihr reden. Sie möchte uns tatsächlich verlassen, und ich dachte, das Thema sei vorbei.«

»Lena, kommst du mal bitte herunter«, ruft ihr Vater. Seine Stimme klingt verärgert und so vermutet Lena, dass er versucht, ein Machtwort zu sprechen. Sie kommt die Treppe herunter. »Da bin ich, was kann ich für euch tun?«

Da poltert es auch schon aus ihm heraus. »Du glaubst doch nicht im Ernst, dass du so einfach nach Afrika gehen kannst? Du weißt, dass deine Mutter deine Hilfe braucht. Seitdem sie den Skiunfall hatte, hat sie Probleme beim Hausputz. Der Arm will nicht mehr so, wie er sollte. Wir brauchen dich hier, das haben wir dir mehr als einmal gesagt.«

»Ihr könnt euch doch eine Zugehfrau nehmen. Warum putzt Mama immer noch alleine?«

Ihre Mutter ist nun dazugekommen. »Du weißt genau, dass dein Vater seit der Sache mit der Entführung nur eine schmale Pension bekommt. Da ist es nicht drin, dass wir uns eine Zugehfrau leisten.«

»Aber ich kann doch deswegen nicht mein ganzes Leben umwerfen.«

»Dein Onkel wird dir einen Platz in seiner Kanzlei anbieten. Du könntest dort arbeiten und nebenbei deiner Mutter helfen. Außerdem ist dein Zuhause immer noch hier. Schließlich wirst du das Haus mal erben«, entgegnet ihr Vater.

Jetzt ist Lena entrüstet. »Du glaubst doch nicht im Ernst, dass ich bei deinem Bruder arbeite, der mich so gemein in die Pfanne gehauen hat? Das kannst du dir abschminken.«

»Du wirst sehen, wenn du dich erst wieder an Starnberg gewöhnt hast, dann wird es dir auch wieder gefallen. Außerdem ist doch deine Freundin Isa auch gerade hier«, sagt ihre Mutter.

»Isa lebt in Oslo. Sie hat mir übrigens eine Stelle angeboten. Aber dann könnte ich auch nicht bei euch putzen. Aber um des lieben Friedens willen werde ich darüber nachdenken. Ich fliege übermorgen nach Genf, da ist mein Arbeitgeber. Ich werde mit ihm wegen einer Auszeit reden.«

»Ich verstehe nicht, was du an Afrika findest. Die Schwarzen können es ja wohl nicht sein. Allein die Vorstellung, du stehst hier mal mit einem Schwarzen vor der Tür, vielleicht auch noch ein Kind im Arm – schrecklich!« Ihre Mutter klingt jetzt fast ein bisschen hysterisch.

Und Lena regt sich jetzt auch richtig auf. »Euch geht es doch nur um die Nachbarn, die dann mit dem Finger auf euch zeigen.«

Ihr Vater sieht sie wütend an. »Vielleicht, aber es gibt doch genug nette Burschen hier in Starnberg. Du musst ja nur mal wieder in den Segelclub gehen, da sind deine alten Freunde.«

Lena sitzt mit Isa im Undosa Bad, sie schlürfen jede an einem Weißbier. »Das hätte ich dir gleich sagen können, dass das so enden wird. Meine Eltern haben lange nicht verstanden, dass ich mich für einen Typen aus Oslo entschieden habe. Aber ich habe mich durchgesetzt, so wie du es auch tun wirst. Außerdem ist die Ausrede, dass dein Vater nur eine kleine Pension bekommt, glatt gelogen. Ich weiß von meinem Vater, dass dein Vater das Doppelte von ihm hat, und der hat schon reichlich.«

»Also bist du auch der Meinung, dass ich fliegen soll. Ich brauche Jamie und ich freue mich schon unheimlich auf ihn. Wir wollen übrigens nach Kapstadt. Wir gründen dort zusammen eine Kanzlei für Handelsrecht.«

»Dann habe ich ja gleich einen guten Kontakt, wenn ich einen Kunden für Afrika habe, und einen Grund, dich zu besuchen«, stellt Isa fest.

Am späten Abend packt Lena ihre Tasche, um früh nach Genf zu fliegen. Auf die Frage ihres Vater, ob er sie zum Flughafen bringen soll, antwortet sie mit einem klaren Nein. Sie entscheidet sich für ihren Cinquecento und wird ihn am Flugplatz ins Parkhaus stellen.

Kaum in Genf gelandet, fühlt sie sich wie zu Hause. Die Luft des Sees und die Innenstadt versöhnen sie wieder ein bisschen. Sie fährt direkt in die kleine Pension, die wohl einen neuen Besitzer hat. Alles ist frisch renoviert und die Zimmer sind neu eingerichtet. »Wenn das Zimmer vierundzwanzig frei wäre, dann hätte ich das gern.«

Sie hat Glück. Ihr Fenster geht zum See und sie beobachtet die vielen Segelboote. In einer Stunde hat sie einen Termin mit dem Botschafter. Mal sehen, was er ihr zu sagen hat.

Wenig später in der Botschaft: »Hi, Lena, komm herein. Du trinkst doch einen Kaffee mit mir, oder? Erzähl, wie geht es dir? Haben sich die dunklen Wolken verzogen? Ich hörte nur, dass du von allen Anschuldigungen freigesprochen wurdest. Das mit deiner Ehe und der späteren Scheidung hast du Maite zu verdanken. Es war ihre Idee, dich so aus der Schlinge zu befreien.«

»Das war großartig, vielen, vielen Dank. Aber heiße ich denn jetzt weiterhin Weißgerber?«

»Ja, natürlich bleibt das so. Nur den Vornamen Lena müssen wir noch hinzufügen. Das macht Maite für dich. Sie hat schon die Anweisung bekommen. Und sie warten schon auf dich in Windhoek.«

»Ich werde aber nach Kapstadt gehen und dort für euch tätig werden. Dann allerdings als selbstständige Anwältin.«

»Das ist eine gute Entscheidung. Ich bin mir sicher, dass du dich vor Arbeit nicht retten kannst.«

Nach eine halben Stunde bekommt Lena ihren geänderten Pass. Jetzt ist sie ganz offiziell Lena Weißgerber. Wenn das ihre Eltern hören, flippen sie aus. Lena strahlt Maite an. »Maite, gehst du mit mir zum Mittagessen? Es gibt so viel zu erzählen, dass wir sicher erst nach dem Abendessen zurück sein werden.«

»Gern, ich werde mir den Nachmittag freinehmen. Dann haben wir genug Zeit.«

Mit Maite zog Lena früher in Genf um die Häuser und sie gaben viel zu viel Geld aus. Jetzt entschließt sich Lena, ihre gesamte Garderobe zu tauschen. Maite fährt immer noch den kleinen Renault, den sie ihr früher überlassen hatte. Sie stellt Lena dann noch ihren Zukünftigen vor. Es ist ein Botschaftsangehöriger der Botschaft von Kenia, ein fescher Bursche, das muss Lena zugeben.

Am nächsten Morgen nimmt sich Lena viel Zeit. Ein Termin bei ihrer Bank steht an. Es wird Zeit, einen Kassensturz zu machen. Die vielen kleinen Beutelchen mit den Klitzersteinchen haben sich angehäuft. Elf Beutelchen sind es genau. Sie hatte zwar nur neun in Erinnerung, aber zwei mehr sind ja nicht schlecht. Sie erklärt dem Mitarbeiter, dass sie in Kapstadt ein Haus kaufen und einiges versilbern möchte.

»Aber das müssen Sie nicht. Wir haben dort eine Filiale, die wird alles erledigen, ohne dass Sie Ihre Reserven angreifen müssen. Das ist schon wegen der Steuer besser.«

»Gut, dann machen wir das. Dann müssen Sie aber noch Ihrer Filiale mitteilen, dass ich für eine Million gut bin.«

»Aber das ist doch selbstverständlich. Ich erledige das umgehend, so dass alles vorbereitet ist, wenn Sie dort ankommen.«

Erleichtert schlendert Lena durch die Einkaufsmeile und sieht sich schon in einer Villa in Kapstadt residieren. Vielleicht mit dem Tafelberg im Hintergrund.

Sie wird noch einen Tag in Genf bleiben und dann nochmals nach München fliegen. Es wird ihr letzter Besuch sein, zumindest für einige Zeit. Sollte sie Jamie heiraten, erwartet sie von ihren Eltern, dass sie nach Afrika kommen.

Kaum zurück in Starnberg wird sie massiv von ihren Eltern bearbeitet. Es vergeht keine Minute ohne Vorwürfe. Aber da muss sie durch, da hat Isa völlig recht. Das geht nicht anders. Sogar ihr Onkel wurde noch aktiv. Er legte ihr einen Vertrag vor, in dem sie als zukünftige Partnerin eingetragen ist. Ein Datum ist allerdings nicht vorgesehen. So soll sie wohl vorerst nur als Angestellte bei ihm arbeiten. Was denkt der sich eigentlich? Dann endlich meldet sich Jamie. Sie spricht sehr leise, so dass ihre Mutter kaum etwas verstehen kann. Aber dass sie in einer Woche fliegen wird, bekommt sie dann doch mit.

Am nächsten Morgen fährt Lena zu einer Spedition, um ihren Kleinen für einen Flug anzumelden. Einmal Fracht nach Kapstadt, so steht es auf dem Papier. Fast dreitausend Euro, aber sie hatte sich geschworen, dass sie ihn nicht zurücklässt. Sie wird ihn in den Innenhof stellen, den sie haben wird.

Noch drei Tage bis zum Abflug. Ihre Eltern reden sich das Thema inzwischen schön. In der Winterzeit wollen sie Lena besuchen kommen, so versprechen sie. Ihr Onkel meldet sich nicht mehr. Er ist beleidigt, dass sie sein Angebot ausgeschlagen hat.

Ihre beiden Reisetaschen sind gepackt und stehen im Flur des Hauses. Einen letzten gemeinsamen Abend verbringt sie mit ihren Eltern noch. Sie versuchen das Spiel mit der Harmonie, was ihnen auch annähernd glückt. So kann Lena auch beruhigt die Reise nach Afrika antreten.

Auf dem Flug hat sie dann genügend Zeit, über alles nachzudenken. Sie geht nach Kapstadt, das steht fest. Einmal im Jahr wird sie ihre Eltern besuchen oder sie wird ihnen einen Urlaub in Kapstadt anbieten. Es wird Jahre dauern, bis sie sich damit einverstanden erklären werden, dass ihre Tochter in Afrika lebt.

Vor dem Portal der Ankunftshalle steht Jamies Schwägerin Annika und nimmt sie in die Arme. »Hi, Lena, da wird sich Jamie freuen. Bis heute früh war er sich nicht sicher, ob du kommst. Es gab Probleme mit deinen Eltern?«

»Wie man es nimmt. Es ist schon vergessen. Auf dem Flug hierher habe ich mich innerlich von ihnen verabschiedet. Starnberg ist eine andere Welt, das werden sie niemals verstehen.«

»Komm, lass uns direkt zu Jamie fahren, er wartet schon. Er darf übrigens schon spazieren gehen, das gehört zum Training. Er muss seine Muskeln aufbauen. Also einen Tipp: Zwing ihn zum Laufen. Lass ihn sich ruhig seinen Whisky selbst holen.«

»Gemacht.« Lena fühlt sich plötzlich wie befreit.

Wenig später steigen sie aus dem Lift. Jamie steht schon an der Tür. Er hat sie wohl schon von oben gesehen. »Hallo, mein Schatz, lass dich umarmen.«

Sie umarmen sich nicht nur, es folgte noch ein langer Kuss. Lena fühlt sich so glücklich, dass sie es nicht beschreiben kann. Eines steht fest, trennen werden sie sich sicher nicht mehr.

»Wollt ihr euch nicht mal wieder loslassen. Schließlich will ich meinen Schwager auch noch begrüßen«, macht Annika auf sich aufmerksam. Dann fügt sie hinzu: »Wir nehmen dich jetzt mit zum Essen. Dein Arzt hat gesagt, dass wir das dürfen.«

Beim Essen sprechen sie über ihr zukünftiges Zuhause. Lena ist erstaunt, dass sogar Jamies Schwägerin zum Umzug nach Kapstadt rät. Später soll sie dann erfahren, dass sie dort eine Stelle angenommen hat. In einem halben Jahr wird sie ihnen folgen. Vielleicht sogar in ihrem Haus wohnen. Aber nun beginnt erst einmal die Suche nach einem geeigneten Objekt.

»Was haltet ihr davon, wenn ich in ein paar Tagen runterfliege und einen Makler aufsuche?«, schlägt Lena vor.

»Das ist eine prima Idee, mach das«, stimmt Jamie zu.

Sie verfrachten Jamie in einen Rollstuhl und anschließend in den Wagen seiner Schwägerin. Ein elegantes Restaurant soll es sein, zur Feier des Tages. Sie entscheiden sich, ins nahe Luxushotel zu gehen. Dort ist Jamie noch bekannt und es wird Zeit, dass er sich wieder zeigt. Sie bekommen einen der schönsten Plätze mit Blick auf den Pool.

Eigentlich ist Lena froh, dass Jamies Schwägerin mit nach Kapstadt kommt. Trotz ihrer anfänglichen Eifersucht auf die Kinder. Schließlich will sie mit Jamie eigene Kinder haben. Was sie wohl für eine Hautfarbe haben werden?

Drei Tage später sitzt Lena im Büro eines bekannten Maklers von Kapstadt. Er arbeitet für die Botschaftsangehörigen. Er weiß, dass er sich keinen Schnitzer erlauben darf. Die Angestellten der Botschaft sind seine einträglichsten Kunden. Schon am zweiten Tag glaubt Lena, ihre Traumvilla gefunden zu haben. Neun Zimmer müssen es schon sein. Alleine Jamies Schwägerin wird drei Zimmer benötigen. So schreitet sie schon am übernächsten Tag zur Unterschrift. Ein kleiner Umbau wird noch vereinbart. Die zweite Küche muss sein, schließlich wollen sie sich ja nicht auf den Geist gehen, aber trotzdem füreinander da sein. Auch der Garten wird noch umgestaltet, so dass es zwei Bereiche gibt. Vielleicht will sich ja mal einer zurückziehen, um Ruhe zu haben.

Noch drei Wochen, dann werden sie einziehen. Annika wird erst in vier Monaten nachkommen. Die Kinder müssen erst noch ihren Abschluss in ihrer alten Schule machen.

Lena sitzt mit Jamie in der nahe gelegenen Bar und sie halten Händchen, wie es zwei Verliebte machen. »Ich liebe dich«, flüstert sie ihm ins Ohr. Sie sehen sich die Pläne des Hauses an und beginnen mit dem Einrichten, natürlich nur in ihren Träumen. »Wir können uns ja schon mal Gedanken machen, aber die Realität wird uns sicher bald einholen«, sagt Lena. »Morgen werde ich noch bei meiner früheren Arbeitsstelle im Ministerium vorbeischauen. Mal sehen, ob sie unsere Kanzlei nutzen möchten.«

Am nächsten Tag: Tatsächlich erinnert sich sogar der Pförtner an Lena. »Lena, wo hast du so lange gesteckt? Schön, dass du wieder zurück bist.«

Als sie die Treppen hinaufgeht, begegnet ihr Mattias. »Was machst du denn hier?«

Das fragen sie fast gleichzeitig. »Lass dich umarmen. Wie geht es dir? Du solltest doch in Bombay sein. Was machst du hier?«, fragt Lena.

Mattias grinst. »Sie haben mich zurückgeholt, da hier das Netz zusammengebrochen ist. Ich werde zukünftig in der Zentrale sein. Aber erzähl, wo wirst du dich einrichten? Gehst du zurück in deine alte Abteilung?«

»Mal sehen, ich weiß es noch nicht.«

»Hast du heute Abend Zeit? Ich muss mit dir etwas besprechen.«

»Komm doch einfach in mein Hotel. Ich nehme mir Zeit für dich«, sagt Lena.

Er stimmt zu und geht seiner Wege. Lena denkt über ihn nach. Er war immer ein kleiner Intrigant, sie wird ihm von ihren neuen Plänen lieber nichts erzählen. Mal sehen, was er von mir will.

Am Abend zieht sie sich chic an. In einer halben Stunde wird sie in der Halle auf Mattias warten. Noch das große Schultertuch und dann die kleine Geschäftstasche. Das muss reichen, um den Eindruck zu erwecken, dass sie voll in der Arbeit steckt.

So steht sie in der Halle und wartet. Mattias verspätet sich und sie hängt ihren Gedanken nach – Jamie, Kapstadt, ihr neues Leben … Da kommt er in die Halle geeilt. »Jetzt hätte ich es beinahe nicht geschafft«, er ist etwas außer Atem. Er hat sich elegant angezogen, ganz der Gentlemen mit Welterfahrung.

Sie gehen aufeinander zu und nehmen sich in den Arm. »Lass uns an die Bar gehen. Es ist sowieso Zeit, einen Gin Tonic zu nehmen«, schlägt Lena vor. Dort angekommen fragt sie ganz direkt: »Du wolltest mich sprechen, was kann ich für dich tun?«

»Ich will nicht lange um den heißen Brei reden. Ich bin seit drei Wochen hier und richte mich gerade ein. Leider habe ich in Bombay mein ganzes Geld in einer Spielbank verloren und fange nun bei null wieder an.«

»Du hast doch hoffentlich nicht mit dem Spielen angefangen? Du weißt, dass das nie ein gutes Ende findet.«

Mattias umgeht eine Antwort und fragt: »Ich brauche einen Übergangskredit. Kannst du mir helfen? Du weißt, ich habe dir auch mal ziemlich aus der Patsche geholfen. Also lehne bitte nicht ab.«

»Aber was ist, wenn ich gerade selbst etwas knapp bin?«

»Du bist nicht knapp, du bist Lena, und die ist sehr sparsam mit ihrem Geld«, meint er.

»Du spielst sicher auf meine alte Sache an, aber da läuft nichts mehr.«

»Lena, sieh doch mal, wenn die Behörde erfahren würde, dass dein Pass nicht okay ist, wäre das doch ein Desaster.«

»Du machst nicht gerade den Versuch, mich zu erpressen?«

»Nein, niemals würde ich an so etwas denken. Aber ich bin der Meinung, dass man sich gegenseitig helfen muss. Diesmal bist du dran, mir zu helfen.«

Ohne ein weiteres Wort reicht Lena ihm ihren neuen Pass. »Es ist alles in Ordnung. Da gibt es nichts mehr zu bereden. Das ist nicht mehr der Pass aus Berlin-Kreuzberg.«

Mattias betrachtet ihren neuen Pass sehr genau, dreht ihn und her. »Woher hast du den? Musstest du etwa noch einmal zahlen? Ich hätte ihn dir umsonst besorgt.«

»Mattias, verzeih, aber er ist ganz offiziell ausgestellt. Das Ministerium hat den alten Pass, den du ausgestellt hast, eingezogen und ein Verfahren eingeleitet. Sie wollten wissen, woher ich ihn habe. Aber ich sagte nur, es wäre ein freundlicher Herr aus Berlin gewesen. Du solltest also vorsichtig sein, wenn du mich auf den Pass ansprichst. Ich bin inzwischen ganz offiziell Bürgerin Namibias. Mit allem Drum und Dran.«

Mattias Gesicht wird kreidebleich. »Ein Verfahren haben sie eingeleitet? Dann werden sie ja bald auf meine Berliner Vergangenheit stoßen.«

»Das meinte ich damit, als ich sagte, du sollst vorsichtig sein. Ich werde in Kürze Jamie heiraten und alle Papiere wurden entsprechend neu erstellt.«

»Okay, leider habe ich jetzt keine Zeit mehr. Ich werde mich für den Job in Delhi bewerben. Dann sehen wir uns leider nicht mehr.« Mattias stellt sein Glas ab.

»Das tut mir aber leid, wo wir doch eine so lange gemeinsame Vergangenheit haben.«

Mattias hatte es plötzlich ziemlich eilig und verschwindet auf Nimmerwiedersehen. Ein freundlicher Mitarbeiter im Ministerium erzählte Lena später, dass er tatsächlich nach Delhi gegangen sei.

Ein paar Tage später erfährt Lena vom Verwalter aus Kapstadt, dass ein kleiner Fiat eingetroffen sei. Er fragt: »Wo soll der denn hin?«

»Stellen Sie ihn in die Garage. Das ist eine Überraschung«, antwortet Lena.

Noch zwei Wochen und sie wird mit Jamie umziehen. Sie hilft, wo sie kann. Jamie macht enorme Fortschritte. Heute ist er schon seit einer Stunde auf den Füßen. Es wird Zeit, ihn zur Ruhe zu ermahnen. Er ist sogar schon das erste Mal mit dem Wagen gefahren. »Hast du schon an das Personal gedacht?«, will er nun wissen.

Lena lächelt, der Attaché wird unruhig. »Alles, was auf der Liste steht, ist in Bewegung.«

Dann ist es endlich so weit. Zwei Koffer, mehr will er nicht mitnehmen. »Ich möchte einen Neustart. Meine Vergangenheit wird hierbleiben«, sagt er.

Sie haben sich extra einen großen Wagen zugelegt, da Jamie nicht fliegen darf. Sein Arzt meinte, damit sollten sie besser noch ein Jahr warten. Die Lunge würde sich nur langsam erholen.

Jamies Schwägerin fährt. Der riesige Geländewagen ist bis unter das Dach beladen. Sogar eine Botschaftsnummer haben sie bekommen. So reisen sie als Diplomaten. Jamie sitzt neben Lena und hält ihre Hand. »Du kannst dir gar nicht vorstellen, wie ich auf diesen Moment hingezittert habe. Ab heute beginnt ein neues Leben.«

Lena drückt seine Hand. »Lass es uns bitte langsam angehen. Das mit der neuen Kanzlei hat Zeit. Ich habe zwar schon den ersten Auftrag, aber das mache ich privat, von unserem neuen Haus aus.«

»Du kannst es einfach nicht lassen«, bemerkt Jamie.

Nach drei Tagen stehen sie dann vor dem mächtigen Portal ihres neuen Hauses. Wobei die Bezeichnung Haus eigentlich untertrieben ist. Ihr Heim ist eine wunderschöne Villa mit allem Luxus, den man sich vorstellen kann. Sogar eine kleine Wohnung für eine Hausangestellte ist vorgesehen. Der Boy, der den Garten pflegt, eilt herbei und fragt, ob er beim Ausladen helfen kann.

Für die nächsten Tage werden sie in ein Hotel gehen, aber sobald die Möbel eingetroffen sind, ziehen sie endgültig ein. Das Einzige, was schon perfekt funktioniert, ist ihr neues Büro. Lena setzt sich an ihren eleganten Schreibtisch und Jamie beobachtet sie vom Gang aus. »Du kannst es wirklich nie lassen«, lacht er.

»Ja, so ist es. Ich freue mich schon auf meine neue Arbeit. Den Vertrag für Kenia habe ich schon aufgesetzt. Morgen wird er in Reinschrift gefertigt.«

Sie arbeitet eine Stunde lang, dann sieht sie aus dem Fenster und beobachtet Jamie, wie er im Garten herumspaziert. Es scheint ihm alles zu gefallen. Es ist ihr wichtig, dass er sich richtig wohlfühlt. Sie können es kaum noch erwarten, bis sie endgültig hier wohnen. Noch drei Tage, dann kommt der Moment, wo die Sektkorken knallen. Eine Einweihungsparty wird unabwendbar sein, die ist man den Nachbarn schon schuldig. Außerdem ist es hier Brauch, dass man sich vorstellt.

Inzwischen sind sie die vierte Woche im neuen Heim. Jamie sitzt schon wieder im Fitnessraum, seine Muskeln haben sich bereits kräftig erholt. Sein Arzt wird mit ihm zufrieden sein. Lena sitzt gerade über einem Handelsvertrag mit den Deutschen. Es geht um eine Lieferung von Diamanten, die für ein Klinikgerät benötigt werden. Da läutet ihr Telefon und sie kann schon auf dem Display erkennen, dass es Isa ist. Die Vorwahl von Oslo kennt sie inzwischen auswendig. Ihr Büro ist eine offizielle Filiale der Kanzlei in Oslo. Am nächsten Ersten wird eine Anwaltsgehilfin bei ihnen anfangen. Sie ist eine Schwarze, die einen Einserabschluss geschafft hat. Sie spricht ein sehr feines Englisch, so dass Lena sogar ein wenig eifersüchtig auf sie ist.

Morgen hat Jamie seinen ersten Termin mit der südafrikanischen Regierung. Er soll Schlichter in einem Arbeitskampf sein. Seine ausgeglichene Art hat ihm diesen Job verschafft. Von ihren Eltern hat Lena nichts mehr gehört.

Nicht einmal zum Einzug haben sie sich gemeldet. Wenn sie durchruft, hört sie immer: »Wir sind gerade auf dem Sprung, wir rufen zurück.« Aber einen Rückruf hat es nie gegeben. Sie können es nicht verstehen, dass Lena Starnberg den Rücken gekehrt hat.

Nun wird auch Annika bald einziehen und Lena freut sich schon darauf. Sie hatten viel miteinander telefoniert und sie ist für Lena eine Art Vertraute geworden. Nur dass sie schwanger ist, musste sie natürlich Jamie gleich erzählen, wo es doch ein Geheimnis bleiben sollte. Sie wollte es ihm erst nach dem dritten Monat sagen. Seit diesem Tag ist Jamie ständig in der Stadt, um nach Babysachen zu suchen. Das Kinderzimmer ist bereits vollständig eingerichtet.

Jamie und Lena haben geheiratet. Sogar Isa ist mit ihrem Mann gekommen, aber Lenas Eltern hatten leider keine Zeit und sagten, die Reise sei ihnen zu anstrengend. Dass ihre Tochter schwanger ist, registrierten sie nur nebenbei. Sie äußerten lediglich: »Was wird es denn? ... Hoffentlich kein Schwarzer.«

»Was es wird? Mir völlig egal, Hauptsache, es ist gesund«, sagte Lena.

Jamie steht hinter ihr und massiert ihre Schultern. »Komm, lass uns zu Bett gehen, morgen ist auch noch ein Tag. Der Vertrag wird warten.«

Nächstes Jahr wollen sie eine Reise nach Europa machen. Es wird Zeit, dass Lenas Eltern Jamie und die kleine Sophie kennenlernen. Sie ist inzwischen ein Jahr alt. Ihr Kindermädchen sagt immer: »Sie ist ihrem Papa wie aus dem Gesicht geschnitten.«